Edward Spencer-Smith

Das Netzwerk des Blutes

EDWARD SPENCER-SMITH

KRIMIS AUS LONDON

Edward Spencer-Smith ist das Pseudonym dreier Autorinnen, die sich spannenden Geschichten mit einer Portion Thrill und einem kritischen Blick hinter die Kulissen des Alltäglichen verschrieben haben.

Ariana Lambert, Drea Summer und Heidi Troi schreiben seit Jahren erfolgreich Geschichten über charismatische Ermittler, brutale Killer, über Figuren, die keiner Norm entsprechen, Menschen mit Ängsten, Wünschen, Träumen und verborgenen Passionen.

Nachdem die drei fabelhaften Frauen lange nur virtuell Kontakt hielten, trafen sie sich in London und beschlossen, die Geheimnisse und Legenden der atemberaubenden englischen Metropole zu nutzen, um das Detektivinnen-Trio Walker, Wright & Ferguson ins Leben zu rufen.

Jeder London-Krimi ist einzigartig, wie die drei Autorinnen es sind. Es wird spannend, geheimnisvoll, außergewöhnlich, mit einer Prise Humor und vielleicht ein bisschen skurril, aber mit dem besonderen Gänsehautgefühl, das nur Troi, Summer und Lambert zaubern können.

Edward Spencer-Smith

Das Netzwerk des Blutes

Ein Krimi aus London

Walker, Wright & Ferguson 2

Bibliografische Information der Deutschen Nationalbibliothek:
Die Deutsche Nationalbibliothek verzeichnet diese Publikation in der Deutschen Nationalbibliografie; detaillierte bibliografische Daten sind im Internet über http://dnb.d-nb.de abrufbar.

Empire-Verlag OG, Lofer 416, 5090 Lofer

Lektorat: Sascha Rimpl
https://www.lektorat-textflow.com/lektorat-korrektorat/
Korrektorat: Literary Queens
https://literaryqueens.com/

Cover: Chris Gilcher
https://buchcoverdesign.de/

Buchsatz: Catherine Strefford
www.catherine-strefford.de

Bestellung und Vertrieb: Nova MD GmbH, Vachendorf

Für alle, die an die große Liebe glauben.

Kapitel 1

»Für Emotionen habe ich in meinem Leben keinen Platz mehr.«
Abigail Walker kämpft gegen ihre Gefühle an.

Ein Schrei hallte durch das Detektivbüro Walker, Wright & Ferguson. Ich war mir sicher, dass er in der gesamten Clink Street zu hören war, obwohl unser Büro im obersten Stockwerk lag.

»Abigail! Das ist jetzt nicht dein Ernst, oder? Nimm deinen dreckigen Köter hier weg!«, kreischte Ems in meine Richtung und deutete mit einer Mischung aus Ekel und Wut auf Chief, der es sich unter ihrem Schreibtisch gemütlich gemacht hatte. Chief, mein braun-weißer Cavalier King Charles Spaniel, war in den letzten sechs Jahren immer an meiner Seite gewesen.

»Er ist kein Köter, sondern ein königlicher Rassehund. Die einzige Hunderasse, die lange Zeit den Buckingham Palace betreten durfte. Und dieses Privileg hatte keiner deiner Freunde … Affären … Spiel-Spaß-Spannungs-Opfer.« Ich ließ mich auf meinen Bürostuhl nieder und sah aus den Augenwinkeln die nassen Pfotenabdrücke auf dem hellen Parkettboden. Gut, heute regnete es in London, und ja, Chiefs Pfoten waren ein wenig schmutzig geworden, aber das gab Ems noch lange kein Recht, so zu zicken.

»Erzähl keinen Schwachsinn«, entgegnete Ems. »Du bist doch nur neidisch, weil ich gerne Party mache und viele Leute kennenlerne. Ich mag nichts, was am Körper behaart ist. Das solltest du wissen. Also nimm das Ding hier weg.« Wieder fuchtelte sie wild in der Luft herum, mit einer Geste, die auch Tausende von Fliegen hätte verjagen können. Sie entfernte sich einige Schritte von unseren weißen Schreibtischen, die zu einem U angeordnet waren, und strich nervös ihren knielangen Rock entlang. Ihre Wangen hatten dieselbe Farbe wie ihr Haar angenommen. Ems' High Heels standen noch unter ihrem Schreibtisch, wie immer hatte sie die Schuhe ausgezogen.

Ich grinste. »Chief! Geh auf deinen Platz.« Nachdem ich mit meinem Zeigefinger auf den Boden vor mir gedeutet hatte, ringelte er sich gleich darauf zu meinen Füßen ein. Ja, er hatte einen eigenen Platz in unserem Büro, sogar ein Körbchen vorn bei Miss Molly. Aber Chief war genauso pedantisch wie ich. Wer mochte es schon, wenn sein Schlafplatz nass und dreckig wurde? Mein Blick wanderte wieder zu Ems, die nach wie vor an derselben Stelle stand. »Zufrieden? Können wir nun an die Arbeit gehen?«

Ich musste zugeben, dass es nicht optimal war, unsere drei Schreibtische dicht aneinanderzustellen, denn Chief hatte so keine Abgrenzung seines Reviers, solange ich nicht saß, und doch amüsierte mich dieses Spiel, das mindestens einmal die Woche in unserem Büro stattfand. Zumindest so oft, wie es in Bankside im März regnete. Nicht falsch verstehen, ich mochte Ems, genauso Isla. Und trotzdem konnte ich nicht anders, als über Ems' Haarphobie zu lachen. Schließlich hätte sie sich in dem ganzen Jahr, seit wir unser Detektivbüro eröffnet hatten, daran gewöhnen müssen. Zumindest an Chief, wenn schon nicht an den Wildwuchs so mancher Männer.

Unsere Empfangsdame Miss Molly stürmte ins Büro und sagte: »Miss Ferguson? Ist alles in Ordnung mit Ihnen?«

»Ja«, knurrte Ems und setzte sich mir gegenüber.

Miss Molly schob ihre dunkle Brille zurück auf ihre Nase und ging in die kleine Teeküche. Gleich darauf stieg der Duft nach frisch gebrühtem Kaffee in meine Nase. Die Tassen klirrten, und einen Augenaufschlag später stellte Miss Molly diese vor mir ab. Natürlich kamen zuvor ihre gehäkelten Platzdeckchen auf den Tisch. Miss Molly war eben noch von der alten Schule, und daher liebte sie Porzellan, das noch aus Miss Marples Zeiten zu stammen schien. Noch bevor ich sagen konnte, dass ich meinen Kaffee doch gerne aus dem zeitgemäßen Porzellan genießen wollte, erweckten die selbst gebackenen Kekse auf einem separaten kleinen Teller meine Aufmerksamkeit. Ich wischte über meine Mundwinkel, um ein Sabbern zu verhindern. Ich war süchtig nach allem, was Schokolade beinhaltete.

»Die Cookies habe ich diesmal extra mit Schokoladendrops gemacht, weil ich doch weiß, wie sehr Sie das mögen, Miss Walker.«

»Danke, Miss Molly. Sie sind ein wahrhafter Engel.«

Das war sie auch. Sie war wie eine Mutter zu uns. Die gute Seele unseres Detektivbüros. Ein Geschenk Gottes.

»Nun werde ich noch die Spuren unseres kleinen Lieblings beseitigen und dann, sofern Sie nichts weiter von mir brauchen, wieder zurück an meine Arbeit gehen.«

Ich nickte und klappte meinen Laptop auf. Gleich darauf war ich in meiner Arbeit versunken und stopfte einen Keks nach dem anderen in meinen Mund.

»Du wirst noch fett«, hörte ich Ems' Stimme. Ich wollte schon erwidern, dass sie doch weiterhin an ihrem Salatblatt knabbern sollte, hielt aber meinen Mund. Der Eklat mit Chief war für den heutigen Tag genug, ich wollte unsere Freundschaft nicht überstrapazieren. Stattdessen schaute ich mir die Fotos an, die ich gestern für unsere neueste Mandantin geschossen hatte.

Es war genau so wie in fünfundneunzig Prozent aller Eifersuchtsfälle. Der Ehemann unserer Klientin küsste eine junge Frau in knapper Kleidung. Auf dem nächsten Foto umarmte er sie innig. Und auf dem dritten stiegen sie gemeinsam in ein *Black Cab*, das er am Straßenrand herbeigewunken hatte. Ich hatte mir die Nummer des Taxis notiert und eine halbe Stunde später hatte ich die Information, dass die beiden Turteltäubchen in einem billigen Hotel abgestiegen waren. Gut, die Info war nicht gerade ein Schnäppchen gewesen, aber wir waren nicht umsonst die beste Detektei in ganz London. Gehobene Kundschaft zahlte jeden Preis.

Somit hatte auch ich mir ein *Black Cab* gerufen, Minuten später dem Rezeptionisten in besagtem Hotel schöne Augen gemacht, um dann eine Stunde danach Fotos von einem zerzausten Ehemann zu machen, der der hübschen Blondine in der Hotellobby an den Po tatschte.

Ich blickte von meinem Bildschirm auf, als Isla keuchend das Büro betrat. Ihr dunkelblondes Haar war dunkler als sonst, und auch ihr gestrickter Pullover war nass geworden. Isla stand eher auf bequeme Kleidung und hielt nichts davon, sich schick anzuziehen. Sie ließ ihren Rucksack auf ihren Schreibtisch fallen, der an der Kopfseite stand, bevor sie sich in ihren Bürosessel plumpsen ließ und laut stöhnte.

»Was ist das für ein Wetter heute? Es schüttet wie aus Kübeln«, beschwerte sie sich.

»Das gleiche Wetter wie jede Woche. Einmal die Woche muss es regnen.« Ems schaute nicht einmal von ihrem Bildschirm auf, als sie mit ihr sprach.

»Nein, das meine ich nicht. Habt ihr nicht gesehen, wie groß die Tropfen heute sind?« Isla hielt Daumen und Zeigefinger etwa drei oder vier Zentimeter auseinander. Ich war mir nicht sicher, Entfernungen waren nicht gerade meine Stärke. Da konnten aus hundert Metern gleich mal fünfhundert werden. *Wie gut, dass du kein Scharfschütze geworden bist*, huschte durch meinen Kopf. Die Stimme von Bobby. Das hatte er immer gesagt, wenn er mich mit dieser Schwäche aufziehen wollte.

»Ems an Ab«, hörte ich und zuckte zusammen. Tatsächlich hatte sich meine Vergangenheit wieder um meine Seele geschlungen wie eine Würgeschlange. Zugedrückt. Wie damals …

»Abigail!«, kreischte Isla plötzlich, und damit war ich wieder zurück in der Gegenwart. »Wo bist du denn mit deinen Gedanken?«

»Ach, nirgends. Ich habe wohl schlecht geschlafen. Außerdem fehlt mir vermutlich unsere morgendliche Joggingrunde.« Ich machte eine wegwerfende Handbewegung. Aber als ich in Islas und Ems' Augen blickte, war mir klar, dass sie mir kein Wort glaubten. Natürlich nicht, schließlich kannten wir uns seit der Uni. Wir hatten alles in dieser Zeit geteilt, bis auf die Männer. Das lag aber eher an Ems' Männergeschmack, der sich nur aufs Aussehen bezog – bloß keine Haare. Während Isla lieber mit komischen Jungs herumhing, die irgendwelche Kunstwerke an die Wände oder sonst wohin schmierten.

Ems schlug sich die Hand vor den Mund. »Ach, mein Liebes. Ich weiß, was heute für ein Tag ist! Der Tag der Verlobung, nicht wahr?« Sie zeigte auf meinen rechten Unterarm. Die vier Asse hatte ich mir am Tag von Bobbys Beerdigung tätowieren lassen. Der Schriftzug »*Game Over*« passte zu meiner Mission, zu meinem Auftrag. Ich würde denjenigen, der seinen Tod zu verantworten hatte, mit meinen eigenen Händen töten. Diesen elendigen Mistkerl finden und auf direktem Weg in die Hölle schicken. Ende, aus, *Game Over!*

Ich nickte und rang um Fassung. Normalerweise hatte ich es nicht so mit Gefühlen. Und schon gar nicht zeigte ich eine Regung nach außen. Aber heute … Ems hatte mich auf dem falschen Fuß erwischt.

»Es ist alles in Ordnung mit mir. Wollen wir jetzt mal weiterarbeiten?«

Ich hörte den Dreiklang unserer Klingel. Gleich darauf ertönte die Stimme von Miss Molly, die jemanden zur Tür hereinließ.

»Das ist sicher Grace«, sagte Ems. »Unser Zehn-Uhr-Termin, ihr erinnert euch an das Memo, das ich euch heute früh geschickt habe? Ihr Freund ist seit gestern Abend verschwunden. Aber, Ab, fühlst du dich dazu überhaupt imstande? Ich meine, du kannst dir heute auch frei …«

Ich unterbrach Ems in einem barschen Tonfall. »Es ist alles in Ordnung mit mir. Wie oft muss ich das noch sagen?« Als ich die Worte ausgesprochen hatte, tat es mir leid. Wirklich leid. Ich wollte meine liebsten Freundinnen nicht mit meinem Gefühlsausbruch belasten. »Sorry. Einfach nur arbeiten, ja?« Ich versuchte, langsam zu sprechen. Meine Stimme zitterte, und ich drehte mich von den beiden weg. Meine Tränen waren nur für mich bestimmt.

»Okay, Miss Molly macht uns einen Tee. Möchtest du auch einen?« Isla ging ohne Umwege zur Tagesordnung über. Ja, ohne die beiden hätte ich wahrscheinlich nicht mehr aus meinem tiefen Loch gefunden, in das ich vor über einem Jahr kopflos gefallen war. Dafür war ich ihnen ewig dankbar, auch wenn ich es nicht zeigen konnte. Aber ich glaubte, sie spürten das. Zumindest Ems.

»Ich komme gleich, ja?«, sagte ich und hörte die Rollen der Stühle über den Boden scharren, gefolgt von Ems' klackernden Schritten.

Erst als es in unserem Büro wieder ruhig geworden war, drehte ich mich um. Chief stand neben mir und schaute mich mit treuherzigen Augen an. Mein Seelenretter. Ich strich über sein Fell, um ihm zu signalisieren, dass es mir gut ging. Obwohl ich mich ausgebrannt fühlte wie nach einer durchzechten Nacht. Ich wischte nochmals über meine Wangen, seufzte und stand auf. Mein Glück war, dass ich mich schon vor Jahren für Permanent-Make-up entschieden hatte, und es nun keine schwarzen Spuren meiner Tränen gab. Immer perfekt geschminkt.

Miss Molly, die in der Teeküche stand und für unsere neueste Klientin Tee aufgoss, musterte mich und legte ein mitfühlendes Lächeln auf.

Chief verfolgte mich, und als ich aus unserem Büro in den Empfangsbereich trat, hörte ich schon das Schluchzen, das von Grace kam. Ihr langes dunkles Haar war zu einem Pferdeschwanz gebunden, der etwas schief von ihrem Hinterkopf abstand. Eine Sonnenbrille von Prada, trotz des heutigen Regens, lag auf dem Glastisch. Ich versuchte, mich an das Memo von Ems zu erinnern, das ich beim ersten Frühstück überflogen hatte. Doch mehr Einzelheiten außer der Tatsache, dass ihr Freund verschwunden war, wollten mir nicht einfallen.

»Hi, Grace, ich bin Abigail, kurz Ab. Freut mich, Sie kennenzulernen.«

Einen Handschlag später setzte ich mich in einen der drei bequemen Ohrensessel, die denselben Grauton wie das großzügige Sofa hatten. In der Mitte stand ein Glastisch, dessen Tischplatte auf vier überdimensionierten goldenen Säulen thronte. Ich fand ihn schon immer übertrieben mächtig, aber Ems stand auf solche Einrichtungsgegenstände. *Wir müssen auch nach außen hin gleich zeigen, dass wir keine billigen Privatdetektivinnen sind. Und du weißt ja: Zeig mir deine Wohnung, und ich weiß, wer du bist.* Ems' Worte hallten in meinem Kopf nach. Chief ließ sich direkt vor meine Füße fallen, und Sekunden später schlossen sich seine Augen.

»Also, Grace«, sagte Isla und stützte ihre Ellenbogen auf die Oberschenkel ihrer abgewetzten Jeans. »Sie haben Ihren Freund also seit gestern Abend nicht mehr gesehen. Habe ich das richtig verstanden? Können Sie uns etwas zum Ablauf des gestrigen Abends sagen? Jedes noch so kleine Detail könnte wichtig sein. Wir verstehen, dass es eine schwere Zeit ist und Sie viele Fragen haben, aber je mehr Sie sich konzentrieren, desto eher können wir helfen.«

Grace hatte ihre Hände schützend vor das Gesicht gelegt und schluchzte. Keine Frage, wenn Isla etwas konnte, dann war es der Umgang mit Menschen. Ihre Worte schienen Wirkung zu zeigen, denn Grace erzählte weiter: »Ich habe ihn gestern nach der Arbeit, also als er nach Hause kam von seiner Schicht bei Madame Tussauds, zum letzten Mal gesehen. Wir haben wie jeden Abend gemeinsam gegessen und es uns vor dem Fernseher gemütlich gemacht. Es muss so gegen sechs Uhr abends gewesen sein, als ich eingenickt bin. Normalerweise beginnt mein Job als Konditorin erst um sechs Uhr morgens, doch in den letzten fünf Tagen hatten wir so viele Vorbestellungen für Torten, dass wir schon um vier in der Konditorei sein mussten. Deswegen war ich so müde und ausgebrannt. Ich verstehe nicht, wieso er nicht mehr zurückkam. Das hat er noch nie gemacht.«

»Woher zurückkam?«, fragte ich nach.

»Vom Joggen. Er joggt täglich kurz vor Sonnenuntergang. Immer dieselbe Runde im Battersea Park. Wir wohnen dort gleich um die Ecke. Der Park schließt ja nach Sonnenuntergang, deswegen läuft er dort gern kurz vor der Sperrstunde. Da ist es so schön ruhig, sagt er immer.« Grace blickte mich an, als wäre ich eine Außerirdische. Ja, ich konnte ihren Freund gut verstehen. Tagsüber joggen zu gehen, glich eher einem Hindernislauf. Deswegen ging ich mit Ems und Isla auch immer morgens um acht in den Hyde Park. Da waren die Menschen noch einigermaßen erträglich.

»Und Sie sind sich sicher, dass er joggen gegangen ist?«, fragte Ems.

Grace nickte. »Ja, weil seine Joggingklamotten fehlen. Das habe ich schon überprüft.«

»Okay. Und bei der Polizei waren Sie auch schon, ja?«, bohrte ich weiter nach.

»Ja, aber er ist ein erwachsener Mann und kann tun und lassen, was er will. Verstehen Sie? Der Beamte auf der Wache hat sich nicht mal annähernd für mein

Anliegen interessiert. Er plapperte etwas von vierundzwanzig Stunden oder so. Aber ich weiß doch genau, dass Jacob etwas zugestoßen ist. Niemals würde er einfach so nicht mehr nach Hause kommen. Wir wollten doch in sieben Wochen heiraten …« Ihre Stimme versagte, und sie brach in Tränen aus.

»Grace?«, sagte Isla und legte ihre Hand auf die von Grace. »Haben Sie schon bei den umliegenden Krankenhäusern angerufen und nachgefragt?«

Grace schüttelte kaum merklich ihren Kopf.

»Okay, dann übernehmen wir das«, sagte Ems. »Unsere Stundensätze sind Ihnen klar? Ich habe Ihnen ja schon alle Informationen über uns und unsere Leistungen vorab als Mail geschickt. Wenn Sie wollen, dass wir uns auf die Suche begeben, dann müssen Sie hier und hier unterschreiben.« Sie drehte das Tablet so, dass Grace den Vertrag lesen konnte. Für Ems war es normal, solche wichtigen Dinge digital zu erledigen. Ich hingegen bevorzugte, besonders bei Verträgen, nach wie vor das gute alte Papier. Wenn es ums Geschäft ging, dann kam die Anwältin in Ems durch. Die Verträge, die sie mit den Kunden machte, waren hieb- und stichfest. Ich vertraute ihr zu hundert Prozent.

Kapitel 2

»Recherche ist das A und O bei Ermittlungen.«
Abigail Walker telefoniert mit einem alten Freund.

Nachdem wir von Grace weitere Informationen über ihren vermissten Freund und mehrere Fotos von ihm bekommen und sie kurz darauf verabschiedet hatten, zogen wir uns zum Brainstorming in unser Büro zurück. Ems tippte etwas in ihren PC ein, starrte kurz auf den Bildschirm, aber wandte sich gleich wieder davon ab.

»Ich kenne Jacob«, sagte Isla, noch bevor sie auf ihrem Stuhl saß. »Er ist immer supernett und arbeitet gewissenhaft. Kommt pünktlich, zumindest, soweit ich das beurteilen kann.«

»Wann hast du das letzte Mal im Wachsfigurenkabinett ausgeholfen?«, fragte ich.

»Vor zwei Wochen am Samstag. Da war er auch da. Und er war so wie immer. Freundlich und immer einen Witz auf Lager. Wir hatten echt viel Spaß.«

»Wie viel verdient man bei Madame Tussauds als Künstler? Weißt du das, Isla?«

»Keine Ahnung, aber der Job ist sicher gut bezahlt. Schließlich bekommen dort nur die Besten der Besten einen Festvertrag. Wieso fragst du?«

»Battersea ist ein Luxusviertel. Ich frage mich, wie ein Künstler und eine Konditorin sich dort eine Wohnung leisten können. Dort kosten die Wohnungen doch locker zwei-, dreitausend im Monat, wenn nicht noch mehr.«

»Dann kommt dir der Nachname Moore wohl nicht bekannt vor«, mischte sich Ems ins Gespräch ein und drehte ihren Bildschirm so, dass Isla und ich ihn sehen konnten. »Richard Moore, ein Selfmade-Millionär. Er ist *der* Immobilienmagnat Londons. Und Jacob ist sein jüngster Sohn.«

»Und das weißt du woher?« Ich war etwas verwundert, denn ich kannte den Mann nicht. Hatte von ihm noch nie etwas gehört.

»Weil ich Richard Moore persönlich kenne. Als ich das Foto von Jacob gesehen habe, ist mir die Ähnlichkeit sofort aufgefallen. Ich habe gerade eben in meinem alten Aktenarchiv nachgesehen. Darin steht alles, was ich über meine damaligen Klienten wissen musste. Familienangelegenheiten, Berufliches und so weiter. Ich habe damals als Menschenrechtsanwältin einen Fall übernommen, in dem es um Prostitution ging. Eigentlich war es vielmehr Menschenhandel. Da brachte eine Schlepperbande junge Mädchen – keines von ihnen war älter als siebzehn – nach London. Sie kamen alle aus osteuropäischen Ländern und wurden mit großzügigen Versprechen hierhergelockt. Auf jeden Fall wurden die Mädchen in einer Immobilie untergebracht, die Richard Moore gehörte. Er kam eines Tages zu mir ins Büro gestürmt, das war kurz vor seiner Vernehmung bei der Polizei, und zeigte mir ein Video von einer Überwachungskamera des Grundstücks. Darauf zu sehen waren junge Frauen mit einem Stoffsack über dem Kopf, die ins Haus gezerrt wurden. Er erzählte mir, dass er das ganze Gebäude an eine ausländische Firma vermietet hatte, die dort ihre Mitarbeiter unterbringen wollte. Anfangs schien wohl alles klarzugehen, und die Miete kam immer pünktlich. Doch ein aufmerksamer Nachbar hat bei Mister Moore angerufen und ihm mitgeteilt, dass es dort besonders nachts meist laut war und ab und an Schreie zu hören waren. Daraufhin hat sich Mister Moore die Aufzeichnungen der Überwachungskamera angesehen.«

»Was? Er selbst hat sich das angesehen? Hat er keine Angestellten, die diese Arbeiten für ihn erledigen können?«, fragte Isla und machte große Augen.

»Natürlich hat er Angestellte, mehrere Hundert sogar. Aber manches ist eben Chefsache. Das ist ja hier auch nicht anders, oder?«

»Erzähl weiter. Ich bin jetzt gespannt, wie diese Geschichte ausgegangen ist«, sagte ich. Eigentlich interessierte es mich nicht wirklich, weil sich mir der Zusammenhang mit dem verschwundenen Sohn nicht erschloss. Aber auch ich hatte etwas zu dem Fall zu sagen und wartete nur auf die Gelegenheit, endlich zu Wort zu kommen.

»Also«, fuhr Ems fort, »schlussendlich wurden etliche junge Mädchen vor einem schrecklichen Schicksal bewahrt, ein Menschenhändlerring aufgedeckt, und die dicken Fische wurden dabei auch gefangen.«

»Dicke Fische?«, fragte Isla, und ich unterdrückte einen Seufzer.

»Die großen Bosse, die Hintermänner«, erklärte Ems.

»Ach«, sagte ich und starrte Ems an. »Du meinst, weil er, also der Vater von Jacob, geholfen hat, diese Männer hinter Gitter zu bringen, könnten die nun seinen Sohn entführt haben? So als eine Art Rache?«

Ems nickte. »Ja, das ist zwar schon ein paar Jahre her, aber es wäre denkbar. Obwohl alle aus diesem Menschenhändlerring verhaftet wurden, könnte es gut möglich sein, dass einer durchs Raster der Polizei gerutscht ist. Freunde in der Unterwelt hat sich Richard Moore damit keine gemacht. Ich werde auf jeden Fall mal bei ihm anrufen und nachfragen.«

»Okay. Ich fasse zusammen«, sagte ich. »Es kommen meiner Meinung nach mehrere Möglichkeiten infrage. Erstens: Er hat kalte Füße bekommen wegen der bevorstehenden Hochzeit. Zweitens: Er ist in einen Unfall verwickelt und als Unbekannter im Krankenhaus aufgenommen worden. Drittens: Er wurde entführt, vielleicht sogar als Racheakt gegen seinen Vater.«

»Gut«, antwortete Ems. »Den ersten Punkt können wir nur bei gemeinsamen Freunden abklären. Ich werde mal checken, ob er auf einem Social-Media-Kanal angemeldet ist. Vielleicht finden wir darüber einen Freund. Ich will eine andere Meinung über Jacob hören als die seiner Verlobten. Zweitens geht klar an dich, Ab, Polizei ist ja dein Metier. Punkt drei versuche ich über Richard Moore zu klären. Vielleicht wurde die Entführung seines Sohnes angekündigt. Und, Isla, besorge uns bitte Infos beim Arbeitgeber, du jobbst da ja gelegentlich, auch wenn wir beide das nach wie vor missbilligen. Vielleicht kriegst du mehr raus.«

»Du willst, dass ich bei Madame Tussauds spioniere?«, fragte Isla. »Ich arbeite dort nur, wenn einer der Festangestellten ausfällt. Und das ist leider verdammt selten. Das weißt du genau. Es war schon immer mein Traum, dort zu arbeiten, das darf ich nicht so einfach aufgeben.« Isla war Künstlerin, also eigentlich Sprayerin. Den genauen Ausdruck, den sie immer verwendete, hatte ich mir bis heute nicht gemerkt. Würde ich vermutlich in diesem Leben auch nicht mehr.

»Ja, du kennst dort sicher jemanden, der jemanden kennt … ihr wisst, was ich meine. Und, Isla, bevor ich es vergesse: Du arbeitest hier bei uns im Detektivbüro. Nicht wieder einen Job annehmen, der dich davon ablenkt, ja?« Ems schwenkte ihren Zeigefinger von links nach rechts.

»Ja, schon gut.« Isla ließ den Kopf sinken. »Gehen wir heute nicht frühstücken? Mein Magen knurrt schon.«

»Kein Sport, kein zweites Frühstück!«, antwortete ich kurz und knapp. Ich holte mein Handy hervor und wollte bei Malcolm Miller anrufen, um mich nach dem vermissten Jacob zu erkundigen, da sah ich Islas traurigen Blick. Vermutlich hatte sie wieder mal kein Geld, weil sie alles in den Kauf ihrer Kannen – wie sie ihre Spraydosen nannte – gesteckt und das restliche Geld diesem ekelhaften Vermieter gegeben hatte, der von Monat zu Monat die Miete zu erhöhen schien. Ich seufzte und legte das Handy zur Seite, dann griff ich in meine Tasche und holte einen Fünfzigpfundschein heraus, den ich ihr über den Tisch schob. »Kauf dir was zu essen. Aber was Anständiges. Kein Fast Food, ja? Und nur Essen, nichts anderes. Und lass noch ein paar Pfund übrig, schließlich will auch Hagrid fressen, auch wenn ich finde, dass der viel zu dick ist.«

Isla schob den Schein zu mir zurück, holte stattdessen einige dieser widerlichen Jelly Beans aus ihrem Rucksack und stopfte sie sich in den Mund. »Ich will dein Geld nicht. Ich muss doch auch mal lernen, damit umzugehen. Das kann ich aber nicht, wenn ihr beide mir ständig was zusteckt.«

Ich schloss kurz meine Augen, atmete tief ein und schwankte mit meinem Blick kurz zu Ems. »Hör mal! Mit leerem Magen kannst du dich nicht auf die Arbeit konzentrieren. Somit wirst du dir brav etwas zu essen besorgen. Du bist nicht in der Position, mein Geld abzulehnen. Also nimm es und mach, was ich dir sage!«

»Wollen wir nicht alle was bestellen?«, erwiderte Isla. »Vielleicht beim Italiener? Oder lieber beim Thailänder? Dann bin ich nicht so allein, wenn ich esse.«

Ich winkte ab. »Sorry, ich habe heute schon mein Powerfood gegessen. Ich brauch erst am späten Nachmittag wieder was.«

»Na, die Schokokekse machen ja auch satt.« Ems grinste mich an und zeigte auf den leeren Teller direkt vor mir. Ich streckte ihr die Zunge raus und wählte Millers Nummer, die Nummer vier meiner Kurzwahl. Isla nahm ihren Rucksack und verließ das Büro.

»Hi, Abby.« Der Name »Abby« zog sich als tief sitzender Schmerz durch meinen Brustkorb. Wie mit einem Messer, das einige Male um seine eigene Achse gedreht wurde. Ich wollte schon erwidern, dass Abby tot und nur Ab übrig geblieben war, doch Miller sagte schnell: »Ab. Es tut mir leid.«

»Hi, Malcolm«, begrüßte ich ihn ruhig und gefasst. Innerlich war ich gerade zerbrochen. »Ich brauche Infos über einen gewissen Jacob Moore. Wohnhaft in der Lurline Gardens in Battersea. Soll gestern Abend vom Joggen nicht mehr nach Hause gekommen sein.«

»Gestern Abend sagst du? Wann genau?«

»Er ging vermutlich gegen sechs aus dem Haus. Normalerweise kommt er eine Stunde später wieder zurück. Gestern nicht. Seine Verlobte macht sich große Sorgen.«

»Keine vierundzwanzig Stunden. Du kennst doch die Regel.«

»Ach, Malcolm!« Ich legte ein wenig Gefühl in meine Worte. »Für dich ist es doch nur ein Tastendruck, damit ich unserer Klientin sagen kann, dass zumindest kein Unfall gemeldet wurde, in den ihr Verlobter verwickelt war.«

Ein lautes Stöhnen, gefolgt von Tippen, war am anderen Ende zu hören. »Nichts Außergewöhnliches. Drei Tote bei einer Messerstecherei. Nur zwei handfeste Streitigkeiten in Pubs mit einigen Verletzten. Drei blutige Konflikte zwischen Banden. Aber alles nicht in der Nähe deines Vermissten.«

»Okay.« Weiter sagte ich nichts. Was hätte ich auch sagen sollen? Einerseits war ich froh, dass es keinen

Unfall gegeben hatte, andererseits hatten wir dadurch auch keine Spur. Miller war ein Freund alter Tage, der noch immer bei Scotland Yard arbeitete. Damals, vor mehr als zehn Jahren, als ich mich von der berittenen Polizei Londons zum Inspector hinaufgearbeitet hatte, hatte ich mich bei Scotland Yard in der Abteilung Kapitalverbrechen beworben und Fälle von verschwundenen Personen zu bearbeiten. Mit Bobby.

»Ab?«, fragte Miller. »Alles klar?«

»Ja. Ich muss dann mal los. Falls du was über meinen Vermissten reinkriegst, sagst du mir Bescheid, ja?«

»Bis dann.«

Ich steckte mein Handy wieder ein. Ich hasste es, wenn es auf dem Tisch herumlag. Schließlich wusste doch heutzutage ziemlich jeder Bescheid, dass das eingebaute Mikrofon auch zuhörte, wenn es nicht zuhören sollte. Isla lachte immer, wenn ich ihr verbot, ihr Telefon offen liegen zu lassen. Gut, vielleicht übertrieb ich mit meiner Vorsicht. Aber wie meine Mutter immer zu sagen pflegte: »Vorsicht ist die Mutter der Porzellankiste.« Und sie hatte damit immer recht. Wären Bobby und ich damals vorsichtiger gewesen, dann hätte ich vielleicht noch immer in seinen Armen liegen und seine Liebe spüren können. Ich schüttelte meinen Kopf. Ich wollte heute nicht ständig an ihn denken.

»Also«, sagte ich und räusperte mich. »Über einen Unfall weiß Miller nichts. Es gab wohl ein paar Schlägereien und so, aber alle außerhalb des Umfeldes unseres Vermissten.«

»Ich habe mich mit dem besten Freund von Jacob unterhalten«, sagte Ems. »Er wusste bereits von Grace, dass er vermisst wird. Auf jeden Fall gibt er an, dass sich Jacob wahnsinnig auf die Hochzeit gefreut und eine Überraschung für seine zukünftige Frau geplant hat. Mehr wollte er darüber nicht erzählen. Ich habe mit ihm ein Treffen vereinbart, nach seinem Dienst.«

»Also, Theorie eins ist soeben von der Liste gerutscht. Dann freut sich unser Vermisster wohl doch auf die Hochzeit. Wo ist eigentlich Isla?«

»Bei Nando's und stopft sich sicherlich die Sweet Potato Wedges mit dieser Knoblauchsauce rein. Sie meinte, sie will hier nicht mit den Take-away-Kartons deinen peniblen Ordnungssinn stören und dich damit in den Wahnsinn treiben.«

Ich setzte gerade dazu an, etwas zu sagen, da gab mein Telefon einen Ton von sich. Auch Ems' Handy läutete. Ich schaute auf mein Display und sah, dass Isla etwas in unseren gemeinsamen Chat geschrieben hatte. Erst mit Islas Arbeitsbeginn hatte ich diesen von »*Mädelsquatsch*« in »*Detektei WWF*« umbenannt. Schließlich war der Chat nun nicht mehr privat, sondern wir tauschten uns dort beruflich aus. Ich las ihre Zeilen, doch Ems war schneller und sagte: »Okay, also laut Claire, einer Künstlerin, die ebenfalls bei Madame Tussauds arbeitet, gab es wohl keinerlei Unstimmigkeiten mit Jacob. Nur einen Streit vor zwei Tagen mit einer Kollegin. Diese Claire weiß noch nichts Genaues, meldet sich aber bei Isla.«

»Also Theorie drei«, sagte ich. »Entführung. Wer sind

seine Feinde? Hat er überhaupt welche? Gibt es wirklich ein Motiv für einen Racheakt?«

»Ich habe schon im Büro von Richard Moore angerufen und um einen dringenden Rückruf gebeten. Er ist im Moment in einer Besprechung.«

Ich hörte das Telefon auf Miss Mollys Schreibtisch klingeln, keine zehn Sekunden später verband sie das Telefonat, nicht ohne den Anrufer anzukündigen. Ems hob ab und schaltete den Lautsprecher an.

»Miss Grace Wood ist am Apparat«, sagte Miss Molly. »Sie klingt aufgelöst. Darf ich durchstellen?«

»Ja«, antwortete ich und es klickte in der Leitung. »Hallo, Grace. Was dürfen wir für Sie tun?«

Außer einem Schluchzen hörte ich rein gar nichts. Keine Hintergrundgeräusche. Nichts.

»Grace?«, fragte Ems nach.

»Er ... er hat d... das nicht ge... geschrieben«, stammelte sie.

»Grace!« Ich bemühte mich, einfühlsam zu klingen. »Bitte beruhigen Sie sich. Wer hat was nicht geschrieben? Was meinen Sie?«

»D... die Nachricht!«

»Wir kommen bei Ihnen vorbei. Ja? Sagen wir in einer halben Stunde? Warten Sie auf uns, bitte.«

Grace drückte das Gespräch ohne Abschiedsworte weg.

»Isla sollte schnell sein mit ihrem Essen. Wir gabeln sie unterwegs auf.« Ems stand auf und nahm ihre Jacke vom Haken.

Kapitel 3

»Ich bin froh, wenn mir Menschen nicht auf den Leib rücken.« Abigail Walker stellt Fragen.

Isla hatte Glück gehabt, denn gerade als wir an dem portugiesisch-afrikanischen Restaurant direkt bei unserem Büro um die Ecke angekommen waren, hatte sie sich das letzte Stück ihres Hühnchen-Wraps in den Mund gestopft. Noch kauend hatte sie das Lokal verlassen, und gemeinsam waren wir in das Uber gestiegen, das Ems über ihre App bestellt hatte. Gut, mir konnte es nur recht sein, schließlich wäre die Tube um die Mittagszeit vollgestopft mit Menschen und ihren Gerüchen. Vor allem mit Menschen.

Als das Uber um die Ecke beim Battersea Park bog, musste ich neidlos anerkennen, dass sich diese Joggingrunde wohl auch für mich eignen würde.

Vor etlichen Jahren hatte es hier einen Vergnügungspark gegeben. Bis sich der schreckliche Unfall im Big Dipper ereignet hatte und fünf Kinder ums Leben gekommen waren, als sich ein Waggon gelöst hatte und ungebremst in einen anderen gedonnert war.

Das Uber hielt vor einem roten Backsteinhaus in der Lurline Gardens. Das obere Stockwerk war weiß gestreift, jedes Zebra würde vor Neid erblassen. So weit das Auge reichte, waren alle Häuser auf dieser Straßenseite gleich. Dem Architekten, der hier sein Herzblut in das Projekt gesteckt hatte, konnte man auf keinen Fall gratulieren. Es war einfach nur gruselig unpassend.

Ich stieg aus und schritt auf den Hauseingang zu, der ebenso diese unpassenden Streifen als Dekoration aufwies. Schnell hatte ich den richtigen Klingelknopf gefunden und drückte darauf. Es summte sofort. Als ich, gefolgt von Ems und Isla, in das Mehrparteienhaus eintrat, hörte ich Grace' Stimme im Treppenhaus widerhallen.

»Zweiter Stock.«

Ich nahm zwei Stufen auf einmal. Genau wie Chief, der mit mir Schritt hielt. Hinter mir stöckelte Ems die Treppe empor. Ich war immer wieder erstaunt, wie sie sich in diesen Schuhen überhaupt auf den Beinen halten konnte. Ich liebte meine Sneakers viel zu sehr und trug sie jeden Tag.

»So wartet doch auf mich«, keuchte Isla ein Stockwerk tiefer. Ich schwor mir, sie morgen, wenn wir wieder im Hyde Park joggen gingen, so richtig zu fordern. Das konnte doch nicht sein, dass unser wochenlanges Training bei ihr keine Wirkung zeigte. Oder vielleicht lag es an den giftigen Dämpfen, die sie bei ihren abendlichen Sprayer-Aktionen einatmete.

Ich rannte noch schneller und kam als Erste bei Grace an. Aus ihrem Pferdeschwanz hatten sich bereits mehrere Strähnen gelöst, die allesamt wild vor ihrem Gesicht hingen. Ihre Augen waren rot geweint und sie zitterte.

»Grace«, sagte ich und überlegte, wie ich auf sie reagieren sollte. Sie tat mir leid, wirklich leid. Aber sie war eine Klientin und …

Ems kam Sekunden später auf dem Stockwerk an, drängte sich wortlos an mir vorbei und nahm sie einfach in den Arm. Okay, fürs nächste Mal notierte ich mir diese Reaktion, wobei ich ganz froh war, wenn mir Menschen nicht zu nahe auf den Leib rückten.

»Komm«, sagte Ems und drängte Grace in ihre Wohnung zurück. »Wir setzen uns erst mal, und du erzählst, was passiert ist, ja?«

Islas Schnaufen kam näher, und auch ich betrat die Wohnung von Grace und Jacob. Ich ließ die Tür offen. Chief schnupperte kurz am Boden, doch schon nach einem Fingerschnippen hatte ich wieder seine ganze Aufmerksamkeit. Mein Blick schweifte durch die Wohnung. Der Echtholzboden war vermutlich erst vor Kurzem verlegt worden. Direkt an die Wohnungstür schloss die Küche an. Das strahlende Weiß der im Landhausstil gearbeiteten Möbel glänzte mir entgegen. Ich umrundete den kleinen Tisch mit den zwei Stühlen und ging weiter Richtung Wohnzimmer. Das Erste, was mir auffiel, war der offene Kamin, der aber augenscheinlich nicht mehr als solcher benutzt wurde, da auf den aufgeschichteten Holzscheiten Kunstblumen arrangiert waren. Direkt daneben stand ein großer Fernseher auf einem hellen Sideboard. Auf dem beigen Sofa saßen Ems und Grace. Letztere schluchzte laut.

»Ab? Kommst du mal bitte?«, sagte Ems und hielt mir

ein Handy entgegen. »Diese Nachricht stammt von Jacob. Allerdings meint Grace, dass er sie nicht geschrieben hat.«

»Er hat sie auch nicht geschrieben!« Grace sprang vom Sofa auf, und ihr schwarzer Pferdeschwanz tanzte wild hin und her. »Jacob macht bei jeder Nachricht, die am Ende eines Gesprächs ist, ein Herz dazu. Bei dieser hier fehlt es aber. Das kann er unmöglich selbst geschrieben haben. Versteht ihr das nicht?«

Ich nahm das Telefon in meine Hand, las die kurze Nachricht, die nicht mehr besagte, als dass Grace sich keine Sorgen um ihn machen solle. Ich scrollte weiter nach oben und las einige ihrer Chats. Da wurde auch mir klar, dass es nicht Jacob gewesen sein konnte, der diese Worte geschrieben hatte. Seine Nachrichten waren tatsächlich immer mit einem Emoji am Ende versehen. Ob nun ein Herz, ein zwinkernder oder ein lachender Smiley. Ich gab das Handy an Isla weiter, die direkt neben mir stand.

»Hat Jacob Feinde? Wissen Sie da etwas?«, fragte ich und schaute Grace an.

In diesem Moment klingelte Ems' Handy. »Ah, da ist ja mein Rückruf.« Sie nahm das Gespräch entgegen. »Hallo, Mister Moore. Danke für Ihren Rückruf. Ich stelle Sie auf laut. Wir sind hier bei Miss Grace Wood.«

»Wie?«, sagte Grace. »Sie haben bei Richard angerufen? Woher wussten Sie …?« Weiter kam sie nicht, denn Ems stellte das Telefonat auf Lautsprecher.

»Also, es ist schrecklich, was mit Jacob passiert ist«, erklang eine sonore Stimme, und ich war mir jetzt schon sicher, dass er ein Mann war, der nicht einen Raum betrat, sondern darin erschien. »Ich bin froh, dass Grace bei Ihnen in guten Händen ist. Wenn ich gewusst hätte, dass Sie, Miss Ferguson, eine Privatdetektei haben, hätte ich Sie natürlich sofort empfohlen. Grace, *Honey!* Wie geht es dir? Ich bin mir sicher, dass sich bald alles aufklären wird.«

»Er ist weg!«, rief Grace. »Wie soll es mir da schon gehen?«

»Hast du bei allen seinen Freunden angerufen, so wie ich es dir geraten habe?«

»Ja, aber niemand weiß etwas. Richard, bitte bring mir Jacob zurück!«

»*Honey*, ich mach doch schon, was in meiner Macht steht. Ich bezahle jeden Preis, dass ich meinen Sohn wieder heil zurückbekomme.«

»Mister Moore?«, fragte Ems. Auch ich wurde bei Richards letzten Worten hellhörig. »Haben Sie eine Lösegeldforderung bekommen?«

»Ja, vor gut einer halben Stunde. Die Entführer wollen eine halbe Million Pfund. Ich bin gerade dabei, das Geld zu organisieren.«

Ein Schrei glitt aus Grace' Mund. »Was? Wieso erzählst du mir das nicht? Wir müssen die Polizei rufen! Sofort!« Sie kreischte, und die Tränen schossen bächeweise ihre Wangen hinab.

»*Honey.* Die Erpresser haben mir ausdrücklich aufgetragen, keine Polizei einzuschalten. Ich mach das schon und bring Jacob unversehrt zurück. Es passiert ihm nichts, solange ich mache, was sie von mir verlangen. Verlass dich auf mich!« Mister Moores Stimme klang emotional gefestigt.

»Wir müssen … aber … du …«, stammelte Grace.

»Wo soll die Übergabe stattfinden?«, fragte Ems.

»Das haben sie mir noch nicht gesagt. Ich habe drei Stunden Zeit, eine halbe Million zu beschaffen. In kleinen Scheinen. Das ist nicht gerade einfach, das können Sie mir glauben.«

»Würden Sie uns bitte auf dem Laufenden halten, wenn die Entführer den Übergabeort bekannt geben? Wir können Sie dabei unterstützen, wenn Sie möchten.«

»Nein, nein. Sie kümmern sich bitte um Grace. Vielleicht könnten Sie herausfinden, wer sich Jacob geschnappt hat. Denjenigen oder derjenigen dreh ich eigenhändig den Hals um.«

»Natürlich«, sagte Ems. »Das machen wir. Schließlich wurden wir dafür engagiert. Gut, dann hören wir uns später, ja?«

»Ich melde mich.« Richard Moore beendete das Gespräch.

»Grace? Joggt Jacob immer dieselbe Strecke? Wissen Sie das?«, fragte ich. Schließlich durften wir keine Zeit verlieren, denn mit der Übergabe des Geldes wäre die Entführung gelaufen. Entweder waren Grace und Richard dann glücklich oder es würde den beiden das Herz aus der Brust reißen. Viel zu oft hatte ich in meinem damaligen Job erlebt, dass Entführungen, die ohne die Polizei vonstattengingen, tragisch endeten. Und auch mit Polizeiunterstützung gab es nicht immer ein Happy End.

»Ja«, schluchzte Grace. Sie nahm ihr Telefon zur Hand, das Isla auf den Wohnzimmertisch gelegt hatte, und rief eine Karte von Battersea auf. Mit ihrem Zeigefinger zeichnete sie die Strecke nach. »Wir sind einige Male zusammen gelaufen. Ich habe ihm schon oft gesagt, dass es gefährlich ist, immer zur selben Zeit die gleiche Strecke zu joggen. Aber er wollte nicht auf mich hören. Und jetzt … ja, jetzt ist es zu spät.«

»Dürfen wir uns mal in der Wohnung umsehen?«, fragte Ems und stand auf.

»Natürlich. Aber was hofft ihr … hoffen Sie, hier zu finden? Können wir dieses Siezen lassen?«

»Selbstverständlich, gerne. Wir hoffen auf irgendetwas, das uns einen Hinweis auf Jacobs Aufenthaltsort gibt. Kannst du uns verraten, was er gestern angehabt hat? Also, als er von der Arbeit nach Hause kam, meine ich.«

»Die dunkelblauen Jeans, ich glaube, sein helles Hemd und die graue Sweatjacke. Das hängt alles über dem stummen Diener im Schlafzimmer.« Grace zeigte auf die Tür, die vom Wohnzimmer abging. Isla stand am nächsten und ging hinein. Ich versuchte, Ems von Grace wegzubekommen, da ich nicht wollte, dass sie meine Vermutung mitbekam.

»Ems? Kann ich dich mal kurz vor der Tür sprechen?« Ich legte ein Lächeln auf meine Lippen, in der Hoffnung, dass Grace dadurch nicht misstrauisch werden würde.

»Du meinst wohl auch, Ab, dass es besser wäre, die Polizei zu verständigen, oder?« Es war kein fragender Blick, sondern ein fordernder.

»Nein, nein. Mister Moore reagiert völlig korrekt.« Ich versuchte, die Situation mit einer Lüge zu retten. Natürlich musste man in so einem Fall immer die Polizei einschalten.

Ems' funkelnde Augen bestätigten mir, dass dies die richtige Antwort war, und sie und Chief folgten mir nach draußen vor die Wohnungstür.

»Was denkst du?«, fragte Ems. »Ich glaube, du solltest wirklich bei Miller anrufen. Zumindest müssen wir ihm Bescheid geben. Meinst du nicht?«

»Ja, vielleicht«, flüsterte ich. »Aber das ist nicht das, was ich dir sagen wollte …« Weiter kam ich nicht mit den Ausführungen meiner Gedanken, denn Isla stand plötzlich neben uns.

»Das«, sagte sie und zeigte uns ein kleines liniertes Stück Papier, das lieblos von einem größeren Blatt abgerissen worden war, »habe ich in seiner Hosentasche gefunden. Vielleicht ist das ein Hinweis auf seine Entführung. Er muss sich dort mit jemandem getroffen haben.« Sie wedelte mit dem Zettel aufgeregt umher, bis ich ihn an mich nahm.

»6:30 pm Madame T. Komm allein«, las ich die handgeschriebenen Worte ab. »Super finde ich, dass du geistesgegenwärtig ein Taschentuch zur Hand hattest und damit keine Spuren verwischst. Es muss nichts zu bedeuten haben, es steht ja kein Datum drauf. Aber dieses

›Komm allein‹ klingt doch nach einem Treffen, das sonst niemand mitbekommen sollte.«

»Und Madame T. könnte ja für Tussauds stehen, oder?«, meinte Isla.

»Nun mal halblang, Mädels. Wenn er vorgehabt hätte, sich mit jemandem zu treffen, warum hat er dann seine Sportkleidung mitgenommen? Und vor allem Grace nicht darüber informiert? Er hätte sie ja zumindest belügen können, mit wem er sich trifft.« Es war Ems, die meinen Gedanken aussprach.

»Wer hat sich mit wem getroffen?«, erklang Grace' Stimme hinter Isla. »Hat er mich etwa mit einer anderen betrogen?«

»Wir wissen es nicht. Aber ich glaube nicht, dass er dich betrogen hat«, warf Ems sofort ein. »Jacob liebt dich! Vielleicht wollte er einfach nur eine Überraschung vorbereiten. Für eure bevorstehende Hochzeit.«

»Ich weiß gar nicht mehr, was ich denken soll. Zuerst verschwindet er spurlos, dann kommt diese Nachricht von seinem Handy, die er nicht selbst geschrieben hat, und als Tüpfelchen obendrauf noch die Lösegeldforderung bei meinem Schwiegervater in spe. Ich bin am Ende mit meinen Kräften.« Grace stützte sich am Türrahmen ab. Sie wurde von jetzt auf gleich weiß wie die Wand neben ihr. Isla griff ihr unter die Arme und begleitete sie zurück in die Wohnung. Ems und ich blieben weiter vor der Tür stehen.

»Ems! Hier ist etwas stinkend faul. Es will einfach nicht zusammenpassen.«

»Wir bereden das später, wenn wir wirklich allein sind. Ruf du mal bei Miller an und erzähl ihm, was hier abgeht.«

Ich nickte, obwohl ich dagegen war, unsere Unterhaltung auf später zu verschieben. Ich tippte die Nummer vier meiner Kurzwahl an. Es klingelte. Und klingelte. »Chief Inspector Malcolm Miller. Sprechen Sie mir aufs Band. Ich rufe so schnell wie möglich zurück.« Es piepte.

»Ab hier. Malcolm, dringender Rückruf. Hier handelt es sich um eine Entführung, und wir haben eine Spur.« Ich steckte mein Telefon wieder ein und atmete tief durch. Ich war nicht geboren für die Emotionen anderer, und schon gar nicht an so einem Tag wie heute. Trotz allem schritt ich zurück in die Wohnung und fand Ems kniend vor dem Sofa, auf dem Grace neben Isla saß. »Darf ich noch mal dein Telefon haben, Grace? Ich möchte gerne ein Foto von der Nachricht machen.«

Sie sah mich nicht einmal an, als sie das Handy in ihre Hand nahm, entsperrte und mir überreichte. Wieder schaute ich auf den Absender und vor allem die Uhrzeit. *Nein, ich bilde mir das sicher nicht ein*, dachte ich und fotografierte die Nachricht ab.

»Also, Grace«, sagte Ems und sah sie eindringlich an. »Wir machen es wie besprochen. Du legst dich hin und bist für uns erreichbar, ja? Grace, mach nichts Unüberlegtes und verlass die Wohnung nicht allein.«

Kapitel 4

»Darf man Geheimnisse vor seinen Freundinnen haben? Ist das erlaubt?«
Abigail Walker auf Spurensuche.

»O mein Gott! Es schüttet ja in Strömen. Gibt es da oben einen Rohrbruch, oder was?« Isla schüttelte sich, obwohl sie noch nicht einmal einen Regentropfen abbekommen hatte. Wir standen im Hausflur des Mehrparteienhauses und warteten auf das Uber, das Ems bestellt hatte. Ich kramte nach meiner Regenjacke, zog sie über, und auch Chief bekam seine übergezogen. Er hasste es, wenn sein Fell nass wurde. Bis auf Pfoten und Kopf musste Chief trocken bleiben, ansonsten wurde er richtig zickig und würde mich stundenlang keines Blickes würdigen.

»Was wolltest du mir eigentlich sagen?«, fragte Ems, die ihren roten Regenmantel angezogen hatte. Ich wusste zwar nicht, wo sie ihn herhatte, aber er passte perfekt zu ihrer Haarfarbe.

»Dass da etwas nicht stimmen kann mit dieser ominösen Nachricht«, sagte ich. »Es passt zeitlich einfach nicht.«

»Was meinst du?«

»Diese Nachricht wurde zehn Minuten, bevor die Entführer bei Richard Moore angerufen haben, an Grace geschickt. Wenn der Täter nicht dumm wie ein Stück

Weißbrot ist, muss er doch wissen, dass Grace ihren baldigen Schwiegervater informiert hat.«

»Wir wissen doch nicht genau, wann dieser angebliche Entführer bei Mister Moore angerufen hat. Aber ich verstehe, was du meinst. Du glaubst, es sind zwei unterschiedliche Täter, die allem Anschein nach nichts miteinander zu tun haben.«

»Ja, das sagt mir mein Bauchgefühl. Und das irrt sich nie. Auch wenn wir keine genauen Zeiten wissen, spielt das hier keine Rolle. Dieses Handeln ist unlogisch.«

»Was sagt Miller dazu?«, fragte Ems. »Du hast ihm doch sicher von deinem Verdacht erzählt, oder?«

»Habe ihn nicht erreicht, und bisher hat er sich auch noch nicht gemeldet.« Ich holte mein Telefon aus der Hosentasche und überprüfte, ob ein Anruf eingegangen war. Meist stellte ich mein Telefon auf lautlos, wenn ich bei Klienten oder bei einer Observation war. Was oft zur Folge hatte, dass ich stundenlang nicht erreichbar war, weil ich vergaß, es wieder laut zu stellen.

Das Uber hielt in diesem Augenblick und wir sprinteten los.

Ich setzte mich auf den Beifahrersitz, Chief legte sich vor meine Füße, da drehte ich mich um und sah, dass Islas Haar tropfte. »Wieso hast du deine Regenjacke nicht übergezogen? Du bist ja bis zur Unterwäsche nass geworden.«

»Ich … na ja …« Isla zupfte an ihren Fingern herum. Ein rötlicher Ton hatte sich auf ihre Wangen gelegt. »Ich habe die Regenjacke im Büro vergessen«, flüsterte sie.

»Super! Gut gemacht!«, sagte ich sarkastisch und sah mich gedanklich im nächsten Bekleidungsgeschäft nach einer Jacke für Isla suchen. Weil wir ja auch sonst nichts zu tun hatten.

»Ach, Ab.« Ems klopfte mir auf die Schulter. »Sei doch nicht so streng mit ihr. Sie hat das ja nicht absichtlich gemacht.«

»Sie ist so eine Chaotin. Wann lernt sie endlich, Verantwortung für sich zu übernehmen? Wenigstens nur für sich selbst. Das wäre immerhin schon mal ein großer Fortschritt.«

»Gib ihr doch ein wenig Zeit. Wir bringen ihr das schon noch bei. Und du, Ab, komm mal runter von deinem Thron.« Ems' Tonfall klang fast zärtlich, und ich wusste, dass ich mich nicht so in Islas Problemchen reinsteigern sollte. Aber mich machte ihr Chaotentum mehr als wahnsinnig, und allein der Gedanke an die nächste Katastrophe, die Isla anrichten würde, hinterließ eine Gänsehaut auf meinem Rücken. Noch bevor ich sagen konnte, dass ich Isla genauso liebte wie eine Schwester und sie deswegen auch bei uns in der Privatdetektei mit offenen Armen empfangen hatte, hörte ich ihre Stimme.

»Ihr macht es schon wieder! Hallo? Ich bin anwesend! Ihr könnt auch mit mir persönlich sprechen, das ist euch schon klar, oder?«

»Wissen wir, ja«, sagte ich. »Sorry, Isla. Ich habe einen schlechten Tag heute. Da nervt mich einfach alles. Mich selbst eingeschlossen.« Ich drehte mich wieder nach vorn, schaute aus dem Fenster und ließ das Regenprasseln auf mich wirken. Schon immer hatte ich Regen geliebt. Meine Gedanken schweiften ab, zu der Parkbank. Da hatten wir abends immer gesessen, nach Sonnenuntergang. Das Wetter war uns egal gewesen. Wir hatten uns. Unsere perfekte kleine Welt. Abby war vollständig gewesen.

»... schließt doch in einer Stunde«, sagte Isla zu Ems. »Bis wir dort sind, bei dem Verkehr, sind alle Türen verschlossen.« Da ich nur die Hälfte des Gespräches mitbekommen hatte, musste ich mir den Rest zusammenreimen. Was mir nicht schwerfiel, denn die beiden konnten sich nur über das Wachsfigurenkabinett unterhalten haben und dessen Öffnungszeiten.

»Da sich Jacob gestern Abend um halb sieben mit jemandem dort getroffen hat, werden wir kaum Spuren im Inneren finden«, sagte ich. »Da war Madame Tussauds schon drei Stunden geschlossen. Somit sollten wir uns draußen umsehen. Vielleicht gibt es ja Überwachungskameras oder so.«

»Ich grab sicher nicht in Mülleimern«, sagte Isla, verschränkte ihre Arme vor der Brust und ließ sich in ihrem Sitz zurückfallen.

»Das hat ja auch niemand gesagt«, entgegnete ich.

»Jetzt hört doch endlich auf, ihr zwei. Vertragt euch«, sagte Ems und schlug mit den Handflächen auf ihre Oberschenkel. Natürlich, unsere ehemalige Staranwältin wollte Frieden. Ich fragte mich, wieso sich Isla so mokierte und mir Dinge unterstellte, die ich weder so gemeint noch gesagt hatte. Gut, ich war heute vielleicht nicht der umgänglichste Mensch auf Erden, aber konnte sie mir das wirklich übel nehmen? Es gab nur sieben Tage im Jahr, an denen ich wirklich schlecht drauf war, und heute war einer davon.

»Ich habe nicht gesagt, dass sie in Mülltonnen klettern soll«, meinte ich. »Bitte, können wir das einfach lassen? Ich habe da heute wirklich nicht den Nerv dafür.« Ich drehte mich wieder nach vorn.

Die restliche Fahrtzeit von knapp dreißig Minuten verbrachten wir damit, zu planen, wie wir weiter vorgehen wollten. Die Chancen, irgendeinen Hinweis zu finden, standen nicht besonders gut, da sich auch heute wieder Hunderte, wenn nicht Tausende von Menschen das Kabinett angesehen hatten. Aber es war die einzige Spur, die wir im Moment hatten.

Das Uber ließ uns direkt vor dem Museum aussteigen, und ich war froh, dass sich die Sonne zwischen den dunklen Wolken hervorgedrängt hatte. Der Frühling nahte mit großen Schritten. Die Tage wurden länger und die Nächte kürzer. Für mich machte das keinen Unterschied. Jeder Tag ohne Bobby war ein verlorener Tag.

»Und wo sollen wir nun suchen?«, fragte Isla und breitete ihre Arme aus wie ein Vogel, der losfliegen wollte.

Zugegeben, von außen machte das Wachsfigurenkabinett keinen sonderlich interessanten Eindruck. Es sah so aus wie jedes andere Gebäude hier. Doch der wahre Wert stand im Inneren. *Lass dich niemals von der äußeren Hülle blenden!* Bobbys Stimme kroch durch meine Gehirnwindungen.

»Ab?« Ems rüttelte an meinem Oberarm. »Wenn du dich nicht gut fühlst, dann können wir das auch allein machen.«

Ich winkte sofort ab, räusperte mich und ging einige Schritte, um mich mit der Umgebung vertraut zu machen. Ich umrundete das Gebäude mit dem grünen Kuppeldach. »Da hinten ist eine Überwachungskamera. Vielleicht hat die etwas aufgezeichnet?«, sagte ich und zeigte in die Nebenstraße auf ein Pförtnerhäuschen. Ohne eine Antwort abzuwarten, ging ich los. Doch je näher ich kam, desto mehr zerstörte sich die Hoffnung, hier etwas zu finden. Dieser hintere Bereich war anscheinend ausschließlich VIPs zugänglich, und die Kamera war nur auf das Tor und die dazugehörige Zufahrt gerichtet. Ich hielt vor dem Security-Häuschen an, doch niemand war darin zu sehen. Ein Monitor lief, der mich zeigte, wie ich durch das Fenster hineinschaute.

»Verdammt!«, fluchte Ems und ich musste lachen. Dieser Kraftausdruck passte nicht zu der schicken Lady in ihren hochhackigen Schuhen. Zumindest war das meine Meinung, wenn sie mal wieder einen ihrer Tage hatte, an dem sie die Kleidung aus ihrer Zeit als Rechtsanwältin aus ihrem Kleiderschrank kramte. Aber mit solchen Schimpfwörtern war sie doch noch ein normaler Mensch geblieben. Und diese Momente liebte ich sehr. »Wieso ist hier niemand, wenn man mal jemanden braucht?«

»Na, das Museum ist zu«, erwiderte Isla. »Die Sicherheitsleute drehen ihre Runden im Inneren. Und das kann dauern. Schließlich muss überprüft werden, dass sich ja kein aberwitziger Tourist irgendwo versteckt hält.«

»Die Kameraeinstellung bringt uns sowieso nicht weiter. Ich glaube kaum, dass sich Jacob hier hinten mit jemandem getroffen hat. Was wollte er bloß hier? Mit wem hat er sich getroffen und zu welchem Zweck?« Mein Hirn ratterte auf Hochtouren, und Chief, meine treue Seele, stupste mich am Bein an, um auf sich aufmerksam zu machen. »Du musst mal, was?« Ich kniete mich zu ihm, streichelte über seinen Kopf und lief auf die andere Straßenseite, da dort Bäume am Gehsteig gepflanzt waren. Jeder Hund hatte so seine Lieblingspinkelstellen. Chief liebte eben Bäume und Büsche. Als er sein Geschäft verrichtet hatte, überquerte ich wieder die Straße. Ems und Isla standen noch immer vor dem Pförtnerhäuschen.

»Die Idee, hierherzukommen, war nicht die beste. Aber gut, was hatten wir auch erwartet?« Ems zuckte mit den Schultern.

Mein Telefon klingelte. Ich holte es aus der Hosentasche hervor und nahm das Gespräch entgegen. »Hi, Malcolm.«

»Ab, du hast angerufen? Es klang dringend. Was ist los?«

»Hör zu, ich habe dir doch von Jacob Moore erzählt. Anscheinend wurde er wirklich entführt. Sein Vater Richard Moore hat eine Lösegeldforderung erhalten. Und Jacob hat sich gestern Abend um halb sieben vor Madame Tussauds mit jemandem getroffen. Außerdem hat jemand seiner Freundin Grace vormachen wollen, dass Jacob ihr eine Nachricht geschickt hat. Aber die stammt sicher nicht von ihm.«

Er antwortete nicht, nur das Tippen auf der Tastatur war zu hören. Es dauerte eine Weile, bevor er wieder etwas sagte. »Bist du dir sicher? Ich habe keine Meldung im System über eine Entführung oder eine Lösegelderpressung. Bei welcher Dienststelle hat er denn angerufen?«

»Bei keiner. Die Entführer meinten, er darf keine Polizei einschalten. Du kennst das übliche Prozedere ja.«

»Wann ist die Übergabe?«, fragte Malcolm. »Und wo? Dann schick ich eine Truppe los.«

»Sein Vater möchte das aber nicht, eigentlich darfst auch du nichts davon wissen.«

»Ich mache mich, genau wie du auch, strafbar, wenn ich da nicht handele. Das brauche ich dir wohl nicht zu erzählen. Warum rufst du mich überhaupt an, wenn ich nichts darüber wissen darf?« Malcolm atmete scharf aus. »Du musst mir alles erzählen, was du weißt. Ab, das kann schiefgehen. Es wäre nicht das erste Mal, dass …« Er ließ das Ende des Satzes in der Luft hängen. Ich wusste, was er meinte. Die entführte Tochter, die trotz Zahlung Stunden später tot und missbraucht aufgefunden worden war, war nur eines von etlichen Beispielen, die mir ad hoc einfielen.

»Ja, ich sag Bescheid, sobald ich was Genaues weiß, okay?«

»Das will ich hoffen. Und bring den Vater dazu, dass er mich anruft. Ich kann alles Notwendige veranlassen und ihn unterstützen.«

»Okay, bis dann.« Ich war im Begriff, das Gespräch zu beenden, doch Malcolm hielt mich zurück.

»Warte, Ab!!. Ich muss dir noch was sagen.« Er druckste einen Moment herum, als würde er um Worte ringen. »Wir haben eine heiße Spur. Eine verdammt heiße. Wir haben was gefunden, was Bobby gehörte. Ich kann dir das am Telefon jetzt nicht sagen. Wir müssen uns treffen.« Er flüsterte so leise, dass ich mich konzentrieren musste, um jedes Wort zu verstehen.

»Okay«, hauchte ich ins Telefon und drehte mich von Isla und Ems weg. »Komm zu mir in die Wohnung. Sie liegt in Little Venice. Die Adresse schick ich dir gleich.« Ich erschrak über meine eigenen Worte. Wieso hatte ich ihm angeboten, in meine Wohnung zu kommen? Nicht einmal meine beiden besten Freundinnen durften diese sehen.

»Nein, das ist viel zu gefährlich«, sagte Malcolm. »Wir müssen uns an einem neutralen Ort treffen. Wo viele Menschen sind.«

Obwohl mich seine Antwort zufriedenstellen sollte, wurde mir mulmig. An einem Ort, an dem sich viele Menschen aufhielten, fühlte ich mich immer unwohl, allein. »Wir treffen uns in einer Stunde in der Warwick-Avenue-Station. Unten bei der Tube.« Die Underground-Station lag nur wenige Gehminuten von meiner Wohnung entfernt. Somit hatte ich meinen Sicherheitsanker ganz in der Nähe. Miller stimmte zu und das Gespräch war beendet.

Einerseits freute ich mich auf das Treffen mit ihm, andererseits hatte ich die Hosen gestrichen voll. Konnte es ein Zufall sein, dass genau an unserem Jahrestag etwas von Bobby auftauchte? Nein, ich glaubte nicht an Zufälle, eher an eine Art Bestimmung. Und meine Bestimmung war es, diesen Dreckskerl zu finden, der meine Sonne kaltblütig erschossen hatte, und ihn ebenso unter die Erde zu bringen. Damals, am Tag des Unglücks, hatte ich mir geschworen, den Verantwortlichen für Bobbys Tod in kleine Stücke zu zerteilen, zu zermahlen und anschließend zu verbrennen. Heute, ein Jahr später, reichte es mir, wenn dieser Dreckskerl ein paar Yards unter der Erde läge und nie wieder so ein feiges Attentat verüben könnte. Das war auch der Grund, warum ich mich beruflich neu orientieren musste. Ein persönlicher Racheakt und Polizeiarbeit wollten einfach nicht zusammenpassen.

Ich steckte mein Handy wieder weg und drehte mich zu meinen Freundinnen um.

»Du hast ihm nichts von deiner Theorie erzählt, dass hier zwei verschiedene Täter am Werk sind.« Ems hob ihre rechte Augenbraue und fixierte mich mit ihren dunkelblauen Augen. Sie ahnte wohl, dass ich mich nicht zum Spaß von den beiden abgewandt hatte. Und doch konnte ich ihr nicht erzählen, was ich erfahren hatte. »Wieso eigentlich nicht?«

Wieso eigentlich nicht?, huschte die Frage nochmals durch mein Hirn, und doch entschied ich, dass es besser wäre, die beiden nicht in Gefahr zu bringen. Schließlich handelte es sich bei dem Arschloch, das die Liebe meines Lebens getötet hatte, um ein Mitglied der *Body Lovers*. Eine kriminell organisierte Bande, die Leichen stahl und auch nicht vor Mord zurückschreckte, wenn die Bezahlung für ein noch pumpendes Herz hoch genug war. Und doch wusste ich nicht, wer von dieser Gruppe die tödliche Kugel auf Bobby abgefeuert hatte.

»Ich habe Kopfschmerzen.« Ich hielt meine Hände an die Schläfen und atmete laut. *Wenn ich nur ein klein wenig schauspielerisches Talent in meinen Genen habe, dann soll das nun bitte zum Vorschein kommen*, flehte ich gedanklich. Es tat mir leid, dass ich meine Freundinnen anlügen musste. Doch es reichte völlig, mein eigenes Leben aufs Spiel zu setzen.

»Oh, du Ärmste.« Isla legte mir die Hand auf die Schulter. »Du bist auch ganz blass. Fahr doch bitte nach Hause und ruh dich ein wenig aus.«

Ich rang mir ein Lächeln ab, und auch Ems stimmte dem Vorschlag sofort zu.

»Ja, bitte«, sagte sie. »Fahr nach Hause. Wir sehen uns morgen, pünktlich um acht im Hyde Park.«

Isla schnaufte zwar, aber ich wusste, auch sie würde unsere morgendliche Joggingrunde nicht versäumen. Schließlich gab es danach im Bill's ein leckeres Frühstück. Und *das* ließ sie mit Sicherheit nicht ausfallen.

Kapitel 5

»Angst ist niemals ein guter Berater.«
Abigail Walker wittert eine neue Spur.

Die Fahrt von der Station bei Madame Tussauds bis zu meiner Wohnung hatte gerade einmal neun Minuten gedauert, und ich hatte wirklich Glück, weil die Tube nicht so vollgestopft war. Sogar einen Sitzplatz hätte ich haben können, wenn ich einen gewollt hätte. Als ich aus der Station wieder ans Tageslicht kam, leinte ich Chief ab. Die paar Hundert Meter, die ich von der U-Bahn bis zu meinem Einzimmerapartment hinter mich bringen musste, rannte ich. Chief hatte Freude und lief immer vor und zurück mit wedelnder Rute. Hier in Little Venice strahlte die Sonne vom Himmel. Die dunklen Wolken von vorhin hatten sich verzogen. Zumindest die am Himmel. In mir drin war das Gewitter weiterhin vorhanden und würde auch so schnell nicht aufklaren.

Ich joggte über die kleine Brücke der Warwick Avenue und blieb stehen. Nur einen kurzen Moment genoss ich den Ausblick auf den Little Venice Lagoon. Tatsächlich war es weniger das Wasser, das in mir leichte Glücksgefühle auslöste, sondern die unzähligen Hausboote, die an den Seiten festgemacht waren. Eines Tages würde auch ich auf so einem Hausboot leben und frei sein. Eines Tages …

Leise seufzend löste ich mich von dem Gedanken und lief weiter. Wenige Minuten später schloss ich die Haustür meiner Wohnung auf und trat ein. Chief stürmte an mir vorbei zu seinem Futternapf, als hätte er heute noch nichts zu fressen bekommen, und schaute mich mit großen Augen an. »Ja, mein *Sweety*. Du kriegst gleich was.«

Ich mochte diese kleine Wohnung, da es wirklich nur ein paar Schritte bis in die Küche oder auch ins Badezimmer waren. Auch, dass mein Bett nur knapp zwei Yards vom Küchenblock entfernt stand, störte mich nicht. Schließlich brauchte ich nicht viel Platz und war auch kein Dekofreak, der ständig neu dekorieren musste. Oder irgendetwas an Dekoration in der Wohnung brauchte. Ich holte das Trockenfutter aus der Küchenschublade, füllte etwas in den Futternapf und ließ mich auf den Stuhl sinken, der direkt neben dem einzigen Fenster in der Wohnung stand. Zwei Stühle und ein Tisch. Mehr brauchte ich nicht. Wobei der zweite Stuhl eher ein Dekogegenstand war, da ich nie Gäste empfing. Mein Blick glitt wie automatisch ins Freie, und ich schaute an den Bäumen der Maida Avenue entlang zu den Hausbooten. Ich hatte noch eine halbe Stunde Zeit, mir Gedanken zu machen, was die Polizei heute von Bobby gefunden haben könnte. Und vor allem, warum heute? Wer wusste von unserem Verlobungstag?

Ich drehte mich der Wand der Rache zu. Direkt oberhalb des Kopfendes meines Bettes prangten lauter Fotos, gespickt mit Post-its. Die meisten waren mit einem roten Faden miteinander verbunden. Alle Informationen, die ich über die Mitglieder der *Body Lovers* in Erfahrung bringen konnte, befanden sich an dieser Wand. Jedes noch so kleine Detail. In meiner Ausbildung als Polizistin hatte ich gelernt, auf alles zu achten. Die meisten der Fotos hatte ich schon durchgestrichen. Die darauf abgebildeten Personen kamen als Mörder von Bobby nicht infrage. Es gab nur noch drei mögliche Kandidaten. Nur noch drei!

Mein Telefon gab einen Klingelton von sich.

»Alles okay, Ab? Bist du gut zu Hause angekommen?«, hatte Isla in unseren gemeinsamen Chat geschrieben, und tatsächlich zauberten diese Worte mir ein Lächeln auf die Lippen.

»Ja, alles gut. Ich leg mich jetzt mal hin, okay?«, tippte ich schnell, schließlich sollten sie sich keine Sorgen um mich machen. Niemand sollte sich um mich Sorgen machen. Das hatte ich einfach nicht verdient. Wenn ich damals nur auf Bobby mehr achtgegeben und ihm nicht Folge geleistet hätte, zuerst das Zimmer links zu sichern, dann würde er noch leben. Oder ich vielleicht tot sein. Wobei ich mit Letzterem gut hätte leben können. Ich musste laut lachen über meinen aberwitzigen Gedanken.

»*I'm not playing with a full deck*«, sagte ich zu Chief und streichelte ihm übers Fell. Und es stimmte. Ich hatte wirklich nicht mehr alle Tassen im Schrank. Das war auch der Grund, warum ich mich nach Bobbys Tod selbst in eine psychiatrische Anstalt eingewiesen hatte. Ich hatte tatsächlich Angst, mir etwas anzutun. Ich brauchte damals wirklich dringend Hilfe. Und die bekam ich dort auch. Bis ich mit mir selbst einen Pakt geschlossen hatte.

Meine Mission zu Ende zu bringen. Und das trieb mich zur Höchstleistung an.

Dennoch hatte ich es geschafft, in diesem einen Jahr ohne ihn mein Leben wieder unter Kontrolle zu bringen. Und darauf war ich mehr als stolz. Immerhin war ich von den Psychopharmaka weggekommen, um wieder ein halbwegs normales Leben zu führen, wenn auch mein Schutzpanzer, den ich um mich herumgebaut hatte, gefühlt so dick wie Elefantenhaut war. Ich ließ nur die zu mir durchdringen, die ich liebte.

Vor lauter Erinnerungen hatte ich fast die Zeit übersehen und sprang mit einem Satz auf. Chief schreckte ebenso hoch. »Komm, wir müssen uns mit Malcolm treffen.«

Schnell schloss ich die Wohnung hinter mir zu und rannte gleich darauf über den Gehweg in Richtung Underground. Noch während ich lief, zückte ich meine Fahrkarte, hielt sie auf den Scanner der Tube-Station und hob gleich darauf Chief hoch, da die Rolltreppe, die nach unten führte, nicht hundesicher war.

Ich sah die U-Bahn, die mit lautem Gedöns und mächtigem Wind an der Haltestelle einfuhr. Und dann sah ich ihn. Malcolm. Wie er auf einer der Wartebänke saß und Löcher in die Luft starrte. Auch an ihm war das letzte Jahr nicht spurlos vorbeigegangen, denn sein Dreitagebart, den er schon hatte, als wir uns kennenlernten, ergraute zusehends. Auch sein dunkles Haar, das wie immer kreuz und quer lag, war von Grau durchsetzt. Je näher ich an ihn herantrat, desto mehr hatte ich das Gefühl, dass er an Gewicht verloren hatte. Früher hatte er immer ein kleines Bäuchlein gehabt, jetzt sah er regelrecht abgemagert aus in seiner viel zu großen Jacke.

»Hi, Malcolm«, sagte ich und er erschrak.

Kapitel 6

»Wenn du nicht weißt, was du sagen sollst,
dann halte lieber deinen Mund.«
Malcolm Miller lügt für die Liebe.

Nur noch fünf Minuten! Mein Herz begann in meinem Brustkorb auf und ab zu springen wie auf einem Trampolin. Dabei saß ich auf einer stählernen Bank in einer muffigen Underground-Station. Aber ich wartete auf Abby. Für mich war sie noch immer Abby. Mein Hirn wollte sich auch nach all der Zeit nicht umstellen. Sechs Jahre hatte ich mit ihr und Bobby in einer Abteilung gearbeitet, viele Fälle gemeinsam gelöst und verdammt viel Spaß gehabt. Und da waren die beiden immer Abby. Abigail plus Bobby. Immer zusammen. Untrennbar.

Bis zu dem Tag, als Bobby getötet wurde. Ich konnte mich noch daran erinnern, als wäre es gestern gewesen. Der Schmerzensschrei, der durch die Lagerhalle getönt hatte wie eine Sirene, Millisekunden danach hatte ich den Schuss gehört. Ich hatte sie von seinem leblosen Körper regelrecht wegzerren müssen. Noch nie hatte ich Ab so verzweifelt gesehen, so völlig außerstande, auch nur einen einzigen Gedanken fassen zu können. Ich musste ihr die Waffe abnehmen, ansonsten hätte sie vor Wut, Zorn und Hilflosigkeit auf alles geschossen, was sich in der näheren Umgebung bewegt hätte. Vielleicht war ich damals ihr Rettungsboot, das sie vor Schlimmerem bewahrt hatte. Vielleicht war ich auch nur zur richtigen Zeit am richtigen Ort.

Zugegeben, als sie das erste Mal in ihren knappen Jeans ins Büro von Scotland Yard marschiert war, ja, das hatte mächtig Eindruck gemacht. Eine wunderschöne Frau, mit kurzem dunklem Haar und einer Ausstrahlung, die einen sofort einnahm. Eine Frau mit Ecken und Kanten, die mir mit einer Selbstsicherheit gegenübergetreten war, die ich noch nie bei einer Frau erlebt hatte.

Ja, ich war in sie verliebt gewesen, war ich vielleicht heute noch. Aber das würde ich niemals zugeben. Schließlich hatte ich einen Schwur geleistet. Bobby gegenüber. Wenn ihm jemals etwas passierte, dann sollte ich auf Ab aufpassen, ihr Beschützer, ihre Schulter zum Ausweinen, ihr bester Freund sein. Und daran würde ich mich halten, auch wenn es mir schwerfiel. Denn jedes Mal, wenn ich sie sah, erhöhte sich mein Blutdruck. Und doch gab es ein Geheimnis, das mich wie ein schwerer Mantel erdrückte. Ich hatte mit mir selbst gerungen, ihr zu sagen, was ich herausgefunden hatte. Es lag nun an mir, sie vor ihrem eigenen Schicksal zu bewahren. Ich musste sie vor sich selbst schützen!

»Hi, Malcolm.«

Ich erschrak, war ich doch so in meine Gedanken vertieft gewesen, dass ich weder den Lärm der aussteigenden Passagiere aus der Tube noch sie gehört hatte. Eine andere Welt, eine bessere als diese. Ich blickte in ihre braunen Augen und sah den Schmerz, der in ihr wütete. Das Jahr ohne Bobby hatte sie verändert. Eine scharfe Linie durchzog ihr perfektes Gesicht. Hatte ich sie im letzten Jahr überhaupt lachen gesehen?

»Hi, Ab. Hi, mein Großer«, begrüßte ich sie und natürlich auch Chief, der mich sofort erkannte und nun zufrieden meine Handflächen abschleckte. Ab ohne Chief zu treffen, war ebenso ein Ding der Unmöglichkeit, wie es damals auch mit Bobby gewesen war.

»Also, was habt ihr gefunden?«, fragte sie. »Wo? Und vor allem, warum heute?« Keine Frage, Ab hatte es noch immer nicht so mit Small Talk. Das Direkte, das mochte ich an ihr. Wie so viele andere Kleinigkeiten auch.

»Wir haben heute eine Diebesbande hochgenommen und das gefunden.« Ich holte ein Foto aus meiner Hosentasche hervor und zeigte es ihr. Sofort riss sie es mir aus den Händen, und zärtlich strich sie über die Abbildung der goldenen Patrone, die an einer Kugelkette befestigt war.

»Hast du auch …?« Sie sprach nicht weiter, weil ich nickte.

»Ja, die Gravur stimmt. Das Datum eurer Hochzeit und dein Name. Es ist definitiv von Bobby.«

»Okay«, drang es gequält aus ihr hervor, und mir kam es so vor, als ob sie versuchte, ihre Gefühle vor mir zu verbergen. Ich musste mich zurückhalten, meine Hand nicht auf ihre Schulter zu legen. Dabei sehnte ich mich danach, sie beschützen zu dürfen. »Und wo?«

»Drüben in East End.«

»Sagtest du nicht, ihr habt eine heiße Spur?« Abs Stimme klang so fest, dass ich mich fragte, wie sie es schaffte, ihre Emotionen so unter Kontrolle zu halten.

»Ab, es ist kein Zufall, dass dieser Anhänger ausgerechnet heute aufgetaucht ist. Es ist eine Warnung an dich. Dass du aufhören sollst, nach Bobbys Mörder zu suchen. Ab, verstehe endlich! Du begibst dich in große Gefahr, wenn du weiter Leuten Fragen stellst, denen du nicht zu nahe kommen solltest.«

Ab verschränkte ihre Arme vor der Brust. »Ganz sicher nicht. Ich höre nicht auf! Wenn sie mir eine Warnung schicken, dann bedeutet das nur, dass ich schon sehr dicht an der Wahrheit dran bin.«

»Ab, bitte!«, sagte ich. »Hör auf! Der Boss dieser Diebesbande, den wir heute dingfest gemacht haben, hat eine eindeutige Botschaft. Unmissverständlich!«

»Was?«

»Du hast schon richtig gehört! Dass wir die Bande geschnappt haben, war von den *Body Lovers* so geplant. Sie geben uns kleine Fische, damit wir sie in Ruhe lassen. Also morden dürfen sie deswegen nicht, aber du kennst doch das Prozedere … Sie sind nicht die Ersten, die als Deal eine sogenannte Schonung alter Fälle bekommen. Mit ihrer Hilfe konnten wir schon einige Verbrechen aufklären und verhindern. Mir gefällt das ja auch nicht, aber es ist eben eine Weisung von ganz oben.«

»Willst du mir jetzt erzählen, dass ihr Geschäfte mit Bobbys Mördern macht? Echt jetzt? Wie lange weißt du schon davon? Ihr seid das gleiche miese Pack wie diese Leichenficker.« Ab sprang mit einem Satz auf. Ihre Augen funkelten tödlich. Ich sah den rasenden Pulsschlag in ihrer Halsschlagader pochen. Auch ich stand auf und hielt ihr meine Arme ausgebreitet entgegen. Chief beobachtete Abs Reaktion ganz genau und neigte seinen Kopf.

»Also, es ist so … Du weißt doch, dass …« Weiter kam ich mit meinen Beschwichtigungsversuchen nicht, denn Ab fuchtelte wild mit ihren Armen umher und ballte ihre Hände zu Fäusten. Nur einen Augenaufschlag später hämmerte sie auf meinen Brustkorb ein. Ich hielt den Schmerz aus. Es war ihr Schmerz. Der musste endlich raus! Ich packte sie an den Handgelenken und hielt sie fest. Dann zog ich sie ganz nahe an mich heran und umarmte sie. Zuerst wehrte sie sich noch gegen mich, doch dann bemerkte ich ihre heißen Tränen an meiner Schulter. Ich sagte nichts mehr, wusste auch nicht, was ich hätte sagen können. Manchmal war ein unausgesprochenes Wort einfach die bessere Wahl. Chiefs Pfote ruhte auf meinem Oberschenkel.

Ich weiß nicht mehr, wie lange wir so eng umschlungen dagestanden hatten. Wie viele Passagiere sich an uns vorbeigeschoben oder wie viele Züge in der Zwischenzeit angehalten hatten. Ich hielt sie einfach fest, weil ich wusste, dass sie das im Moment brauchte. Und weil sie es zuließ und mich nicht von sich wegstieß, so wie es in den vergangenen Monaten der Fall gewesen war. Weil auch ich es brauchte. Schließlich war Bobby auch mein bester Freund gewesen. Es hatte auch mir das Herz herausgerissen, als er plötzlich nicht mehr da war.

Sie löste sich von mir und blickte mich mit tränenvollen Augen an. »Sag mir, hilfst du mir, den Mörder von

Bobby zu finden? Hilfst du mir?«

»Ja«, flüsterte ich ihr ins Ohr, obwohl ich jetzt schon wusste, dass es eine Lüge war.

Kapitel 7

»Je dichter du an der Wahrheit dran bist, desto gefährlicher wird es.« Abigail Walker wird von der Vergangenheit eingeholt.

Ich fühlte mich wie unter Drogen, als ich mich auf den Weg zurück in meine Wohnung machte. Jeder Schritt war leicht und schwer zugleich. Gedanken rasten durch meinen Kopf, und doch konnte ich keinen lange genug festhalten, um zu verstehen, was passiert war. Ich befand mich in einer Zwischenwelt der Realität und des Wahnsinns.

Chief bellte und riss mich zurück in die Gegenwart. Ein Auto hupte, das mich überrollt hätte, wenn ich mich nicht zu Chief umgedreht hätte. Er war und blieb mein Lebensretter.

Minuten später war ich zurück in meiner Wohnung und starrte wieder auf die Wand der Rache. Ich konnte nicht aufgeben, ich musste dicht an der Wahrheit dran sein, ansonsten hätten sie mir keine Warnung geschickt. Wie konnte Scotland Yard einen Mörder decken? Wieso machten sie so etwas?

Gut, aus Erfahrung wusste ich, dass solche Deals nicht unüblich waren, aber hier ging es um einen Polizistenmord. Das war eine ganz andere Hausnummer. Wusste Malcolm mehr, als er mir erzählt hatte? Ich ließ das Gespräch nochmals geistig in meinem Kopf ablaufen. Doch ich konnte keine Ungereimtheiten feststellen. Und er hatte mir versprochen, mir weiterhin bei der Suche nach Bobbys Mörder zu helfen. Er war auf meiner Seite und seit Bobbys Tod auch nicht mehr davon wegzudenken.

Je länger ich auf meine Wand schaute, desto mehr stellte sich Erleichterung ein. Woher sie kam und wieso sie sich ausgerechnet heute einstellte, konnte ich nicht greifen. Es war das erste Mal, dass ich meinen Körper wieder wahrnehmen konnte, ohne dafür exzessiven Sport zu betreiben. Lag es an den Tränen, die ich heute geweint hatte? Lag es an dem warmen Gefühl, das Malcolm in mir ausgelöst hatte?

Ah! Du musst nicht immer alles so genau wissen, huschten Bobbys Worte durch meinen Kopf. Ja, er hatte recht. Doch für eine Perfektionistin war es schwer, zu begreifen, warum etwas so war, wie es war, ohne das Warum zu kennen. Schon als kleines Mädchen hatte ich von Daddy wissen wollen, warum der Himmel so blau war, warum das Meer salzig schmeckte. Und Daddy wusste immer eine Antwort. Wusste er auch heute eine Antwort auf meine Warum-Frage?

Ich holte mein Telefon aus der Hosentasche und sah, dass Isla und Ems Nachrichten im gemeinsamen Chat hinterlassen hatten. Ich fragte mich, was wohl passiert war. So las ich, dass Isla sich mit ihrer Arbeitskollegin Claire getroffen hatte, um mehr Infos über diese Ungereimtheiten bei Jacob im Job herauszufinden. Und Ems schrieb, dass sich die Entführer trotz Ablauf der Zeit nicht wie vereinbart bei Richard Moore gemeldet hatten.

Ich ließ das Telefon sinken. Diese ganze Entführung stank zum Himmel! Wieso verlangten die Entführer nur eine halbe Million Pfund von einem schwerreichen Millionär? Waren da Anfänger unterwegs? Keine Frage, ein Lösegelderpresser, der sich nicht mehr meldete, war definitiv kein gutes Zeichen. Ich dachte an Grace und daran, wie sehr sie unter Schock stehen würde, wenn das Schlimmste des Schlimmsten passierte.

Ich tippte in den Chat: »Hat Mister Richard Moore das Geld besorgen können?«

»Ja«, kam gleich darauf von Ems.

Ich überlegte einen Moment und dachte daran, dass ich doch Malcolm davon erzählt hatte. Ob die Täter vielleicht schon gefasst und Jacob befreit worden war? Aber wenn dem so gewesen wäre, dann hätte Malcolm es mir erzählt. »Und nun?«

»Warten!«, schrieb Ems zurück.

Ich, die Ungeduld in menschlicher Gestalt, sollte warten. Na klar. Ich steckte das Telefon weg und schaute aus dem Fenster. Die Hausboote schwankten leicht im Wasser.

»Okay«, sagte ich zu Chief. »Komm, wir fahren zurück ins Büro. Ich halte es hier allein nicht aus.«

Ich brauchte wie immer neunundzwanzig Minuten von zu Hause bis ins Büro. Das mochte mein perfektionistisches Gen besonders, wenn alles genau nach Zeitplan lief. Und solche Kleinigkeiten beruhigten meinen aufgewühlten Geist.

Als ich die Tür unseres Büros öffnete, hörte ich Ems, die allem Anschein nach telefonierte. Der Schreibtisch von Miss Molly war verwaist, da sie nur halbtags für uns arbeitete. Ich klopfte auf eine Seite meines Oberschenkels, um Chief zu signalisieren, dass er bei Fuß gehen musste. Ich wollte einen Aufschrei von Ems vermeiden, insbesondere mitten in einem Telefonat. Ich grüßte sie mit einer Handbewegung, und noch bevor ich mich auf meinen Stuhl gesetzt hatte, schaltete sie das Telefon auf Lautsprecher. Der Stimme nach sprach sie mit Richard Moore.

»Wie gesagt, nichts Neues. Ich weiß nicht, wieso sich niemand mehr meldet. Ich habe doch alles gemacht, was die Entführer verlangt haben. Miss Ferguson? Was passiert nun? Haben Sie eine brauchbare Spur, die Sie verfolgen? Irgendeinen Anhaltspunkt, wo sich Jacob befinden könnte?«

»Wir sind dran und ermitteln in alle Richtungen. Glauben Sie nicht, dass es doch besser wäre, die Polizei zu verständigen? Schließlich …« Ems stoppte, und ich vervollständigte ihren Satz im Geiste. *Schließlich müssen wir davon ausgehen, dass Jacob vielleicht nicht mehr am Leben ist, wenn die Entführer sich nicht melden.* Ems schlug sich die Hand auf den Mund und zuckte ratlos mit den Schultern.

»Hi, Mister Moore. Ich bin Abigail Walker. Partnerin von Miss Ferguson. Wir sind gerade dabei, uns im Arbeitsumfeld Ihres Sohnes umzuhören. Wir melden uns mit neuen Informationen, sobald wir welche haben, ja? Und«, ich versuchte, noch mehr Ausdruck in meine Stimme zu legen, »bitte verständigen Sie die Polizei. Ich gebe Ihnen die Nummer des Metropolitan Police Service durch. Chief Inspector Malcolm Miller ist der Name meiner und jetzt auch Ihrer Vertrauensperson. Nur Scotland Yard kann jetzt noch helfen. Vertrauen Sie uns und auch Mister Miller. Er ist der Beste in seinem Fach.« Ich diktierte ihm die Nummer, die ich auswendig runterrattern konnte. Mein Hirn speicherte gerne Zahlen ab.

»Okay, Miss Walker. Ich werde ihn anrufen. Jetzt sofort. Mein Sohn muss gefunden werden. Ich verstehe auch nicht, wieso er in die Fänge eines Entführers gelangen konnte. Wieso ausgerechnet er?«

»Wie meinen Sie das?«, fragte ich.

»Jacob ist ja nicht in meinem Unternehmen beschäftigt. Er wollte von mir unabhängig sein, so gut es eben ging. Natürlich habe ich die Wohnung in Battersea gekauft. Aber das war ja auch ein Geschenk für die Zukunft. Wenigstens nahm er das an. Wie dem auch sei, ich werde Mister Miller um Hilfe bitten. Ich melde mich, sobald ich etwas Neues weiß, und das gilt natürlich auch umgekehrt.«

»Selbstverständlich«, sagte ich, und Mister Moore beendete das Gespräch. Einen tiefen Atemzug später fragte ich Ems: »Du glaubst nun auch, dass da irgendwas faul ist, ja?«

»Ja. Auf jeden Fall. Diese Lösegelderpressung will einfach nicht ins Bild passen.«

»Der Betrag, den sie gefordert haben, ist Kleingeld für einen Mann wie Richard Moore. Und ich habe dir ja schon gesagt, dass der Anruf zeitlich nicht passt.« Noch immer dachte ich darüber nach, ob ich jemals im Laufe meiner Polizeikarriere einen so verzwickten Entführungsfall gehabt hatte. Doch mir wollte nichts einfallen. Auch wenn die angebliche Nachricht von Jacob vor dem Lösegeldanruf gekommen war … es änderte nichts. Rein gar nichts. Es passte einfach nicht zusammen.

»Hi«, sagte Isla, die so plötzlich im Raum erschienen war, dass ich sie nicht einmal gehört hatte. Auch Chief, der sonst alles sofort bemerkte, wachte erst jetzt auf. »Entschuldigt, ich wollte mich nicht so reinschleichen.«

»Hi. Ja, mich hast du auf jeden Fall ziemlich erschreckt. Wie lief das Gespräch mit Claire? Konntest du etwas herausfinden?«

»Warum bist du überhaupt hier?«, fragte Isla. »Ich dachte, du wolltest dir freinehmen und ein wenig schlafen?«

»Ach, mir ist zu Hause die Decke auf den Kopf gefallen. Du kennst mich doch.« Ich rang mir ein Lächeln ab. »Also, was sagt Claire?«

»Es soll wohl vor ein paar Tagen einen Streit zwischen Jacob und Olivia gegeben haben. Worum es genau ging, konnte mir Claire nicht sagen, nur dass die beiden im Aufenthaltsraum während der Pause ziemlich laut geworden sind.«

»Kennst du diese Olivia?«

»Natürlich. Sie ist eigentlich ganz nett. Aber sie hat schon so ihre Eigenarten. Ich komm mit ihr klar, weil ich sie einfach so nehme, wie sie eben ist.«

»Das darfst du uns genauer erklären, welche Eigenheiten

das sind.« Ems beugte sich nach vorn und stützte ihre Ellenbogen auf dem Tisch ab.

»Ich kenne sie als zurückhaltend, um nicht zu sagen in sich gekehrt«, erzählte Isla. »Sie träumt manchmal bei ihrer Arbeit vor sich hin und ist dann auch nicht ansprechbar. Da sind ihre Gesichtszüge völlig entspannt. Ansonsten wirkt sie gestresst. Sie ist engstirnig und verträgt kaum Kritik. Wie gesagt, ich komm gut mit ihr klar, weil ich niemanden auf den ersten Blick verurteile und in eine Schublade stecke. Aber es gibt eben auch welche, die damit nicht klarkommen, dass sie so pedantisch ist und eben für manche Arbeiten länger braucht, als sie eigentlich sollte.«

»Gut, dann sollten wir herausfinden, worüber sie sich mit Jacob gestritten hat. Meint ihr nicht?«, fragte ich.

»Ich habe ihre Adresse und auch ihre Telefonnummer. Allerdings war sie telefonisch nicht erreichbar. Vielleicht sollten wir mal bei ihr zu Hause vorbeifahren.«

»Ich frag mich, wie Isla das macht.« Ich lehnte mich zurück, überkreuzte die Finger hinter meinem Kopf und schaute zu Ems.

»Was meinst du?«, fragte Ems nach.

»Na, sie ist vielleicht eine Viertelstunde mit Recherchedingen beschäftigt und hat direkt die Telefonnummer und die Adresse herausgefunden.«

Ems kicherte leise. »Journalisten können das einfach. Das ist ihnen sicher schon mit der Muttermilch eingeflößt worden.«

»Ihr macht es schon wieder«, regte sich Isla auf. »Ich

bin im selben Raum, und ihr quatscht über mich.«

»Zumindest reden wir nicht hinter deinem Rücken über dich.« Ich schmunzelte und zwinkerte ihr zu. »Isla, ich muss sagen, du hast einen guten Job gemacht. Am besten wäre es, wenn du zu ihr fährst. Schließlich kennt ihr euch.«

Es war vielleicht nur ein Gefühl, aber es schien, dass Isla mein Lob gut fand. Sie saß plötzlich aufrecht da und strahlte. Manchmal machte sie auf mich einen ängstlichen Eindruck. Als wäre ich ein Monster, vor dem man sich fürchten musste.

»Okay«, sagte sie. »Cool. Ich mache mich auf den Weg. Was habt ihr herausgefunden?«

»Nicht viel«, sagte ich. »Nur, dass sich die Lösegelderpresser nicht mehr gemeldet haben. Wir können uns nicht erklären, wieso sie es nicht gemacht haben und wie das zusammenpassen soll. Also zeitlich. Wir glauben, hier sind zwei völlig unabhängige Personen beteiligt.«

»Habt ihr schon mal nach ähnlichen Fällen im Internet geguckt?«, fragte Isla.

»Die Idee find ich gut. Kannst du das nachschauen, Isla? Du bist ja schließlich das Recherche-Ass.« Obwohl ich sah, wie gut auch dieses Lob aus meinem Mund bei Isla ankam, schwor ich mir, es für heute gut sein zu lassen. Schließlich sollte sie nicht gleich einen Meter über dem Boden schweben. »Ich möchte mich nochmals mit Grace unterhalten und sie fragen, wem sie alles erzählt hat, dass Jacob verschwunden ist. Vielleicht haben wir ja einen Täter im engeren Freundeskreis. Ist ja auch nicht ungewöhnlich.«

Isla ließ ihren Rucksack auf den Boden fallen, und es waren vermutlich die Kannen, die verdächtig darin klimperten. Kurz sah sie zu mir und errötete. »Ich habe sie nicht von dem Geld gekauft, das du mir gegeben hast. Ich schwöre es. Die hatte ich schon vorher. Wir haben heute ein *Trainbombing* mit der gesamten Crew. Es wird ein Meisterstück, das spüre ich jetzt schon. Also, nach der Arbeit natürlich.«

Ich verstand zwar nicht ganz, was sie damit meinte, nur so viel, dass sie mit anderen wohl wieder irgendwo mitten in der Nacht Graffitis hinschmierte. Auf einen der Züge, vermutete ich mal. »Super.« Mehr fiel mir dazu nicht ein, ich wollte mich damit auch nicht beschäftigen, weil ich keine Ahnung davon hatte und es mich ehrlich gesagt auch nicht interessierte. Es war ungefähr dasselbe, als würde ich mit Ems über ihre Lieblingsmusik sprechen. Wie Ems sich diese tranceähnliche Musik – sofern man diese Klänge überhaupt als Musik bezeichnen konnte – nachts in irgendwelchen Clubs und Diskotheken reinziehen und dazu tanzen konnte, als würde sie unter Drogen stehen … Sei es drum. So hatte eben jede von uns ihr eigenes Ding, das sie ohne die anderen zwei genoss.

Auch ich hatte nachts viel zu tun. Doch das hielt ich vor den beiden geheim. Ich trieb mich in diversen Lokalitäten herum, in denen auch Mitglieder der *Body Lovers* ein und aus gingen. Jedes Mal beobachtete ich einen anderen, nur um herauszufinden, wen ich in meine engere Auswahl ziehen könnte. Natürlich schmiss ich mich an den einen oder anderen heran. Gut getarnt mit Perücke, viel Make-up und in knapper Kleidung. Männer waren alle triebgesteuert, besonders diese Leichenficker.

Ich suchte in unserem System nach der Nummer von Grace. Dank meines raffiniert ausgedachten Ablagesystems in unserer Cloud hatte ich diese schnell gefunden. *Danke, Miss Molly*, dachte ich. Sie war die Einzige hier im Detektivbüro, die meine Ordnung verstand und alles sorgfältig und gewissenhaft eintrug. Wenn es nach Ems gehen würde, würde ich nie wieder etwas in unserem digitalen Ablagesystem finden, und Isla konnte das Wort »*Ordnung*« vermutlich nicht einmal buchstabieren. Ich wählte Grace' Nummer, und schon nach dem ersten Klingeln ging sie ran.

»Jacob? Bist du das?«

»Hallo, Grace. Hier ist Abigail. Von Walker, Wright und Ferguson. Ich habe da noch ein paar Fragen an dich. Deswegen rufe ich an.«

»Oh! Hi. Natürlich, frag nur.« Ihre Stimme klang zerknirscht. Klar, die Hoffnung starb immer erst zum Schluss. Und doch starb sie in den meisten Fällen.

»Wem hast du alles von Jacobs Verschwinden erzählt?« Natürlich erzählte ich ihr nichts von meiner Vermutung. Alles, was nicht beweisbar war, musste unter Verschluss gehalten werden.

»Richard natürlich. Ihn habe ich als Erstes angerufen. Und seinen besten Freund und auch noch …« Sie stockte, und es dauerte einige Momente, bis sie weitersprach. »Aber warum willst du das wissen? Glaubst du wirklich, jemand aus dem Freundeskreis … aus unserem Freundeskreis tut Jacob so etwas an?«

»Also«, begann ich und suchte verzweifelt nach einer Lösung, ihr nicht die Wahrheit sagen zu müssen. Aber mir wollte einfach nichts einfallen. »Es ist so: Ich will dir die Wahrheit sagen, Grace. Wirklich! Aber ich kann nicht. Es sind nur Vermutungen, und wir wollen einfach nichts unbeachtet lassen. Wir müssen jedem Verdacht nachgehen. Also, ich schreib mir alle Namen auf, und am besten gibst du uns auch gleich alle Telefonnummern dazu.«

»Ich weiß nicht«, stotterte sie.

»Machen wir es einfach. Mach einen Screenshot von der Anrufliste auf deinem Telefon. Da stehen auch die Nummern dabei. Schick mir das einfach. Ich glaube ja, dass es niemand aus eurem Freundeskreis ist, aber wir sollten auf Nummer sicher gehen. Verstehst du?«

»Okay.« Dieses Wort klang so unsicher, dass gar nichts *okay* erschien. Aber ich ließ es einfach im Raum stehen und verabschiedete mich.

Kapitel 8

»Rätsel aufzuklären, ist wie puzzeln.
Allerdings ohne Vorlage.«
Abigail Walker ärgert ihre Freundin.

Ich stöhnte. »Wie kann man nur so viele Freunde haben? Das ist ja Wahnsinn, wen Grace alles angerufen hat. Da werde ich niemals fertig.«

»Weil du auch immer alles in eine Liste eintragen musst. Du Listen-Freak.« Isla lachte.

Wir waren allein im Büro geblieben. Ems hatte sich vor gut einer halben Stunde auf den Weg zu Jacobs bestem Freund gemacht, um vielleicht von ihm mehr Infos zu bekommen.

»Also, ich habe da was gefunden«, sagte Isla. »Hör zu. Vor gut zehn Jahren gab es hier in Großbritannien eine Entführung einer Millionärsgattin. Die Entführer verlangten zehn Millionen Pfund, meldeten sich aber nie wieder. Auch die Millionärsgattin blieb verschwunden. In unserem Fall ist das ähnlich, findest du nicht?«

»Aber die Lösegeldsumme ist um ein Vielfaches höher, und Jacob wird erst seit ein paar Stunden vermisst. Das will im ersten Moment nicht zusammenpassen. Also nein, ich sehe noch keine Ähnlichkeit.« Ich blickte durch das große Fenster in unserem Büro auf die Themse. Wir hatten keine Idee, wer Jacob in seinen Fängen hielt, und derzeit nicht einmal den Hauch einer Chance, es herauszufinden. Ich war tief in Gedanken versunken, somit drangen nur Wortfetzen in mein Gehör.

»Ja, ich richte es Miss Walker aus.« Isla legte den Telefonhörer auf und schaute mich fragend an. »Ab? Alles okay?«

»Ja, sorry. Ich musste da einen Gedanken zu Ende denken. Und heute ist sowieso irgendwie nicht ganz mein Tag. Wer war am Telefon?«

»Du sollst Mister F. zurückrufen. Sie hat dich auf dem Mobiltelefon nicht erreicht und deswegen hier im Büro angerufen. Es klang dringend.«

»Super!«, sagte ich und holte mein Telefon heraus. Allerdings sah ich sogleich in Islas Augen, die mich neugierig anschauten. »Ist noch was?«

»Sie klingt nett.«

»Wer?«

»Mister F.«

»Ja, ist sie auch.«

Natürlich hatten weder sie noch Ems Mister F. jemals zu Gesicht bekommen. Je mysteriöser ich die Geschichte um Mister F. gestaltete, desto neugieriger wurden die beiden. Und es bereitete mir unheimlichen Spaß, sie auf die Folter zu spannen. Innerlich musste ich lachen, weil Mister F. in Wahrheit Harper hieß und eigentlich nichts aus ihrem Leben ein riesiges Geheimnis war. Mister F. war ihr Hund. Ebenfalls ein Cavalier King Charles Spaniel, einen Monat älter als mein Chief. Damals, vor sechs Jahren, als Bobby und ich unseren Chief als Welpen geholt hatten, hatten wir uns selbstverständlich in einer Hundeschule angemeldet. Und dort trafen wir auf Harper. Unsere Hunde verstanden sich auf Anhieb und spielten gerne miteinander. Es dauerte einige Treffen, bis wir uns überhaupt mit unseren Vornamen vorstellten. Und doch war sie für mich immer Mister F. geblieben. Bis zum heutigen Tag. Eines Tages erzählte ich ihr, dass wir sie, wenn wir über sie sprachen, mit »*Mister F.*« betitelten, da wir ihren richtigen Namen nicht gekannt hatten. Harper fand das extrem lustig und gestand, dass auch sie uns unter »*Chief*« im Telefon gespeichert hatte. Wir trafen uns häufiger, ließen unsere Hunde im Park spielen und plauderten über Belangloses. Es dauerte fast ein Jahr, bis uns Harper gestand, dass sie nicht auf unserer Seite des Gesetzes stand. Ich wusste heute gar nicht mehr, wie wir überhaupt auf dieses Thema zu sprechen kamen. Das sollte ich sie gleich mal fragen, wenn ich mit ihr telefonierte.

»Und kommt sie dann mal hier vorbei?«, fragte Isla.

»Nein. Wieso sollte sie?« Ich konnte mich nicht mehr zurückhalten und fing an zu lachen. Isla wollte mich anscheinend noch immer nicht direkt fragen, und jedes Mal, wenn ich mit Mister F. Kontakt hatte, führten wir das gleiche Gespräch. »Sei nicht so neugierig. Sie ist und bleibt eine verdammt gute Infoquelle für uns. Das sollte dir reichen.«

»Aber ich habe euch doch auch Max vorgestellt.«

»Ja, dein Sexy-Maxi. Ich weiß. Du hast vor lauter Aufregung im Bill's kein Wort rausgekriegt und bist angelaufen wie eine Tomate, als er dich gefragt hat, ob du was zu trinken haben willst. Auf solche Aktionen kann ich gut und gerne verzichten. Deswegen kriegt ihr Mister F. nie zu Gesicht.«

»Ist sie deine Freundin? Also ich meine, so richtig Freundin-Freundin?«

»Du fragst mich gerade, ob ich lesbisch bin? Nein, liebe Isla, bin ich nicht. So, nun ist die Fragerunde zu Ende, oder willst du noch in die Verlängerung gehen?« Ich lächelte sie an. Ja, natürlich wollte sie alles über mich wissen. Ich verstand das auch. Schließlich erzählte sie uns immer alles. Egal ob es um Sexy-Maxi ging, den sie schon gut gefunden hatte, als beide noch beim *London Outwatch* als Reporter gearbeitet hatten, oder um ihre Sprayer-Aktionen mitten in der Nacht. Ems war ihr da ziemlich ähnlich und kramte gerne ihr Privatleben hervor. Ich hingegen zog es vor, mein Privatleben dort zu lassen, wo es war. Im Privaten. »Wolltest du nicht zu dieser Olivia?«

Einen Augenblick sah mich Isla an, als wüsste sie nicht, wovon ich spreche, räusperte sich dann und griff nach ihrem Rucksack. »Ja, stimmt. Bis später. Ich melde mich.«

Gleich darauf war sie aus unserem Büro verschwunden. Ich konnte meinen Blick nicht von ihrem Schreibtisch wenden. Dieser kreisrunde braune Fleck auf der sonst glänzend weißen Tischplatte lachte mich förmlich aus. Die Kaffeetasse dazu stand nur wenige Zentimeter daneben, wohingegen der gehäkelte Untersetzer auf der anderen Seite lag. Ich versuchte, mich zu beherrschen, einfach wegzusehen, und doch schaffte ich es nicht. Ich stand auf, nahm das Geschirr, stellte es in die Spüle der Teeküche und säuberte mit einem feuchten Lappen mehrmals die Stelle. Danach ordnete ich die Papiere auf Islas Schreibtisch zu sauberen Stapeln, warf den ganzen angesammelten Müll aus Zetteln und Kaugummiverpackungen, einem benutzten Taschentuch und kleinen Papierkügelchen in den Papierkorb und setzte mich wieder an meinen Schreibtisch. Sorry, aber mein innerer Monk hielt so einen Schweinestall einfach nicht aus.

Ich wählte die Nummer von Mister F.

Sie hob sogleich ab. »Ab! Was ist denn mit dir los? Seit wann brauchst du für einen Rückruf so lange?«

»Hi, Harper«, begrüßte ich sie. »Weißt du, manchmal muss auch ich arbeiten. Also, was gibt es Neues? Hast du schon was für mich? Wann steigt der nächste große Coup?«

»Oh, du bist allein, weil du mich mit meinem richtigen Namen ansprichst.« Sie lachte, redete aber sogleich weiter. »Heute Abend. In Wapping.«

»Geht es auch ein wenig genauer?«, fragte ich.

»Nein, derzeit nicht. Aber in den nächsten ein, zwei Stunden weiß ich sicher mehr.«

»Und ich soll jetzt dorthin fahren, mich in eine Ecke setzen und warten, bis du was für mich hast, oder wie? Du weißt genau, wie wichtig mir das ist.«

»Ja, weiß ich. Ich habe eine Nachricht in einem Chat auf Telegram gesehen, die für heute etwas Großes ankündigt.«

»Was? Wie kommst du an diese Nachrichten ran?« Ich war wirklich immer wieder aufs Neue überrascht, welches Potenzial in Harper steckte.

»Ach, Big Boy ist seit einigen Tagen ein Fan von mir. Ja, ich musste ihm wirklich ziemlich ekliges Zeug schicken, aber er hat mich in eine Gruppe eingeladen. Ich bin jetzt eine Dealerin.« Sie kicherte.

»Du bist wo drin?« Ich war selten sprachlos, aber bei dieser Information blieb mir die Spucke weg. »Du unterhältst dich mit dem Boss der *Body Lovers?* Ist das dein Ernst?«

»Diese Gruppe hat mehr als siebzehntausend Mitglieder aus aller Welt. Und ja, auch die *Body Lovers* sind dabei. Und Big Boy hat vor einer Stunde geschrieben, dass er sich heute mit Interessierten treffen möchte, die eine Lunge oder ein Herz suchen. Die Nieren stehen nicht zum Verkauf, steht da. Keine Ahnung. Auf jeden Fall wollen sie diese beiden Organe an den Meistbietenden verkaufen. Er hat auch geschrieben, dass sie noch gut durchblutet sind.« Harper redete, als würde sie mir einen Einkaufszettel mit den Wocheneinkäufen vorlesen. Ich kannte sie nicht anders. Sie hatte schon viel zu viel kranken Scheiß in ihrem Leben sehen und auch erleben müssen, dass sie nichts mehr schocken konnte.

»Scheiße, dann muss ich Miller Bescheid geben. Die müssen das verhindern.«

»Klar.« Es klickte in der Leitung, und gleich darauf hörte ich einen tiefen Atemzug. Harper hatte sich sicherlich eine Zigarette angezündet, und auch ich bekam wieder Lust, eine zu rauchen. Dabei hatte ich schon vor mehr als zehn Jahren damit aufgehört, doch hin und wieder bekam ich einfach Geschmack darauf. Das kam vielleicht alle ein, zwei Monate einmal vor. Ich kramte in meiner Schreibtischschublade nach einem Feuerzeug, legte das Einlagefach meiner Bleistifte auf die Tischplatte und holte die Packung Lucky Strike heraus, die mit Sicherheit schon zwei Jahre auf dem Buckel hatte.

»Was denkst du, wann er bekannt gibt, wo genau es stattfindet?« Ich schnappte mir eine Zigarette aus der Schachtel, und als ich die Ordnung in meiner Schublade wiederhergestellt hatte, stand ich auf.

»Mit Sicherheit so knapp wie möglich. Du kennst das Prozedere ja. Ich muss, da ist jemand an der Tür.«

»Okay. Bis bald.«

Ich ging auf die Dachterrasse und zündete die Zigarette an. Niemals würde ich vor Isla oder vor Ems rauchen. Oder vor sonst jemandem. Dann müsste ich zugeben, dass ich nicht so perfekt war, wie ich nach außen hin schien. Dass ich nicht so gesund lebte, wie ich vorgab. Und das … nein, *das* kam nicht infrage. Auch Bobby hatte ich nichts von meiner kleinen Schwäche erzählt. Und doch hatte er mich einmal dabei erwischt, als ich mich davongestohlen hatte. »Nobody is perfect. Auch du nicht, Darling.« Dann hatte er mir einen Kuss auf die Stirn gegeben. Wir hatten nie darüber gesprochen, und doch hatte er sich ein verschmitztes Lächeln nicht verkneifen können, wenn ich von meinen geheimen Rauchaktionen zurückgekommen war. Ich nahm noch zwei, drei Züge und machte die Zigarette aus. Ein leichter Schwindel überkam mich. Ich wählte Millers Nummer, der sich sogleich meldete.

»Ab? Was ist los?«

»Es ist für heute was geplant. Weißt du davon?«, fragte ich.

»Ganze Sätze mit vollständigen Informationen bitte.« Ich hörte das Lachen, das in seinen Worten mitschwang.

»Die *Body Lovers* haben heute in Wapping eine Auktion.«

»Ab, bitte halte dich da raus. Wie kommst du an diese Infos? Nein, sag es mir lieber nicht.«

»Ich kann mich da nicht raushalten. Es ist meine Sache!«

»Ab? Du wirst da auf keinen Fall auftauchen. Ist das klar? Das ist zu gefährlich. Du bist unbewaffnet und noch dazu allein. Wie willst du mit diesen Typen fertigwerden?«

»Ich habe derzeit keine weiteren Infos. Wir müssen warten, bis Big Boy den Ort im Chat nennt.«

»In welchem Chat? Wovon sprichst du? Ab! Reicht dir die Warnung nicht? Musst du dich erst ernsthaft in Gefahr bringen, um zu verstehen, dass du dich nicht mit diesen Kerlen anlegen sollst?«

Ich war dermaßen genervt von Malcolm, dass ich es bereute, ihn überhaupt informiert zu haben. Er war weder meine Mutter noch mein großer Bruder.

»Ich sag dir Bescheid, sobald ich was Näheres weiß, ja?«

»Ab! Mach keinen Scheiß, okay? Keine Alleingänge.«

»Klar!«, spuckte ich förmlich ins Mikro. »Alles klar!«

Ich legte auf, obwohl ich seine Stimme noch hörte. Ich hatte einfach keinen Bock darauf, mir irgendwelche Belehrungen anzuhören. Meine Mission war meine Mission, und die ließ ich mir von niemandem nehmen.

Ich hatte jahrelanges Nahkampftraining absolviert und konnte mich ausgezeichnet verteidigen. Auch gegen Big Boy, der genauso breit wie hoch war. Er war der Anführer der *Body Lovers*, seit Great Chick, sein Vater, gestorben war. Ich wollte den Richtigen erwischen, nicht einfach nur einen von ihnen. Und Big Boy stand auf Platz eins auf meiner persönlichen Liste. Erst vor wenigen Wochen hatte ich Harper auf ihn angesetzt. Er war an dem Tag im Lagerhaus gewesen, und vielleicht war er derjenige, der Bobby getötet hatte.

Noch während ich die Dachterrasse verließ, meine Sachen aus dem Büro holte und die Tür zuschloss, überlegte ich, ob die Drohung deswegen heute kam, weil ich Big Boy zu nahe gekommen war. Doch wenn die *Body Lovers* davon wussten, dann wäre nicht nur ich in Gefahr, sondern auch …

Ich dachte nicht weiter nach und wählte Harpers Nummer.

Kapitel 9

»Die übermächtige Angst namens Panik vernebelt das Hirn, sodass die Reaktion darauf unüberlegt erscheint.«
Abigail Walker sinnt auf Rache.

Ich wurde leicht panisch, als Harper nicht auf meinen Anruf reagierte. Sie war mit ihrem Telefon normalerweise verwachsen und antwortete zuverlässig. War ihr etwas passiert? War es meine Schuld, weil ich sie mit der Recherche über Big Boy beauftragt hatte? Waren wir zu unvorsichtig gewesen?

Ich rannte los in Richtung Waterloo. Vom Büro bis zu ihr war es nur knapp eine Meile zu Fuß. Somit war ich mit Sicherheit schneller, wenn ich joggte. Ich wäre dort, noch bevor ich die geeignete Buslinie gefunden hätte, und Chief freute sich über die kleine Laufeinlage und hielt mit mir Schritt.

Wir kamen eine Viertelstunde später in der Aquinas Street an, und ich stoppte an der Ecke. Ich musste kurz überlegen, welche Hausnummer Harpers Haus hatte. Schnell erinnerte ich mich wieder an die Gebete am Sonntag von der Kirchengemeinschaft Grace London, die ich auf ihrem Minibalkon gehört hatte. Ich vollführte eine Dreihundertsechzig-Grad-Drehung, um das Gebäude der London Nautical School zu entdecken, wo sich die Kirchengemeinschaft am Wochenende traf.

Doch allem Anschein nach war ich hier am falschen Ende der Straße, somit legte ich einen weiteren kurzen Sprint hin, bis ich das helle Ziegelgebäude mit den Rundbogenfenstern auf der gegenüberliegenden Seite entdeckte. Ich wusste, Harper wohnte im letzten Haus der Aquinas Street. Das mit der dunkelbraunen Haustür, den weißen Fenstern und dem hervorstehenden Erker. Ich hämmerte gegen die Tür, doch drinnen blieb es still.

Aus meiner leichten Panik wurde Angst, als ich die Klinke betätigte und feststellte, dass die Tür nicht verschlossen war. »Harper?«, fragte ich flüsternd und trat ins Haus.

Noch immer rührte sich nichts. Dann hörte ich ein leises Winseln, das aus dem hinteren Teil zu kommen schien. Chief reagierte sofort darauf und rannte auf eine geschlossene Tür zu. Ich riss die Tür mit einem Ruck auf, und Mister F. stürmte mir entgegen. Aufgeregt wedelte er mit seiner Rute. Er war nur wenige Sekunden damit beschäftigt, mich und Chief zu begrüßen, dann wandte er sich mit einem Winseln von uns ab und rannte in Windeseile die Treppe in den ersten Stock hoch. Ich verfolgte ihn, und oben angekommen, sah ich Harper, die am Boden lag und sich nicht rührte. Mister F. saß an ihrer Seite und schlabberte ihr mit der Zunge über das Gesicht.

Mein Herzschlag setzte für einen Moment aus, und ich sah nicht Harper, sondern Bobby am Boden liegen. Ich besann mich sofort wieder und kniete mich neben sie. »Harper! Hey! Komm zu dir! Was ist passiert?« Ich sah den dunkelroten Fleck um ihr Auge herum, der in den nächsten Stunden sicherlich violett anlaufen würde. Ein paar kleine Schrammen in ihrem Gesicht, aber nichts, was wirklich lebensbedrohlich aussah. Ich schob ihre roten Locken zur Seite und starrte auf die aschfahle Haut mit den Sommersprossen. Ihre Augenlider zuckten, dann öffneten sie sich. Verwirrt blickte sie mich an und griff sich mit der Hand an den Kopf, als sie sich aufsetzen wollte. Ich sah mich um, entdeckte ihre Brille auf dem Boden, deren Gläser so dick wie doppelt verglaste Fensterscheiben waren, und reichte sie ihr.

»Mist! Was tust du hier?« Harper rappelte sich umständlich auf, was aufgrund ihres Körperumfangs nicht so leicht war. Trotz ihrer einen Meter fünfzig brachte sie sicherlich zweihundert Pfund auf die Waage. »Mister F., jetzt lass mich mal!« Sie drängte ihn von sich, und ich half ihr hoch.

»Du hast nicht auf meine Anrufe reagiert. Somit bin ich hergekommen. Was ist hier passiert?« Erst jetzt sah ich das Chaos, das sich über das ganze Zimmer erstreckte. Überall am Boden lagen Papiere und Glasscherben. Die drei Monitore auf den Schreibtischen waren in Bruchstücke zerschlagen worden, ebenso die Stand-PCs.

»Scheiße! Diese Schweine!« Sie sprang mit einem Satz auf und blickte sich entsetzt um. »Sie haben alles zerstört! Heilige Scheiße!«

»Wer? Wer war hier?«

»Na, wer wohl? Deine Freunde haben mir einen Besuch abgestattet. Ich bin so dämlich. Ich hätte mir gleich denken können, dass mich dieser Big Boy reingelegt hat. Es ging viel zu einfach.«

»Du meinst, die Gang war hier?«, fragte ich. »Was wollten sie? Wann war das?« Meine Hände zitterten vor Aufregung. Ich hatte meine Freundin in Gefahr gebracht, und nun würde ich nie erfahren, ob dieser Coup heute Nacht wirklich stattfinden würde und vor allem wo.

»Sie haben eine Nachricht für dich hinterlassen«, sagte Harper und zeigte auf die weiße Wand hinter mir. Ich drehte mich um.

Mit einem schwarzen Edding stand dort geschrieben: »*Bitch!* Lass uns in Ruhe. Außer du willst zu deinem Bobby.«

»Verdammt!«, sagte ich. »Sie haben es gewusst, dass du mit mir zusammenarbeitest. Es tut mir leid. Das wollte ich doch alles nicht. Schließlich solltest du mir nur Informationen beschaffen. Aber nun ist jede Möglichkeit dahin, Antworten zu bekommen. So werde ich den Mörder von Bobby niemals finden.« Die Verzweiflung ließ einen Kloß in meinem Hals entstehen. Ich war so nahe dran an meinem Ziel, und nun … musste ich aufgeben. Es hatte alles keinen Zweck mehr.

»Hör doch auf zu flennen«, sagte Harper, griff in eine Schublade und holte den Boden heraus. Darunter befand sich ein nagelneues Telefon, das sie einschaltete. »Ich bin vielleicht auf den Trick von Big Boy hereingefallen, aber ich sichere mich immer doppelt und dreifach ab. So einfach schüttelt mich dieses Arschloch nicht ab. Er hat es jetzt zu einer persönlichen Sache gemacht. Eine zwischen ihm und mir. Und ja, er hat mich aus der Gruppe geschmissen, aber ich bin um einiges schlauer als er.«

»Was meinst du?«, fragte ich, und Harper tippte auf ihrem Smartphone herum. Abrupt drehte sie es in meine Richtung, und ich sah, dass sie in den Nachrichtendienst Telegram eingestiegen war. Zuerst konnte ich nicht verstehen, was genau sie mir zeigen wollte, doch dann sah ich die neueste Nachricht auf dem Display erscheinen.

»Aberdeen Warf, 7:45 pm.«

»Wie kommst du jetzt an diese Nachricht?«, fragte ich.

»Ich habe mir etliche Profile angelegt und lade mich in solche Gruppen ein. Also mehrfach. Rein zur Sicherheit, weil ich eben ein kluges Köpfchen bin.« Sie tippte sich mit ihrem Zeigefinger an die Schläfe und grinste mich an.

»Ich muss sofort … Moment! Woher wusste Big Boy, dass du mit mir zusammenarbeitest? Ich habe es nur einer Person erzählt.«

»Gratuliere. Dann hast du dein schwarzes Schaf wohl nun gefunden.« Harper redete so beiläufig, dass ich kaum glauben konnte, dass sie Momente zuvor überfallen und zusammengeschlagen worden war. Ihr Auge schwoll immer weiter zu, sodass nur noch ein Schlitz zu sehen war. »Ich muss mal in die Küche«, sagte sie, und gemeinsam gingen wir nach unten. Sie holte sich aus dem Gefrierfach eine Packung Erbsen und drückte diese auf ihr Gesicht.

Wenn ich nun Malcolm nicht anrufen konnte, weil ich ihm anscheinend nicht vertrauen konnte – wen sollte ich sonst über die Neuigkeit informieren? Wer könnte mir helfen? Ich fühlte mich von Malcolm verraten. Wir hatten jahrelang als gutes Team zusammengearbeitet, auch in gefährlichen Situationen hatte er immer einen kühlen Kopf bewahrt, und jetzt verriet er mich? War er zu einem korrupten Bullen geworden? Arbeitete er für zwei Seiten? Ich war verwirrt und voller Zorn.

»Ich hätte die Hand für Miller ins Feuer gelegt«, sagte ich. »Mein Leben für seines gegeben.«

»Vertraue niemandem«, kam es hinter der Erbsenpackung hervor. »Das musste ich schon als kleines Kind lernen. Mein lieber Onkel. Er war doch immer so nett zu der Kleinen.« Den letzten Satz sagte sie mit einer ungewöhnlich hohen Stimme.

Ich gab es zu. Ich wusste über Harpers Vergangenheit so gut wie nichts. Auch nicht, wie sie zu der geworden war, die sie heute war. »Dein Onkel hat dich ...« Ich ließ den Rest des Satzes unausgesprochen.

Sie nickte. »Und niemand hat mir damals geglaubt. Weder meine Eltern noch meine Tante. Erst als er ein anderes Mädchen betatscht und zu ... na ja ... als ich für ihn zu alt wurde ...«

»Du musst darüber nicht sprechen, wenn du das nicht willst. Es ist okay, wenn du nichts sagst.«

»Ich bin nun fünfzig Jahre alt, und es ist mehr als vierzig Jahre her. Und trotzdem bekomme ich immer noch eine Gänsehaut, wenn ich daran denke, dass er mich angefasst hat. Ich habe das Gefühl, mich sofort duschen zu müssen, um seinen Dreck von meiner Haut zu waschen. Aber ich weiß, dass er mich niemals wieder angreifen kann und auch sonst nie wieder ein Mädchen betatschen kann.«

»Hast du ihn töten ... oder warst du es selbst?« Ich war überrascht von Harper. Niemals hätte ich gedacht, was für schreckliche Erlebnisse sie hatte durchmachen müssen, und trotzdem war sie zu so einer starken Frau geworden.

»Er hatte einen Unfall mit der Tischkreissäge in seiner Tischlerei. Beide Hände ab. Keine Ahnung, wie genau es dazu gekommen ist.« Sie zuckte mit den Schultern.

»Na, dann hat er wohl seine Strafe bekommen.« Ich wartete einen Moment, und wieder blitzte der Gedanke an Malcolm auf. »Sag mir, was soll ich jetzt tun? Soll ich ihn informieren oder nicht? Schließlich handelt es sich um Mord, was die *Body Lovers* vorhaben. Ich kann mir nicht vorstellen, dass Scotland Yard das duldet.«

»Tja, das musst du selbst entscheiden. Auf jeden Fall solltest du mich raushalten. Noch so einen Besuch wie heute verkrafte ich echt nicht. Ich bin nur froh, dass ich geistesgegenwärtig Mister F. in die Küche gesperrt habe. Wer weiß, was diese Schläger mit ihm angestellt hätten, wenn sie ihn in ihre Pranken bekommen hätten!«

»Ich will es mir nicht vorstellen. Okay, es muss einen anderen Weg geben, Hilfe zu holen. Aber welchen?«

»Ich habe dir diese Information nicht gegeben, damit du dort allein hin stürmst. Ich dachte, dass du die

Polizei als Rückendeckung hast. Wie wäre es, wenn du wenigstens deine Freundinnen informierst? Dann wärst du zumindest nicht allein.«

»Klar, ich lege Ems und Isla auch noch auf das Silbertablett. Als ob es nicht schon genug wäre, dass du durch meine Schuld den Löwen zum Fraß vorgeworfen wurdest. Nein, das kann ich echt nicht bringen. Ich muss das allein durchziehen!«

»Zu gefährlich!«, warf Harper ein.

»Ja, ist es. Da hast du recht. Aber eine andere Chance habe ich wohl kaum. Heute soll ein Mensch sterben. Das muss ich verhindern.«

»Zu gefährlich!«, wiederholte Harper.

»Hast du schon gesagt. Ich kann nicht anders. Dann kann ich mir zumindest Big Boy vorknöpfen, wenn ich schon mal dort bin. Soll ich ihm Grüße von dir ausrichten?«

»Nein, bitte nicht. Ab, das ist nicht nur eine Nummer, sondern fünf Nummern zu groß für dich. Hast du sonst keine Vertrauensperson, die dir helfen kann?«

»Nein!« Ich wandte mich um und war flugs aus dem Haus verschwunden. Ein Blick auf die Uhr zeigte mir, dass ich keine Zeit zu verschwenden hatte. Nur noch eine knappe Dreiviertelstunde, bis die Auktion beginnen würde.

Kapitel 10

»Furcht ist etwas für Anfänger.
Profis haben die Hose gestrichen voll.«
Abigail Walker muss Klarheit haben.

Ein wenig mulmig war mir schon geworden, als ich eine gute halbe Stunde später an der Station an der Wapping High Street ausgestiegen war und jetzt an den unzähligen Häusern im georgianischen Stil vorbeilief. Diese Backsteinflächen mit dem farbigen Putz waren vor mehr als dreihundert Jahren modern gewesen. Heutzutage bröckelte der Stuck von der Fassade ab, weil sich niemand um eine Sanierung bemühte. In diesem Moment musste ich an meinen Daddy denken, der mir sicher noch etliches über den Baustil dieser Häuser hätte erzählen können. Dafür hatte er sich als Architekt immer interessiert und auch gern sein Wissen weitergegeben. Was würde er jetzt wohl dazu sagen, wenn er wüsste, dass seine Tochter sich gerade in große Gefahr begab? Ich schüttelte meinen Kopf, um die Gedanken loszuwerden. Es ging hier nicht um Daddy, es ging um Bobby und um meine Mission. Ich hatte jedes Recht, hier zu sein, nach der Wahrheit zu suchen, den Schuldigen endlich zu finden und ihn der gerechten Strafe zuzuführen. Doch was war die gerechte Strafe? Auge um Auge, Zahn um Zahn?

Vielleicht war es unüberlegt, aber mein Zorn und die Hoffnung auf Genugtuung trieben mich an. Wobei, je länger ich unterwegs war, desto lauter meldete sich mein Hirn, dass die Idee, allein zu dieser Auktion zu gehen, mehr als schwachsinnig war. Was sollte ich dort ausrichten? Wollte ich die Meute aufmischen? Ich war doch nicht Superwoman und konnte mich mit all den bösen Jungs gleichzeitig anlegen!

Ich lief in diesem Augenblick an King Henry's Wharves vorbei. Eines der unzähligen alten Warenhäuser direkt an den Londoner Docks, das seit etlichen Jahren geschlossen war. Und doch sah es nicht so verwahrlost aus wie so manch andere Gebäude in dieser Straße. Die Straßenbeleuchtung schaltete sich in diesem Augenblick ein. Wenige Meter von mir entfernt sah ich zwei parkende Polizeiautos auf der gegenüberliegenden Straßenseite. War der Met schon informiert worden, dass hier heute eine Auktion der *Body Lovers* stattfand? Hatten sie schon alle Beteiligten hochgenommen, noch bevor dieser Coup überhaupt beginnen konnte? Es passte einfach nicht, denn rein von der Zeit her gesehen, hätten sie noch siebzehn Minuten bis zum Beginn warten müssen. Die Bosse kamen meist überpünktlich. Mit den Autos vor der Tür würden sie jeden abschrecken. Aber wer wusste noch davon? War Malcolm deswegen so geheimnisvoll gewesen, weil er zu dem Zeitpunkt unseres Telefonates mehr Informationen besessen hatte als ich?

Ich lief auf die Autos zu und stellte fest, dass sie zur Marine Police Unit gehörten, die direkt an den Aberdeen

Wharf anschloss. Ich lief an den Häusern vorbei, bog nach links in den Waterside Park ein und ging zu den Bänken, die auf einer Erhöhung vor der Themse standen. Der kleine Weg war beleuchtet, allerdings nicht die Sitzreihen, was mir entgegenkam. Ich setzte mich hin und musste für einen Moment meine Gedanken sortieren. Chief legte sich direkt neben mir auf den Boden und lehnte sich an mein Bein. Ich konnte kaum glauben, dass diese Auktion im Nebengebäude der Polizei stattfinden würde. So dreist konnten die doch wirklich nicht sein, oder?

Ich schaute auf meine Uhr. Nur noch dreizehn Minuten, dann ging es hier um Menschenleben. Zumindest um ein Menschenleben. Noch immer fragte ich mich, ob die Entscheidung, Malcolm nicht zu informieren, die richtige war. Ob es überhaupt richtig war hierherzukommen.

»Scheiße«, flüsterte ich und hörte ein leises Winseln hinter mir. Ich hatte gar nicht bemerkt, dass Chief sich von mir wegbewegt hatte. Ich sprang auf, drehte mich schlagartig um, ballte meine Fäuste. Bereit für einen Kampf mit einem Unbekannten. Mein Puls hatte sich verdoppelt.

»Nimm diesen Köter von mir weg«, hörte ich Ems' Stimme, und noch nie im Leben war ich so glücklich gewesen, dass sie meinen Hund als Köter betitelte.

»Chief! Komm her!«, befahl ich ihm und er gehorchte. »Aber … wie kommst du, wie kommt ihr hierher? Also, ich meine …« Nun sah ich auch Isla, die hinter Ems im Dunkeln erschien.

»Mister F. hat mich angerufen«, antwortete Isla. »Also eigentlich im Büro und durch die Rufumleitung gelangte sie zu mir. Sie hat sich echt Sorgen gemacht. Na ja, und du hast weder auf meine Nachrichten noch auf Anrufe reagiert, weil du dein Handy wie meist auf lautlos gestellt hast. Somit habe ich Ems informiert, und wir haben beschlossen, sofort hierherzufahren und dich vor einer Dummheit zu bewahren.«

»Aber wie habt ihr mich gefunden?«, fragte ich.

»Erinnerst du dich noch, als du mal dein Handy verlegt hast und meines benutzen musstest? Als wir unseren monatlichen Mädelsabend gemacht haben?«, fragte Ems. »Es war an dem Tag, als du diese Hundesitterin beauftragt hast, auf Chief aufzupassen, weil Bobby Chief ebenfalls nicht mitnehmen konnte.«

Ich stutzte einen Moment und dachte an diese tolle Frau, die so liebevoll mit Chief umgegangen war. Todtraurig war ich gewesen, als sie mir eröffnet hatte, dass sie aus unserer Gegend wegziehen wollte. Ich nickte, konnte mir aber noch immer keinen Reim darauf machen, was das hiermit zu tun hatte.

»Du hast diese App auf meinem Telefon installiert«, fuhr Ems fort. »Damit du mittels GPS-Tracker Chief immer im Auge hast, falls er dir hinterherlaufen will.«

»Erzählst du mir gerade, dass du mich über Chief gefunden hast? Über seinen GPS-Sender im Halsband? Das ist doch schon zwei Jahre her, als ich mich über dein Handy dort eingeloggt habe.«

»Na, zumindest haben wir dich ohne große Suchaktion gefunden. Und … Ab, wirklich: Wir müssen gehen. Es geht hier langsam in die heiße Phase über. Nur noch sieben Minuten. Wir müssen hier wirklich weg.«

»Ich kann nicht gehen«, entgegnete ich. »Hier stirbt gleich jemand, und ich ... wir sind vermutlich die Einzigen, die das verhindern können.«

»Wir wissen doch gar nicht, was wirklich dort drinnen passiert«, sagte Isla. »Ob etwas passiert. Vielleicht wollten sie dich nur auf eine falsche Fährte locken. Und auch wenn in diesem Lagerhaus eine Organauktion stattfindet, was willst du tun? Willst du da reinstürmen und dich mit den schwer bewaffneten Jungs anlegen? Die machen Kleinholz aus dir.«

Ich schüttelte den Kopf. »Wir müssen etwas tun! Ich muss wissen, ob wirklich jemand in Gefahr ist. Ich kann Malcolm nicht informieren. Er hat mich angelogen und Mister F. in Gefahr gebracht. Sie wurde übel zusammengeschlagen, und auch ihre PCs haben sie in Einzelteile zerlegt! Ich glaube, Malcolm arbeitet für die *Body Lovers*. Also für beide Seiten.«

»Ja, auch das hat sie erzählt«, sagte Ems. »Trotzdem! Du musst ihn anrufen! Dann verschwinden wir von hier, so schnell es geht. Er muss herkommen und seinen Job machen. Und das wird er. Oder wir rufen beim Notruf an und geben vor, Schreie oder so gehört zu haben. Sie werden eine Streife schicken.«

»Bis jemand kommt, ist es zu spät!«, beharrte ich. »Versteht ihr das nicht? Ich werde da jetzt reingehen und die Lage checken. Dann entscheiden wir, ob wir den Notruf wählen. Es kann sein, dass dort nichts passiert, oder zumindest nicht das, was wir glauben. Ich muss das vorher klären, bevor ich jemanden informiere.« Ich stand auf, holte die Leine aus meinem Rucksack, legte sie Chief an und band ihn an der Parkbank fest. Ihn konnte ich auf keinen Fall mit in dieses Lagerhaus nehmen. »Du bleibst! Hörst du? Bleiben und leise sein!« Ein letztes Mal fuhr ich ihm über das Fell, bevor ich den Weg zur Straße zurücklief und mich an die Ecke des Gebäudes stellte.

Scheinwerfer erhellten den Asphalt. Das Auto wurde langsamer und bog kurz vor dem Ende des Gebäudes ab. Ich lugte um die Ecke und sah, dass dort eine Einfahrt ins Gebäude war. Natürlich. Deswegen war dieses alte Warenhaus so interessant. Weil keinerlei Autos davor parken mussten und somit kein Aufsehen erregen würden. Die Hand, die sich soeben auf meine Schulter legte, ließ mich zusammenfahren.

»Ab! Nein! Wir rufen gleich beim Notruf an. Du kannst nicht …«

Ich hörte Ems nicht weiter zu, sondern schlängelte mich, so schnell ich konnte, um die Ecke und verschwand durch die offene Einfahrt in dem dunklen Gebäude. Warum verstanden die beiden nicht, dass wir hier etwas unternehmen mussten? Wenn sie Schiss hatten, was ich durchaus verstehen konnte, sollten sie wenigstens draußen Wache halten. Sie wussten doch, wozu die *Body Lovers* fähig waren. Vielleicht musste hier gleich jemand sein Leben lassen, weil die *Body Lovers* einfach profitgierige Arschlöcher waren, die nicht warten konnten, bis jemand gestorben war, bevor sie demjenigen die Eingeweide aus dem Leib schnitten. Außerdem könnte es auch eine Finte sein, und es ging hier um etwas anderes. Ich sah die roten Lichter des Wagens einige Schritte vor mir hell aufleuchten und klebte mich förmlich mit meinem Körper an die Ziegelwand der Einfahrt. Gleich darauf hörte ich Stimmen. Mehrere Männer. Eine Frau kicherte. Autotüren schlugen zu, dann wurde es still.

»Ab«, hörte ich ein leises Flüstern ganz nahe bei mir. Es war Ems. Ich drehte mich um. Ihre High Heels trug sie in der Hand. *Vernünftige Entscheidung!*, dachte ich und zog sie zu mir.

»Pssst.« Als ich einen Fuß nach vorn setzte, konnte ich sehen, dass hier schon mehrere Autos parkten. Außerdem sah ich den Gorilla, der die Eingangstür bewachte. Es klickte, als er sich eine Zigarette anzündete. Blitzschnell überlegte ich, was ich tun sollte und wie wir an dem Aufpasser vorbeikämen, ohne dass er uns sah. Verdammt! Daran hätte ich schon vorher denken müssen, dass hier nichts unbewacht sein würde. Ich drehte mich Ems zu. »Problem!« Ich redete so leise wie nur möglich und kam ganz dicht an ihr Ohr. »Da steht ein Typ der Gattung Kleiderschrank vor der Tür. Scheint der einzige Zugang zu sein. Zweites Problem: Hier stehen bleiben können wir auch nicht, weil der nächste Fahrer eines hereinkommenden Autos uns sofort sehen würde.«

»Dann löse ich gleich mal beide Probleme, und du bist verdammt vorsichtig, ja?«, sagte sie, schlüpfte in ihre High Heels, und noch bevor ich reagieren konnte, stöckelte sie leicht schwankend dem Aufpasser entgegen. »Hi, *Sir.*

Können Sie mir helfen? Ich habe mich verlaufen.« Sie hickste, als wäre sie betrunken.

Ich war fassungslos. Schon immer wusste ich, dass Ems etwas im Köpfchen hatte und den Mut einer Löwenmutter besaß, die ihr Junges verteidigte, aber sorry … so eine Aktion hätte ich ihr nicht zugetraut.

»*Ma'am*. Sie müssen hier rausgehen, bitte.« Der Kleiderschrank schritt auf Ems zu, die sich auf die andere Seite des Raumes zubewegte, mitten auf dem Weg stolperte und sich fallen ließ. Ems kicherte laut.

»Wo geht es hier denn raus?« Wieder kicherte sie, und ihr Trick funktionierte tatsächlich, denn der große Mann beschleunigte seine Schritte in ihre Richtung. Ich schlich hinter den parkenden Autos entlang auf die Tür zu.

»Hier vorn, *Ma'am!*«, antwortete der Kleiderschrank und half Ems wieder auf die Füße, was erst beim dritten Anlauf klappte, da sie immer wieder aus seinen Händen glitt.

Ich öffnete die Tür. Mein Herz pochte bis zum Hals, als ich die abgestandene, feuchte Luft innen wahrnahm und leises Gemurmel hörte. So geräuschlos ich konnte, schloss ich die Tür hinter mir, hoffte, dass der Kleiderschrank Ems wohlbehalten zurück auf die Straße brachte. Ich war hier drinnen allein. Das wurde mir so richtig bewusst, als ich den fahl beleuchteten Gang entlanglief und die Stimmen immer lauter wurden. Was tat ich hier bloß? *Ich muss vollkommen verrückt sein!*

»Meine Damen und Herren!«, dröhnte eine männliche Stimme aus den Lautsprechern. »Herzlich willkommen zu unserer Auktion! Ich hoffe doch, Sie wissen, dass hier nur Bares zählt.«

Wie kann es bloß möglich sein, dass die Polizei nebenan davon nichts mitbekommt?

Am Ende des Gangs schob ich einen schweren undurchsichtigen Vorhang zur Seite und staunte nicht schlecht über die Ausmaße der Lagerhalle. Sie war riesig und mit etlichen leeren Regalen bestückt. Irgendwo weiter vorn sah ich Scheinwerfer, die einen kleinen Teil bestrahlten. Die restliche Halle war finster. Es war eine Art Weg, der mit roten Teppichen ausgelegt war, die allem Anschein nach rund um die Regale zu dem vorderen Bereich führten. Ich wählte einen anderen Weg, schließlich wusste ich nicht, was mich erwarten würde.

Eilig und geduckt schlich ich einen Regalgang entlang. Dann hörte ich ein lautes Summen, gefolgt von Eisen, das aufeinander rieb. Ich konnte mir im ersten Moment keinen Reim darauf machen und lief schneller. Als ich durch die Regale den beleuchteten Bereich erkennen konnte, musste ich schlucken, um nicht laut zu schreien. Ich hatte schon viel im Laufe meiner Polizeikarriere gesehen. Frauen, die von ihren Männern grün und blau geprügelt worden waren. Eifersuchtsmorde in Form von erweitertem Selbstmord, wo die Hirnmasse von den Wänden rann. Aber das, was ich hier erblickte, überstieg sogar meine Schmerzgrenze der Grausamkeiten.

Stühle standen in mehreren Kreisen angeordnet wie in einem Stadion rund um den beleuchteten Bereich. Ich sah etliche Personen, die darauf saßen. Die Personen befanden sich im Dunkeln, sodass ich weder Details erkennen noch ihre genaue Anzahl ausmachen konnte. In der Mitte hing ein kleiner Hebezug an einem Stahlseil von der Decke. Am Ende dieses Stahlseils baumelte ein Mann kopfüber wie im Kühlhaus einer Schlachterei. Doch dieser Mann lebte. Noch. Die Hände waren hinter seinem Rücken gefesselt, und auf seinem Mund klebte ein Klebeband. Er zappelte hin und her wie ein Fisch an der Angel.

»Wie Sie sehen können, handelt es sich hier um frische Ware mit der Blutgruppe Null negativ. Wir starten mit dem Angebot für das Herz. Zwanzigtausend Pfund. Wer bietet mehr?«

Ich versuchte, die Stimmen auszublenden, die gleich darauf zu hören waren. Das Opfer war nackt. Sein Körper sah aus, als würde er regelmäßig ins Fitnessstudio gehen. Und jung war er. Vielleicht gerade mal dreißig. Sein Kopf wurde bedeckt von einer Sturmhaube und ein Tuch war um seine Augenpartie gewickelt worden. Ich holte mein Telefon heraus, wischte die etlichen Nachrichten und verpassten Anrufe von dem Display und schoss ein Foto, das ich gleich in unseren Gruppenchat setzte. Ich hatte mit meiner Vermutung recht gehabt, dass hier ein großer Coup am Laufen war. Noch immer hatte ich keine Idee, wie ich dem Mann helfen könnte. Wie ich nur unbemerkt in seine Nähe käme, ohne mich selbst in Gefahr zu bringen. Ich hockte ganz still und beobachtete die Personen, die kleine Schilder in die Höhe hielten, wenn sie bieten wollten.

Ich wusste, ich kam hier nicht mehr raus. Zumindest nicht unbemerkt, also machte ich mich so klein wie möglich und überlegte fieberhaft, was ich unternehmen könnte.

Kapitel 11

»Manche Menschen verlieren mit ihren Millionen auf dem Konto jeglichen Anstand.« Abigail Walker in der Zwickmühle.

»Die Auktion ist hiermit beendet. Wir danken für Ihr Kommen!«, hallte es nur wenige Minuten später in der Halle wider.

Ich hatte bei jeder Gelegenheit Fotos geschossen, in der Hoffnung, diese später am Computer genauer auswerten zu können. Jetzt sah ich eine Edelstahlbahre, die unter den sich hin und her windenden Mann geschoben wurde. Daneben stellte jemand einen kleinen Metalltisch. Zwei Kästen, die aussahen wie Brutkästen für Babys, wurden ebenso danebengestellt. Da hörte ich wieder das Motorengeräusch, der Scheinwerfer wurde ausgeschaltet, und in der ganzen Halle wurde es plötzlich hell. Die Leute standen von ihren Stühlen auf und verdeckten den Blick auf den Mann, der auf die Bahre hinabgelassen wurde. In mir brannte ein Feuer. Ich wusste, wenn ich jetzt nichts unternehmen würde, dann wäre der Mann tot. Sie würden ihn einfach aufschlitzen, entnehmen, was Wert hatte, und den Rest vermutlich als Fischfutter entsorgen.

»Wer bist du, und was machst du hier?«, fragte eine dunkle Stimme neben mir. Ich schaute auf und sah einen japanischen Glatzkopf mit etlichen Tätowierungen im Gesicht, der im nächsten Moment seine Finger um meinen Oberarm krallte und mich festhielt. Auch er war Mitglied der *Body Lovers*, und alle nannten ihn Baby. Allerdings war Baby fast zwei Meter groß und brachte gut dreihundert Pfund auf die Waage. Seinen Namen hatte er bekommen, weil kein Haar an seinem Körper wuchs. Ich kannte ihn natürlich, schließlich hing auch sein Bild an meiner Wand. Erst vor wenigen Wochen hatte ich ihn von meiner Verdächtigenliste gestrichen, da ich herausfand, dass er an dem Abend nicht dabei gewesen war, sondern im Gefängnis gesessen hatte.

Ein Schrei hallte durch das Warenhaus, gefolgt von einem lauten Knall.

»Die Polizei ist da!«

Plötzlich stoben alle auseinander. Baby ließ mich los und rannte weg. Die Anwesenden flüchteten in alle möglichen Richtungen, mehrere Gestalten in dunkler Schutzkleidung stürmten durch die Gänge. Es hatte natürlich sein Gutes, dass die Polizei vor Ort war. Somit konnte wenigstens der Mann gerettet werden, allerdings würden sie auch mich finden, und ich würde erklären müssen, was ich hier getrieben hatte. *Das wird eine lange Nacht werden*, dachte ich mir noch, als ein Uniformierter neben mir stand. Er trug ein Vollvisier.

»Auf den Boden legen! Hände über den Kopf!«, wies er mich an, und ich kam seinem Befehl nach. Ich atmete den Staub der letzten Jahrzehnte ein. Ich konnte leider nicht sehen, was im vorderen Teil vor sich ging, hörte nur laute Stimmen und Befehle, die erteilt wurden.

»Mein Name ist Abigail Walker und ich bin Privatermittlerin. Meine Partnerinnen haben den Notruf gewählt. Sie warten vor dem Gebäude auf mich.«

Der Mann antwortete mir nicht. Stattdessen tastete er mich ab, zog mich dann wieder in die Höhe, als wäre ich ein Fliegengewicht. Er murmelte etwas Unverständliches, fesselte mir die Hände auf dem Rücken und schleifte mich zum Ausgang. Weitere Personen wurden ebenfalls von den Polizisten in diese Richtung gedrängt und in kleinen Gruppen durch den Gang ins Freie gebracht.

»Hören Sie mir doch zu!«, sagte ich. »Ich war hier drinnen, weil ich sichergehen wollte, dass es sich wirklich um eine Auktion handelt und ein Menschenleben in Gefahr ist. Ich gehöre nicht zu diesen anderen Personen.«

Noch immer keine Antwort. Der Mann schob mich durch die Tür hinaus. Draußen leuchtete das Blaulicht so stark, dass ich auf den ersten Blick nichts erkennen konnte. Dann sah ich etliche große Einsatzwagen, in die alle Verdächtigen gesetzt wurden. Es war ein großes Durcheinander und Stimmen klangen kreuz und quer. Plötzlich sah ich Malcolm, der im Eilschritt auf mich zulief. Von Ems und Isla war nichts zu sehen, und ich fragte mich, ob es Ems gut ging nach ihrer Aktion mit dem Kleiderschrank.

»Du bist komplett verrückt!« Malcolm entriss mich dem Uniformierten und zerrte mich auf den Gehsteig. »Was fällt dir eigentlich ein, mich nicht zu informieren? Ab, wenn die dich erwischt hätten, dann wärst du jetzt tot!« Er hatte sich in Rage geredet und fuchtelte wie wild in der Gegend umher. Jetzt fuhr er sich mit der Hand durch sein dunkles verwuscheltes Haar und legte einen Augenaufschlag später seine Hände auf meine Oberarme. Dann zog er mich nah an sich heran und erdrückte mich fast mit seiner Umarmung.

»Lass mich los!«, sagte ich. Seine Berührung war mir unangenehm. Da ich noch immer an meinen Handgelenken gefesselt war, konnte ich ihn nicht mal von mir stoßen. »Mir passiert schon nichts! Und jetzt nimm mir endlich meine Fesseln ab. Was ist mit dem Mann? Konntet ihr ihn retten? Wer ist er?«

»Ab!«, sagte Malcolm und befreite meine Handgelenke. »Ich lass dich einsperren, wenn du das noch mal machst. Warum hast du mich nicht informiert? Du hast es versprochen!«

»Weil …« Ich war kurz davor, ihm meinen Verdacht vor die Füße zu spucken. Nein, ich konnte es doch selbst kaum glauben, dass er ein doppeltes Spiel spielte. Unmöglich, es ihm … »Weil du mit den *Body Lovers* unter einer Decke steckst! Du bist ein Maulwurf! Du hast mein Vertrauen missbraucht!« Ich schrie es ihm mitten ins Gesicht, obwohl ich mich doch zurückhalten wollte. Aber ich schaffte es nicht. Der Schmerz und auch die Fassungslosigkeit saßen zu tief. Natürlich wusste ich, wie gefährlich so eine Anschuldigung war, schließlich war er ein hochrangiger Polizist und ich nur eine Ehemalige. Wem würde man wohl eher glauben? Und Beweise, tja, die hatte ich auch nicht. Aber wer außer ihm sollte es sonst gewesen sein?

»Ich bin was? Wovon redest du?« Malcolm drängte mich ein wenig weiter von dem Gebäude weg in Richtung des kleinen Parks. Das bestätigte nur meine Theorie, dass von dem folgenden Gespräch niemand etwas mitbekommen sollte. Vielleicht wollte er mich auch einfach nur mundtot machen und es wie einen Unfall aussehen lassen. Mittlerweile traute ich ihm alles zu, aber ich hatte keine Angst vor ihm. Das Karma war eine *Bitch*. Wenn er mir etwas antun würde, dann bekam er dafür auch seine gerechte Strafe. Daran glaubte ich in diesem Moment ganz fest. Weil es mich aufrecht hielt und ich seinen Freundschaftsmissbrauch nur so ertragen konnte.

»Du warst der Einzige, dem ich von der Auktion erzählt habe. Du wusstest davon und hast deswegen bei den *Body Lovers* geplaudert. Und die haben Mister F. einen Besuch abgestattet. Warum? Warum hast du die Seiten gewechselt?«

»Hör mal, Ab! Ich weiß zwar nicht genau, was du gerade meinst, aber es ist alles anders, als du denkst. Ich kann dir das hier und jetzt nicht erklären. Du musst Geduld haben und mir vertrauen. Bitte.« Ein flehentlicher Blick folgte. »Bitte, Ab! Ich habe geschworen, immer auf dich aufzupassen und dich immer zu beschützen. Und meine Versprechen halte ich. Vertrau mir!« Er ließ mich einfach los und ging in das Warenhaus zurück.

Ich stand an der Ecke auf dem Gehsteig und sah ihm nach. Und verstand nicht, was ich hätte anders verstehen können. Ich verstand einfach gar nichts mehr.

»Ab! Meine Güte. Was bin ich froh, dich zu sehen!«

Ems fiel mir sogleich um den Hals. Ich spürte die Pfoten von Chief auf meinem Oberschenkel.

»Wieso habt ihr ihn angerufen?«, fragte ich ohne Umschweife. Nichts erschien mir im Augenblick wichtiger, als eine Antwort auf diese Frage zu erhalten.

»Wir haben beim Notruf angerufen.« Es war Isla, die mir antwortete und mich an sich drückte. »Doch die meinten, dass sie bald jemanden vorbeischicken würden, um nachzusehen. Sie vermuteten, dass es sich bei dem Schrei um einen Obdachlosen handelte, der einen Schlafplatz suchte und sich verletzt hatte. Die Einsatzkräfte wären vermutlich noch immer nicht da, wenn ich nicht gehandelt hätte. Aber es zählte jede Sekunde. Schließlich wusste ich, dass du da drinnen bist und nicht mehr rauskommen kannst. Somit ließ ich mich mit Scotland Yard verbinden. Miller glaubte mir sofort, als ich ihm erzählte, was hier gerade abging. Und …«

»Was und?«

»Ich habe ihm erzählt, dass du dich in das Warenhaus geschlichen hast, um mehr Informationen zu bekommen. Da hat er gemeint, wenn dir etwas passiert, dann sperrt er uns beide lebenslänglich ein. Und dass wir alle drei in eine Psychiatrie gehören!«

»Ich traue ihm nicht«, sagte ich. »Er meint, es ist alles anders, als ich denke. Aber nur er kommt als Maulwurf infrage. Versteht ihr? Nur er hatte die Infos über diese Auktion hier! Er ist schuld, dass Mister F. grün und blau geschlagen wurde.« Ich ballte meine Hand zu einer Faust, dann hörte ich die Sirene des Rettungswagens, der die

Straße entlangbrauste. *Hoffentlich ist dem Mann nichts passiert*, huschte durch mein Hirn.

»Okay«, sagte Ems, »das setzen wir auch auf unsere Ermittlungsliste. Schließlich müssen wir wissen, ob Malcolm wirklich die Seite gewechselt hat. Aber zuerst sollten wir herausfinden, ob es dem Mann gut geht, dessen Bild du uns geschickt hast. Und das geht nur, wenn du Malcolm danach fragst. Und das weißt du auch, Ab.«

»Ja!« Mehr sagte ich nicht dazu. Alles in mir sträubte sich, und doch ging ich zurück in das Warenhaus, diskutierte mit einigen Beamten und gab vor, eine wichtige Zeugin zu sein, die alles hier beobachtet hatte. Es dauerte mehrere Minuten, bis ich endlich zu ihm vorgelassen wurde. Ich tippte auf seine Schulter. »Was ist mit dem Mann? Du bist mir eine Antwort schuldig!«

»Er ist tot!«, sagte er, drehte sich zu mir um und blickte mir tief in die Augen. »Wir sind zu spät gekommen. Alles nur, weil du …« Er stockte mitten im Satz. »Wir waren einfach zu spät. Die Sanitäter konnten nichts mehr für ihn tun.«

»Alles nur, weil ich dich nicht informiert habe, wolltest du wohl sagen«, zischte ich. »Ich vertraue dir nicht!«

»Und wieso bist du dann hier?« Sein rechtes Augenlid begann zu zucken.

»Weil ich Informationen brauche, die nur du mir geben kannst.«

»Du vertraust mir nicht, willst aber Informationen. Das ist nicht logisch, Ab. Es ist gefährlich hier für dich!

Wann verstehst du das endlich? Wenn dich jemand von den *Body Lovers* sieht …«

»Baby hat mich erwischt, als ich drinnen war.« Ich schmiss ihm die Worte regelrecht vor die Füße.

Malcolm riss die Augen auf. »Ihn haben wir nicht einkassiert. Ab, du musst mit mir kommen. Ich beschütze dich, ja? Wenn er das Big Boy erzählt, dann … ich muss dir nicht sagen, dass du dann erst recht auf der Liste stehst, oder? Sie haben dir eine Warnung geschickt, dass du dich raushalten sollst. Also, bitte halte dich daran und komm mit mir. Du legst dich mit einer Gruppe an, die vor nichts zurückschreckt.«

»Zwei Warnungen. Ich habe zwei Warnungen erhalten!« Ich hielt meinen Zeigefinger und den Daumen in die Höhe. »Ich weiß, dass Big Boy der Mörder von Bobby ist. Deswegen haben sie mir gedroht, weil ich ihm viel zu dicht auf den Fersen bin. Und auch, weil sie nicht wollten, dass ich heute in diese Auktion platze. Aber sie haben nicht damit gerechnet, dass ich keine Angst vor diesem Abschaum habe.« Ehrlich gesagt hatte ich sogar mehr als Angst vor ihnen, und doch wollte ich nicht aufgeben. Ich war zu dicht dran, endlich die Wahrheit zu erfahren. Und hoffentlich meinen Seelenfrieden zu finden.

»Was?«, fragte Malcolm. »Zwei Warnungen?« Ich musste zugeben, dass er ein guter Schauspieler war. Ein Außenstehender würde ihm diese Reaktion ohne Weiteres abnehmen.

»Jetzt tu nicht so unschuldig«, erwiderte ich. »Wegen deiner ausgeplauderten Informationen wurde meine

Freundin zusammengeschlagen. Von diesem Haufen Idioten, und die haben mir eine ganz klare Botschaft hinterlassen.«

»Aber Emma und Isla geht es doch gut. Ich verstehe nicht …«

»Klar«, unterbrach ich ihn. »Du bist ein Unschuldslamm. Solltest du mal wieder zur Vernunft kommen … du hast meine Nummer ja. Bis dahin streich mich bitte aus deinem Gedächtnis.« Ich drehte mich um und ging einige eilige Schritte ins Freie. Ich wollte nur noch aus diesem Lagerhaus raus. Weg von hier, von dem Mann, den ich nicht hatte retten können, und vor allem weg von Malcolm. Wieder liefen mir Tränen die Wangen hinab. Heute war eindeutig nicht mein Tag. So emotional war ich schon lange nicht mehr gewesen.

»Bleib stehen!«, hörte ich Malcolms Stimme und spürte seine Hand auf meinem Unterarm, wie sie mich festhielt. »Du kannst nicht gehen. Ich kann dich nicht allein lassen. Du bist in großer Gefahr, wenn Baby dich gesehen hat. Vergiss deinen Zorn auf mich und auf die *Body Lovers*. Komm zur Vernunft, Ab!«

Ich schüttelte meinen Arm, um ihn von mir zu bekommen. »Lass mich sofort los! Ich schrei so laut, dass hier alles zusammenläuft!«

»Dann mach doch, was du willst. Renn in dein Verderben!« Er ließ mich los und verschwand in der Menge. Einfach so, als wäre nichts gewesen. Aber es sollte mir recht sein. Ein Mensch, der nicht die Wahrheit sagte, hatte in meinem Leben nichts verloren.

Ich suchte nach Ems und Isla, sah sie im Park stehen und ging auf die beiden zu.

»Und?«, fragte Isla.

»Der Mann ist tot.«

»Das ist gar nicht gut«, meinte Ems. »Worüber habt ihr euch gestritten? Also du und Malcolm?«

»Baby hat mich im Lagerraum erwischt, und Malcolm hat nun Angst um mich. Zumindest gibt er das vor. Er wollte, dass ich mit zu ihm komme. Der spinnt doch! Als ob ich mich verstecken müsste.«

»Was? Wer ist Baby?«, fragte Isla, und auch Ems schaute unschlüssig.

»Ein überdimensionierter Asiate, der keinerlei Haare an seinem Körper hat und im Gesicht tätowiert ist. Er gehört zu den *Body Lovers* und ist das sogenannte Mädchen für alles.«

Isla riss die Augen auf. »Wie? Er hat dich gesehen? Dann hat Malcolm recht. Du kannst nicht allein bleiben. Überlege doch mal, wenn die sogar die Adresse von Mister F. herausfinden konnten, wie einfach ist es, deine herauszufinden, Ab? Du kannst bei mir übernachten. Kein Problem. Also, Hagrid wird nicht sonderlich begeistert sein über Chief, aber das kriegen wir schon hin. Ich habe auch noch eine aufblasbare Matratze im Keller.«

»Ähm«, mischte sich Ems ein. »Ich will dir ja nicht zu nahe treten, Isla. Aber glaubst du, dass Ab in deiner Wohnung auch nur eine Sekunde Schlaf findet? Sie würde die ganze Nacht putzen und aufräumen. Du kommst zu mir, Ab.«

Natürlich hatten meine Freundinnen recht. Es war wirklich besser, wenn ich zumindest die heutige Nacht nicht in meiner Wohnung verbrachte. Immerhin könnte ich kein Auge zumachen, weil ich bei jedem noch so kleinen Geräusch hochschrecken würde. Ich sah zu Chief und überlegte, was besser wäre: in Islas Chaoswohnung oder in Ems' steriler Wohnung zu übernachten?

»Und du hast kein Problem mit Chief, Ems?«, fragte ich.

»Chief gehört zu dir dazu. Solange er nichts schmutzig macht mit seinen dreckigen Pfoten und nirgends sein Geschäft erledigt, ist das okay.«

»Bist du dir sicher?« Ich dachte an ihren Schrei, als Chief heute Morgen mit seinen nassen Pfoten über den Parkettboden unseres Büros gelatscht war.

»Ja. Wir kriegen das hin.« Ems lächelte mich an.

»Danke euch zwei. Wirklich. Ich habe euch echt lieb.«

»Wow«, entfuhr es Isla. »Dass du uns lieb hast, sagst du ja sonst nie. Aber wir haben dich auch lieb, nicht wahr, Ems?«

»Lass uns bitte endlich hier verschwinden«, sagte Ems. »Mir wird kalt, und der Ort hier ist echt unheimlich. Isla, wir sehen dich morgen pünktlich um acht im Hyde Park.«

Isla stöhnte.

Kapitel 12

»Wenn Freundschaft stärker als Hundehaare ist.« Abigail Walker wird von Emma Ferguson überrascht.

Als wir in Soho ankamen und aus der Station traten, war die Stimmung auf der Regent Street genau so, wie Ems es liebte: laut, voller Menschen, die durch die zahlreichen Nachtclubs und Bars streiften. Ein Ort, der niemals schlief. Ems' Wohnung lag nur eine Querstraße entfernt. Klar, so hatte sie es nachts nicht weit nach Hause, wenn sie in einem der Clubs abfeiern und zu den psychedelischen Klängen tanzen wollte.

Ems betrat ihre Wohnung und zog mitten im Flur ihre High Heels aus. Ich war nur einen Schritt hinter ihr, stoppte aber schon beim Fußabtreter. »Hast du einen Lappen für mich?«, fragte ich.

»Wofür brauchst du jetzt einen Lappen?«, hörte ich sie aus dem Inneren.

»Für Chiefs Pfoten? Ansonsten kriegst du die Krise. Ich kenn dich doch.«

»Ach, lass das. Komm einfach rein. Ich mach uns eine Flasche Wein auf, ja?«

Das war so typisch für Ems. Ich kannte sie gar nicht anders. Abends nach der Arbeit musste es immer ein Gläschen Wein sein. Das gehörte zum Pflichtprogramm schon seit Uni-Tagen. Dabei wusste sie genau, dass ich schon seit mehreren Jahren keinen Alkohol mehr trank. Ich trat in Ems' extravagante, aber stilvolle Wohnung ein. Es sah so aus, als würde hier drinnen niemand wohnen. Alles lag geordnet auf seinem Platz, wobei die eine oder andere Staubschicht vorhanden war. Ich ließ mich auf dem dunklen Sofa nieder, und noch bevor ich reagieren konnte, war Chief direkt neben mich gesprungen.

»Runter!«, befahl ich ihm und zeigte blöderweise auf den dunklen Teppich, der fast den ganzen Wohnzimmerboden bedeckte. Natürlich folgte Chief sofort und wedelte aufgeregt mit seiner Rute. Die ersten Haare seines Fells verteilten sich auf den Teppichfasern. Noch während ich überlegte, wie ich meinen Hund davon abhalten könnte, Haare in Ems' Wohnung zu verlieren, tapste Ems mit zwei Weingläsern in der Hand herein.

»Ist schon gut«, sagte sie, als sie meinen entgeisterten Blick sah, der zwischen dem Teppich und ihr hin und her wanderte. Sie stellte die Weingläser auf dem Glastisch vor mir ab. »Ich bin eine moderne Hausfrau und ich habe einen Staubsauger. Davon abgesehen bin ich bei meiner Einladung nicht davon ausgegangen, dass Chief keine Haare und keinen Dreck in meiner Wohnung hinterlässt. Solange er kein Häufchen macht, ist alles gut. Also, entspann dich.«

Ich lachte laut los. Ems überraschte mich immer wieder aufs Neue, obwohl ich sie eigentlich in- und auswendig kennen müsste. »Und ich habe schon überlegt, ob es nicht doch klüger gewesen wäre, in Islas Wohnung zu übernachten.«

»Glaub mir eines – das willst du nicht. Du würdest keinen Fuß dort reinsetzen. Und ich spreche aus Erfahrung. Kannst du dich noch an unser gemeinsames Zimmer im Studentenwohnheim erinnern? An die Aktion, als du eine Trennwand gekauft hast, damit du von deinem Teil des Zimmers nicht auf ihren schauen musstest? Dieses Chaos war noch harmlos im Gegensatz zu dem heutigen. Und glaub mir, ich übertreibe nicht.«

Ich lehnte mich zurück, und tatsächlich fühlte ich mich in die Vergangenheit zurückversetzt. Ja, unsere gemeinsame Uni-Zeit war toll gewesen. Ich war schon immer eine Streberin, ganz zur Freude meines Daddys. Auch wenn er meiner Entscheidung, zur Polizei zu gehen, anfangs etwas misstrauisch gegenübergestanden hatte, wollte er immer, dass ich glücklich werde. Nur das zählte für ihn. Bis heute.

»Wieso lächelst du?«, fragte Ems und nippte an ihrem Wein.

»Ach, die Uni-Zeit war toll, nicht wahr? Manchmal vermisse ich es schon.«

»Was? Dass du bis mitten in der Nacht gelernt hast? Wenn wir dich nicht von deinen Büchern weggezerrt hätten, dann hättest du gar keinen Spaß gehabt.«

»Du bist echt doof«, antwortete ich. »Sag mal, was konntest du bei dem Treffen mit dem besten Freund von Jacob herausfinden?«

»Stimmt. Das weißt du ja noch gar nicht, weil du mal wieder deine Nachrichten nicht gecheckt hast. Kurzfassung: Jacob war da an einer zwielichtigen Sache dran. So genau wusste er es auch nicht, soll wohl was mit Drogen zu tun gehabt haben. Auf jeden Fall wollte Jacob jemandem helfen. Und Isla hat herausgefunden …« Ein leises Telefonklingeln ertönte irgendwoher und Ems sprang auf. »Das wird wohl Isla sein, die sich sicher noch immer Sorgen um dich macht.« Sie rannte aus dem Wohnzimmer, auf der Suche nach ihrer Handtasche, die sie genauso achtlos im Eingangsbereich abgestellt hatte wie ihre High Heels.

Ich hörte, wie Ems das Gespräch entgegennahm. Sie kam zu mir zurück und blieb mitten im Raum stehen. »Grace, bitte beruhige dich … Ja, ich verstehe. Wir kommen zu dir … Wir sind schon unterwegs.« Sie beendete das Gespräch und taxierte mich für einen Moment.

»Was ist los? Was ist passiert?«, wollte ich wissen.

»Jacob ist tot. Grace hat vor einem Moment einen Anruf von der Polizei bekommen. Wir müssen zu ihr. Mister Richard Moore ist auch schon auf dem Weg dorthin. Vielleicht erfahren wir von ihm mehr.«

»Mist. Ich wusste doch, es ist kein gutes Zeichen, dass sich die Entführer nicht mehr gemeldet haben. Wir suchen nun also nicht mehr nur Entführer, sondern Mörder.«

Ems hörte mir schon nicht mehr zu und hielt sich das Handy ans Ohr. »Wie immer! Isla geht nicht ran. Ich verstehe nicht, dass sie so eine Schlafmütze ist. Wir haben jetzt auch keine Zeit, auf ihren Rückruf zu warten. Los!«

Kapitel 13

»Manche Wahrheiten müssen unentdeckt bleiben.« Abigail Walker fühlt sich unwohl.

Wir hatten Glück, denn die Tube kam nur eine Minute nach unserer Ankunft in der Station an. Eine halbe Stunde später standen wir wieder vor Grace' Wohnung. Ihre Augen waren gerötet, und sie brachte kein Wort heraus, als sie uns die Tür öffnete. Wieder war es Ems, die sie liebevoll umarmte und zum Sofa im Wohnzimmer begleitete, auf das sich Grace fast schon wie in Trance legte, bevor sie an die Decke starrte. Ich wusste im ersten Moment nicht, was ich hier tun sollte, derart überflüssig kam ich mir vor. Somit ging ich in die Küche und stellte den Wasserkocher auf den Herd. Tee hatte immer eine beruhigende Wirkung, ich kochte uns allen einen. Wenig später stellte ich die Teekanne auf dem Tisch im Wohnzimmer ab und war gerade dabei, die passenden Tassen in den Küchenschränken zu suchen, da erklang die Türklingel. Ich drückte auf die Taste direkt daneben und öffnete die Haustür. Schritte hallten im Treppenhaus wider.

Ein Mann erschien einen Augenblick später. Er war an die fünfzig Jahre alt. Gekleidet in einen maßgeschneiderten Anzug. Seine Krawatte hing schief und wollte nicht zu dem ansonsten perfekten Erscheinungsbild passen. Genauso wenig wie seine Frisur, die jeglichen

Halt verloren hatte, die grauen Strähnen hingen kraftlos vom Kopf. In seinen Augen glitzerten Tränen.

»Wer sind Sie?«, fragte er mich mit seiner dunklen Stimme und wischte mit der Hand über seine Wange.

»Abigail Walker. Von der Privatdetektei Walker, Wright und Ferguson. Sie sind sicher Richard Moore.«

Er reichte mir die Hand und zerdrückte meine fast. »Richtig. Ist Miss Ferguson hier?« Er trat in die Wohnung ein.

»Ja, im Wohnzimmer bei Grace. Ich habe uns gerade eine Tasse Tee gemacht. Möchten Sie auch eine?« Ich wusste ehrlich nicht, was ich sagen sollte. Sollte ich jetzt schon eine Beileidsbekundung zum Verlust seines Sohnes aussprechen, oder war es hierfür noch zu früh? Ja, mit solchen banalen Dingen fühlte ich mich regelrecht überfordert, somit wartete ich nicht darauf, dass er mir eine Antwort gab, sondern nahm eine weitere Tasse aus dem Schrank.

»*Honey!*«, hörte ich seine dunkle Stimme, gefolgt von einem lauten Schluchzen. »Es tut mir so leid.«

Ich stellte alle Tassen auf den Tisch und goss den Tee ein.

Richard Moore stand mitten im Zimmer, in seinen Armen lag Grace, die ihr Gesicht an seinen Brustkorb presste. Niemand sagte auch nur ein Wort, bis Richard Grace von sich schob. »Ich werde alles daransetzen, den Mörder von Jacob zu finden.« Seine Stimme klang brüchig. Ich verstand nicht, wie er überhaupt so ruhig und gefasst sein konnte. Vermutlich zerbrach gerade seine Seele, und er wollte für Grace stark sein. Musste für sie stark sein. Es schien, als würde er seine Schwiegertochter in spe gernhaben. Vielleicht auch etwas zu gern? Ich verwarf diesen Gedankengang sofort wieder. Es war mit Sicherheit so wie bei Bobbys Tod mit meiner Schwiegermutter. Auch sie hatte nicht in meiner Gegenwart geweint, sondern mich einfach nur festgehalten.

»Also«, sagte Ems und räusperte sich. »Ich nehme mal an, wir werden dabei helfen dürfen, nicht wahr?«

»Ja, denn die Polizei ist extrem langsam in solchen Fällen mit all ihren Vorschriften und so. Ich weiß, mein Sohn wird dadurch nicht mehr lebendig, aber ich will seinen Mörder in fähigen Händen wissen. Entweder hinter Gittern oder unter der Erde. Mir egal.« Er half Grace dabei, sich wieder auf das Sofa zu legen, schob ein Kissen unter ihre Füße und gab uns mit einer Kopfbewegung zu verstehen, dass wir ihm folgen sollten. Er lehnte sich an die Küchenarbeitsplatte.

»Bitte, Mister Moore.« Ems' Stimme klang zittrig. »Erzählen Sie uns alles, was Sie wissen. Wir werden Ihnen helfen. Was hat die Polizei gesagt? Wo haben sie Jacob gefunden? Gab es dazu ein Statement?«

»Jacob wurde in Wapping gefunden. In einem Lagerhaus oder so. Er ist auf dem Weg ins Krankenhaus im Rettungswagen verstorben. Mehr Informationen habe ich nicht bekommen.« Seine Stimme klang plötzlich tonlos, und er wischte sich mit der Handfläche über die Wange. »Ich hätte jeden Betrag bezahlt, dass sie ihn mir wieder zurückbringen. Warum haben sie nicht mehr angerufen? Ich habe doch alles gemacht, was sie mir gesagt haben.«

Ich brauchte nicht mal eine Millisekunde, um zu verstehen, dass der nackte Mann, den ich vor gerade einmal zwei Stunden kopfüber baumelnd in diesem ehemaligen Warenhaus gesehen hatte, Jacob gewesen sein musste. Ich konnte mir kaum vorstellen, dass es am selben Abend eine weitere Auktion in einem anderen Lagerhaus in Wapping gegeben hatte. Ich atmete tief durch, sagte aber nichts zu Richard. Es wäre für ihn vermutlich noch schmerzhafter, wenn er wüsste, dass ich den Tod seines Sohnes hautnah hatte miterleben müssen und nichts dagegen unternehmen konnte.

»Mister Moore, war Ihr Sohn körperlich gesund? Wissen Sie etwas darüber? Hatte er Probleme mit seinen Nieren?«, fragte ich.

»Er war vor Kurzem beim jährlichen Check-up. Aber da sollten wir vielleicht Grace fragen. Ich kenne das Ergebnis der Untersuchung nicht.«

»Ich glaube, Ab, dein Telefon klingelt«, sagte Ems, und ich begriff sofort, was sie mir sagen wollte. Ich trat vor die Wohnungstür und wählte Malcolms Nummer.

»Wusste ich doch, dass du dich heute noch bei mir melden würdest. Wo bist du?«, fragte Malcolm.

»Also, der Mann heute im Lagerhaus, der verstorben ist, ist unser verschwundener Jacob Moore. Was ist ihm passiert? Wieso sagst du mir das nicht?«

»Du brauchst also Informationen?«

»Keine Spielchen, Malcolm.«

»Wo bist du?«

»Ich habe Fotos von dieser Auktion, die dir sicher bei den Ermittlungen weiterhelfen können. Also, ich biete dir an, dass du sie bekommst. Im Austausch dafür bekomme ich alle Informationen von dir. Eine Hand wäscht die andere, und alle bekommen, was sie wollen.«

Es dauerte einen Augenaufschlag, dann vernahm ich einen Seufzer. »Die Fotos hättest du mir schon vorher aushändigen müssen, das weißt du. Aber gut, ich sag dir, was du wissen willst. Sein Brustkorb war geöffnet, und es soll wohl auch schon ein Blutgefäß abgetrennt worden sein. So genau darfst du mich da nicht fragen, weil ich kein Arzt bin. Auf jeden Fall ist Jacob binnen Minuten verblutet.«

»Da ist noch mehr, was du mir sagen willst, denk ich mal.«

»Wir haben medizinische Geräte sichergestellt. Es waren Geräte der neuesten Technologie aus Amerika. Sie sehen aus wie durchsichtige Boxen, und das jeweilige Organ wird darin weiter durchblutet und auf Körpertemperatur gehalten. Dadurch kann so ein Herz auch gut und gerne sechs Stunden ohne Probleme transportiert werden, hat man mir gesagt.«

»Das heißt also, diese Bande ist jetzt so richtig groß ins Geschäft eingestiegen. Bisher haben sie die Organe ja nur gekühlt gelagert, aber da waren sie nicht so lange haltbar, oder? Wer war von den *Body Lovers* da? Wieso haben sie ausgerechnet Jacob Moore entführt? Haben sie seit Neuestem auch was mit Drogen am Hut?«

»Nur die kleinen Fische waren anwesend. Einer von ihnen gab an, dass der Körper heute in den Mittagsstunden von zwei Mitgliedern der *Body Lovers* abgeholt wurde. Und zwar in einem verlassenen Lagerhaus in Chelsea. Es war auch eine Notiz dabei, dass die Nieren nicht in Ordnung waren, oder so was in der Art. Big Boy hat sogar damit geprahlt, dass er für den strammen Körper nur einen Spottpreis bezahlt hat. Er lässt nach dem Verkäufer suchen. Denn solche Sonderangebote sind selten. Aber mehr konnten wir noch nicht herausbekommen. Und nein. Keine Drogen. Wieso fragst du?«

»Okay, ich schick dir gleich alle Fotos rüber.« Ich legte auf, ich hatte alle Informationen, die ich brauchte. Dann leitete ich die Fotos, die ich während der Auktion gemacht hatte, an Malcolm weiter.

Allerdings stellte sich mir noch immer die Frage, wie sich die Dinge zueinander verhielten. Einerseits sprach der beste Freund von Jacob von Drogengeschäften, die er aufgedeckt hatte, und andererseits war Jacob anscheinend von seinen Entführern an die *Body Lovers* verkauft worden. Und auch die nicht stattgefundene Übergabe des Lösegelds passte nicht ins Bild. Genauso wenig, dass Jacobs Entführer behaupteten, dass mit Jacobs Nieren etwas nicht in Ordnung war. Woher nahmen sie diese Information? In meinem Kopf schwirrten die Gedanken umher. Als ich die Wohnung wieder betrat, saßen Richard Moore und Ems an dem kleinen Tisch in der Küche und flüsterten.

»Okay«, sagte ich. »Irgendetwas Neues?«

»Wir versuchen gerade, alle Eventualitäten aufzuschreiben«, sagte Ems und deutete auf den Block vor ihr. »Feinde von Mister Moore, Feinde von Jacob und Grace. Alles eben, was uns irgendwie weiterhelfen könnte.« Ems' Telefon klingelte. »Super, das ist Isla.« Sie nahm das Gespräch entgegen, stellte es aber nicht auf Lautsprecher, sondern verschwand durch die Tür in den Hausflur.

Ich blieb allein mit Mister Moore zurück, und ein Blick auf die Liste, die beide gemeinsam erstellt hatten, verstärkte meine Zweifel an der schnellen Lösung dieses Falles. Da standen sicherlich schon über dreißig Namen. Allein das reichte, um Wochen mit der Recherche beschäftigt zu sein. Ich setzte mich auf den Stuhl, auf dem Ems gesessen hatte.

»Mister Moore. Wenn Sie nun auf all diese Namen schauen, wem würden Sie wirklich zutrauen, eine solche Tat zu begehen?«

»Niemandem. Ehrlich, wirklich niemandem. Auch mein größter Konkurrent, der mir ab und zu gerne mal die Pest an den Hals wünscht, weil ich ihm mal wieder ein Objekt vor der Nase weggeschnappt habe, würde nicht meinen Sohn umbringen.«

Ich konnte ihm unmöglich sagen, welche Informationen ich über die Umstände von Jacobs Tod in Erfahrung gebracht hatte. Allem Anschein nach hatte es hier wirklich nichts damit zu tun, dass der Vater geschädigt werden sollte. Was würde es einem Konkurrenten bringen, seinen

Sohn zu töten? Deswegen verlor er nicht sein Vermögen. Ich las erneut die Namen durch und auch die Notizen, die hinter den Namen standen. Gedanklich strich ich alle durch, die etwas mit Richard zu tun hatten. Fünf Personen blieben übrig. Lily Smith, Ex-Freundin von Jacob, vor sieben Jahren getrennt, fiel mir als Erstes ins Auge.

»Also Jacobs Ex. Was können Sie mir über sie erzählen?«

»Sie war eine total liebe Frau. Aber für Jacob nicht die Richtige. Sie haben sich im Guten getrennt und sind bis heute noch in Kontakt … gewesen.«

Bevor ich fragen konnte, warum sie dann überhaupt auf diese Liste geraten war, kam Ems wieder herein, gefolgt von einem Mann, der einen schwarzen Koffer in der Hand hielt.

»Der Doktor ist da«, sagte sie nur und Mister Moore stand auf. Beide verschwanden im Schlafzimmer, wo sich vermutlich Grace aufhielt. Ems konnte anscheinend meine Gedanken lesen. »Er hat den Arzt gerufen, damit er Grace ein Beruhigungsmittel verabreicht. Mister Moore bleibt die Nacht über hier.«

»Diese Liste hier ist Mist. Das weißt du auch. Das bringt uns nicht weiter.«

»Dafür habe ich etwas von Isla erfahren, was uns weiterbringen könnte. Aber erzähl du zuerst, was Malcolm dir erzählt hat.«

»Wir sollten gehen, meinst du nicht? Hier etwas zu besprechen, finde sogar ich taktlos.«

»Gut, ich habe zu Isla gesagt, dass wir uns in einer Stunde im Büro treffen. Da haben wir unsere Ruhe.«

Kapitel 14

»Nur der Unscheinbare bleibt unentdeckt.«
Abigail Walker hat eine Idee.

Gut eine Dreiviertelstunde später ließ ich mich wieder auf meinen Stuhl im Büro fallen. Mein Blick schweifte durchs Fenster hinaus auf die Lichter der Stadt. Es war schon kurz vor elf Uhr nachts. Es dauerte nur wenige Minuten, da stolperte Isla ins Büro. Auf ihren Chucks prangten gelbe und blaue Farbspritzer. Vermutlich hatten wir sie deswegen nicht erreicht, weil sie zu diesem Zeitpunkt an der angekündigten Sprayer-Aktion teilgenommen hatte.

»Gut«, sagte sie und setzte sich mit Schwung auf ihren Stuhl. »Ich nehme mal an, Ems hat dir in der Zwischenzeit von den Neuigkeiten über Olivia erzählt, ja? Findest du ihre Erklärung nicht ein wenig dürftig?«

»Auf jeden Fall«, sagte ich. »Es kann sich bei ihrem Streit mit Sicherheit nicht um so eine Banalität wie einen verschwundenen Pinsel gehandelt haben. Ich glaube ihr auch nicht. Hast du wirklich ordentlich nachgebohrt?«

»Ja, natürlich. Und Pinsel gibt es in Hülle und Fülle im Wachsmuseum, das ist echt kein Grund, sich darüber aufzuregen. Das passiert schon mal, dass irgendjemand das Malwerkzeug verliert. Ich weiß sogar, dass manche Besucher gerne was einstecken als Souvenir. Ich verstehe nur nicht, warum Olivia mir nicht die Wahrheit sagt. Sie kam mir auch verschlossen vor. Also mehr als sonst. Es schien, als wäre es ihr gar nicht recht, dass ich sie über Jacob und den Streit befrage.«

»Vielleicht hatten die beiden eine Affäre, und Jacob hat Schluss gemacht?«, warf ich ein.

»Also, ich glaube viel, aber Jacob hat seine Grace geliebt. Davon abgesehen, das wäre mir doch aufgefallen, als ich mit den beiden gearbeitet habe. Meinst du nicht? Nein, das schließe ich aus. Es muss etwas anderes dahinterstecken. Was ist mit diesen Drogengeschäften, von denen Jacob angeblich etwas wusste? Vielleicht weiß Olivia mehr darüber und hat Angst, mit mir darüber zu reden, weil sie annimmt, dass auch ich dann in Gefahr bin oder vielleicht sie selbst. Aber wie kriegen wir das raus?«

»Wir nehmen mal an«, mischte sich Ems ins Gespräch ein, »Olivia lügt und weiß vielleicht sogar den Grund, warum Jacob sein Leben lassen musste. Wie wollen wir das beweisen? Wer könnte sonst noch Bescheid wissen? Könnte sie etwas mit der Entführung von Jacob zu tun haben? Was hätte sie davon, wenn Jacob von der Bildfläche verschwindet?«

»Das sind viele Fragen auf einmal, findest du nicht?« Ich musste schmunzeln, weil in Ems die Rechtsanwältin durchkam. »Also, für mich ist Fakt: Olivia lügt, weil sie ein Geheimnis hat, das sie nicht preisgeben kann. Vielleicht will sie auch jemanden schützen, der ihr nahesteht. Wir müssen sie rund um die Uhr beschatten. Das ist momentan die einzige Möglichkeit, um an Infos zu gelangen.«

»Und wie willst du das anstellen, ohne gesehen zu werden?«, fragte Isla. »Sie kennt uns alle drei. Also mich natürlich, und jede von euch hat mich schon ein paarmal von der Arbeit abgeholt. Ich halte das für keine gute Idee.«

»Ich kenne da jemanden, der das für uns übernehmen kann.«

»Das ist jetzt nicht dein Ernst, Ab«, sagte Ems und runzelte die Stirn. »Du willst doch nicht Kiss-me-Kate für diese Aktion einsetzen. Allein ihr fettiges Haar und der beachtliche Körperumfang machen sie schon nicht unsichtbar.«

»Doch, genau *das* macht sie unsichtbar«, entgegnete ich. »Sie wird nicht gesehen, weil niemand bei einer Obdachlosen genauer hinschaut. Und das wisst ihr so gut wie ich.«

Schnell notierte ich mir Olivias Adresse und holte ein uraltes Telefon aus der untersten Schublade meines Schreibtisches. Dann stand ich auf, verließ unser Büro, drückte den Knopf, der den Lift aktivieren sollte, aber nichts passierte.

»Scheißteil«, schimpfte ich leise und sah schon die Pfundzeichen vor meinem geistigen Auge schweben. Dieser Lift war ständig kaputt und die Reparatur jedes Mal sündhaft teuer. Ich seufzte, hob Chief auf meine Arme, rannte die Treppe hinunter, und als ich unten ankam, hörte ich sie schon in der Unterführung der

Bahngleise, die nur wenige Meter von unserem Büro entfernt war.

»*Wanna kiss me?*«, hallte ihre Stimme wider. Vermutlich war ein Gast aus einem der angrenzenden Lokalen herausgekommen und zu nahe an ihren Schlafplatz herangetreten. Oder er hatte eine Sekunde zu lange zu ihr geschaut. So war Kiss-me-Kate zu ihrem Namen gekommen.

»Kate?«, fragte ich in die Dunkelheit. Es hatten hier mehrere Personen Schutz in der Nacht gesucht, und auf den ersten Blick sah ich rein gar nichts. Trotzdem verspürte ich keine Angst. Ich wusste, all die Obdachlosen hier würden für mich ihr letztes Hemd geben, wenn ich es brauchen würde.

»Wer will das wissen?«, kam die Antwort. »Oh, hier ist ja mein wuscheliger Schatz! Und wo Chief ist, kann Ab nicht weit sein.« Ich hörte sie stöhnen, ein Scharren erklang und Schritte näherten sich. Einen Augenaufschlag später stand sie schon in voller Körpergröße vor mir.

»Hast du wieder mal Lust auf ein ordentliches Bett und eine Dusche?«, fragte ich und kannte jetzt schon ihre Antwort. Noch nie hatte sie einen Job abgelehnt, der von mir kam. Isla und Ems nannten sie auch gerne »mein Sozialprojekt«. Damit hatten sie nicht ganz unrecht. Ich versorgte Kate und all die anderen Obdachlosen in der Clink Street mehrmals die Woche mit Essen und im Winter noch zusätzlich mit warmen Decken. Wobei ich Kate gerne von der Straße geholt hätte, doch das wollte sie nicht. In einem unserer zahlreichen Gespräche hatte sie mir erzählt, dass sie seit über zwanzig Jahren auf der Straße lebte und das hier ihr Zuhause war. Dort, wo ihre Freunde waren. Natürlich trank sie Alkohol, und das nicht zu knapp. Der wärmte herrlich von innen, behauptete sie.

»Klar«, antwortete sie. »Was darf ich diesmal für dich tun?«

»Fahr zu dieser Adresse und bleib an der Frau dran, die dort wohnt. Sie heißt Olivia und arbeitet bei Madame Tussauds.«

Sie nickte, nahm den Zettel und das Telefon entgegen, ließ aber ihre Hand weiterhin in meine Richtung ausgestreckt. »U-Bahn fahren kostet Geld, meine Schöne.«

Ich holte einen Zwanzigpfundschein aus meiner Hosentasche. »Aber keinen Alkohol. Du hast einen Auftrag, klar? Wenn der erledigt ist, darfst du wieder im Premier Inn übernachten. Wie immer halt.« Der Rezeptionist des Hotels war zwar nie begeistert, wenn ich mit Kiss-me-Kate dort auftauchte, aber er nahm gerne das großzügige Trinkgeld entgegen, das ich ihm unter der Theke reichte. Morgen würde ich wieder in einen Secondhandladen gehen, um für Kate neue Kleidung zu besorgen, die sie nach einer ausgiebigen Dusche anzog. Wie jedes Mal.

»Dann mach ich mich mal vom Acker, meine Hübsche. Ich melde mich, sobald ich was für dich habe.« Kate drehte sich um, hob ihre Hand zum Gruß und schritt davon.

Ich ging zurück ins Büro. Über die Treppe. Mittlerweile war sogar ich ein wenig aus der Puste und schnaufte dementsprechend, als ich das Büro betrat.

»Wir müssen einen Techniker kommen lassen«, sagte ich. »Der Lift ist schon wieder kaputt.«

»Nein!« Ich sah in Islas erschrockene Augen. »Ich schreib ihm gleich eine Mail, dass er jetzt sofort kommen soll.«

»Es ist kurz nach elf. Da kommt heute keiner mehr.«

»Dann soll er halt morgen kommen«, sagte Ems. »Egal jetzt. Also, du hast Kiss-me-Kate losgeschickt, Ab. Na, dann hoffen wir mal, dass sie uns etwas Brauchbares liefert. In der Zwischenzeit sollten wir uns die Liste vornehmen, die ich zusammen mit Mister Moore erstellt habe.« Ems zückte die vollgeschriebene Seite.

Isla rollte mit den Augen. »Ach, es ist schon so spät. Wir sollten für heute Schluss machen, findet ihr nicht?«

»Kannst du!«, antwortete ich und machte mit einer eindeutigen Handbewegung klar, dass ich diese Liste gerne haben wollte, um sie mit der von Grace abzugleichen, die ich heute Mittag schon erstellt hatte. »Ich bleib sicher hier. Schließlich will ich bald Ergebnisse haben. Ansonsten schwirrt mir das nur wieder die ganze Nacht im Kopf herum.«

»Isla hat recht«, meinte Ems. »Wir sollten es wirklich für heute lassen. Morgen haben wir alle einen klareren Kopf.«

»Ihr könnt ja gehen. Ich bleibe.«

»Ab, du kannst hier nicht allein bleiben. Wir wissen ja nicht, ob du in Gefahr schwebst. Schließlich hat dich dort jemand von den Leichenfledderern entdeckt.«

»Gut, können wir noch klären, bevor wir alle gehen müssen, wie die *Body Lovers* an Jacob rangekommen sind? Malcolm hat mir erzählt, dass irgendjemand den Körper von Jacob an die *Body Lovers* verkauft haben soll. Aber wie ist die Verbindung zwischen den Entführern und den Leichenfledderern?«

Isla schaltete ihren PC ein und tippte auf der Tastatur herum. Ich nahm mein Telefon zur Hand und schrieb Mister F. eine Nachricht. *Irgendeine von den beiden wird mir die Informationen schon liefern*, dachte ich.

Harper antwortete: »Welch ein Glück, dass ich diese Nacht bei einem Kumpel übernachte, der denselben Job hat. Wir machen uns gleich mal ran.«

Auch wenn sie es heute vorzog, nicht in ihrer Wohnung zu übernachten, was ich durchaus verstehen konnte, ließ sie sich nicht unterkriegen. Und sie war noch immer Feuer und Flamme, wenn ich etwas von ihr brauchte.

»Also, ich weiß nicht, wo ich suchen soll«, sagte Isla. »Wo verkauft man lebende Personen?«

Habe ich noch nie gemacht und somit keinerlei Erfahrungswerte dahin gehend, hätte ich gerne geantwortet, stattdessen räusperte ich mich und sagte: »Mister F. hat mir erzählt, dass es bei Telegram wohl solche Gruppen gibt, in denen man alles mögliche Illegale kaufen kann. Auch lebende Personen. Keine Ahnung.«

Mein Telefon blinkte und ich sah die Nachricht. »Dauert! Gibt mehrere im Onion«, las ich ab und musste kurz überlegen, was mir Mister F. damit sagen wollte. »*Onion*« war ihre Bezeichnung für das Darknet.

Irgendwann hatte sie mir das mal erklärt. Warum sie das so bezeichnete, hatte ich bis heute nicht verstanden. Es war mir auch egal. Was ich allerdings schockierend fand, war, dass es anscheinend öfter vorkam, dass Personen verkauft wurden und es allem Anschein nach niemandem auffiel.

»Mister F. ist dran«, gab ich den anderen beiden Bescheid, denn keine von uns kannte sich wirklich im Darknet aus. Wenn, dann konnte nur Mister F. herausfinden, wie Jacobs Entführer die *Body Lovers* auf sich aufmerksam machen konnten.

»Dann können wir jetzt nach Hause, oder?«, fragte Isla und stand auf.

Auch ich erhob mich. Plötzlich sprang Chief von seinem Platz auf, rannte auf die Eingangstür zu und bellte. Ich war sofort alarmiert, denn er bellte sonst nie.

Kapitel 15

»Die Gefahr geht manchmal von geliebten Menschen aus, wenn sie zu nah in deinem Leben sind.«
Abigail Walker findet keinen Ausweg.

»Hör a…«, sagte Ems laut in Chiefs Richtung, und ich ermahnte sie sofort zur Ruhe.

»Pssst.« Ich legte den Zeigefinger auf meinen Mund und flüsterte: »Da draußen ist jemand. Chief bellt nicht ohne guten Grund.«

»Scheiße«, flüsterte Isla und riss ihre Augen weit auf. »Glaubst du wirklich? Was machen wir jetzt? Wer ist da draußen? Vielleicht einer von den *Body Lovers?* Sollen wir die Polizei holen?«

»Wir bleiben vorerst hier. Schließlich ist unsere Bürotür eine Spezial-Sicherheitstür. Somit sollten wir hier drinnen safe sein. Das Problem ist, dass derjenige vor der Tür nun weiß, dass ich hier bin. Denn ohne Chief gehe ich nirgends hin. Aber niemand weiß, dass ihr beide auch hier seid. Das könnten wir zur Not zu unserem Vorteil nutzen.« Chief rief ich das Kommando zu, dass er leise sein sollte, was er gleich ausführte. Trotzdem blieb er einen halben Meter vor der Tür sitzen und drehte seinen Kopf hin und her. Er hörte denjenigen und hatte seine Witterung aufgenommen.

»Aber wir können doch nicht die ganze Nacht hier

warten«, flüsterte Isla. »Wie ist derjenige überhaupt ins Gebäude gekommen?«

»Ich habe keine Ahnung. Vielleicht war ich unachtsam und habe die Tür unten nicht abgeschlossen, als ich wieder hochgekommen bin. Ich ruf Malcolm an, dass er kommen soll.«

»Ich verstehe dich nicht, Ab«, sagte Isla. »Du vertraust Malcolm nicht, unterstellst ihm sogar, dass er gemeinsame Sache mit den *Body Lovers* macht, aber bittest ihn ständig um Hilfe.«

Auch wenn Malcolm ein unehrliches Spiel mit mir trieb, er war immer noch ein Teil der Verbindung zu Bobby. Und deswegen würde ich niemals von ihm lassen können. Auch wenn ich unsere Freundschaft seit heute als toxisch bezeichnen würde.

»Du hast recht, Isla«, sagte ich. »Auch wenn ich es ungern zugebe. Ohne Malcolm kann ich einfach nicht. Mit ihm aber im Moment auch nicht. Ich weiß nicht, wen ich sonst informieren soll, um uns hier rauszuhelfen.«

»Ich schlage vor«, sagte Ems und schob uns beide zurück ins Büro, »du rufst bei Malcolm an. Und wenn er diesen Typen vor unserer Tür verjagt hat, wird er dir oder besser gesagt uns Rede und Antwort stehen müssen. Dann hast du die Sicherheit, die du dringend brauchst. Wir übrigens auch. Ansonsten werden sich Isla oder ich einen Mann vom Met anlachen müssen, damit wir schneller an Infos kommen.«

»Ich will aber …«, protestierte Isla, doch ein Handzeichen von Ems brachte sie zum Schweigen.

»Das war nur ein Scherz. Wenn auch ein schlechter. Also, Ab! Ruf Miller an!«

Ich entsperrte mein Telefon und drückte die Vier.

»Ab, ich weiß …«, sagte er.

»Stopp!«, wandte ich ein. »Malcolm, wir brauchen deine Hilfe! Komm sofort zu uns ins Büro! Da steht jemand draußen vor der Tür, und wir haben keine Ahnung, wer das ist und was er von uns will. Vielleicht ein Mitglied der *Body Lovers*, das mir an den Kragen will.«

»Dann mach bitte die Tür auf. Ich bin draußen. Ich muss dringend mit dir reden. Tausendmal habe ich dich schon angerufen, aber du nimmst ja meine Anrufe nicht entgegen.«

Ich ließ mein Telefon sinken und starrte Ems und Isla ungläubig an. »Er steht vor der Tür!«

Zu dritt schritten wir zur Tür. Ich wollte gerade die Klinke betätigen, als Ems sich vor mich stellte. »Das könnte auch eine Falle sein.«

Ich war verwirrt und antwortete: »Aber du hast doch gesagt, dass ich ihn informieren soll!«

»Das war, bevor ich wusste, dass er schon da ist. Wie kommt er hier rein?«

»Das werden wir gleich wissen«, sagte ich und öffnete die Tür. Chief schlängelte sich zwischen meinen Beinen hindurch und begrüßte Malcolm, indem er ihn schwanzwedelnd umrundete und ihm immer wieder mit seiner Nase gegen die Beine stupste. Aus Erfahrung wusste ich, dass Chief niemals auf einen Menschen zugehen würde, der mir etwas Schlechtes wollte. Aber konnte ich in diesem Fall auch auf die sensiblen Antennen meines Hundes vertrauen? Schließlich kannte er Malcolm, seit er ein Welpe war. »Komm rein.«

Er trat ein. »Oh, ihr seid ja alle drei da zu so später Stunde.«

»Malcolm! Was willst du hier, und wie kommst du überhaupt in das Gebäude?« Ems plusterte sich vor ihm auf und verschränkte ihre Arme vor der Brust.

»Ich habe doch einen Schlüssel«, sagte er. »Habt ihr das vergessen? Ab hat ihn mir gegeben für Notfälle.«

Mir fiel es gerade wieder ein. Natürlich!

»Stimmt«, bestätigte Ems und tippte sich unschlüssig mit dem Zeigefinger an ihr Kinn. »Das war doch, als wir unsere Privatdetektei eröffnet haben, Ab. Weil du gemeint hast, dass es eine Vertrauensperson geben muss, die noch einen Schlüssel besitzt, für den Fall der Fälle.«

Vertrauensperson, waberte durch mein Hirn.

»Dann setzen wir uns, und, Malcolm, du erzählst uns, warum du hier bist.« Ems wies mit einer Hand auf unser großes Sofa im Empfangsbereich.

»Also«, sagte Malcolm, nachdem er sich gesetzt hatte. »Ich musste zu Ab. Ich habe ihr so viel zu erklären und kann ihr doch nichts sagen. Ich bin hierhergekommen und habe Ab bei der Bahnunterführung gesehen, als sie mit einer Obdachlosen gesprochen hat. Einige Minuten zögerte ich, nachdem sie wieder ins Bürogebäude gegangen ist. Ich wollte schon wieder gehen, ohne mit ihr gesprochen zu haben. Ich wusste doch, dass sie mich derzeit nicht sehen will. Doch dann habe ich meinen

Mut zusammengenommen, die Tür unten aufgeschlossen, aber als ich oben angekommen bin, hat mein Mut mich wieder verlassen. Deswegen bin ich auch vor der Bürotür auf und ab gegangen, weil ich nicht wusste, was und vor allem wie ich ihr alles erzählen soll. Aber ich konnte es einfach nicht mehr länger ertragen, dass Ab glaubt, dass ich etwas mit den *Body Lovers* zu tun habe.«

»Sag schon, Malcolm! Sag endlich die Wahrheit! Was ist los?« Meine Worte kamen schärfer heraus, als ich es eigentlich wollte.

»Wir haben einen Maulwurf in unserer Abteilung.« Er sprach so leise, dass ich ihn kaum verstand.

»Okay«, sagte ich, weil mir gerade nichts anderes einfiel. »Und was hat das mit mir zu tun? Wieso kannst du mir das nicht einfach sagen?«

»Ab, meine Telefongespräche werden mitgehört! Hast du das noch immer nicht verstanden? Es ist zu gefährlich, dich über irgendetwas zu informieren.«

»Und wieso hast du mir das nicht schon in Wapping erzählt? Was soll diese Geheimnistuerei?«

»Weil ich Angst hatte, dass es jemand hört. Ich konnte dir nichts sagen, deswegen habe ich …«

»Wir waren draußen auf der Straße allein!«

»Ab, ich will dich nicht …«

»Ich glaub dir kein Wort!« Ich sprang vom Sofa auf, schritt in die Teeküche und stemmte meine Hände auf die Arbeitsplatte. So starrte ich die Kaffeemaschine an, als könnte sie mir Antworten auf meine unzähligen Fragen geben. Die Gedanken rasten in meinem Kopf wie Autos auf einem *Motorway*. Wollte er mich wirklich nur schützen? Oder log er mich an?

»Bitte!«, hörte ich seine Stimme ganz nah hinter mir und spürte seine Hände auf meinen Schultern. Ein wohliger Schauer überkam mich. Ich drehte mich schlagartig um, und Malcolm trat einen Schritt nach hinten. »Ab, ich wollte doch nicht … ich würde niemals etwas tun, was dir schadet.«

»Ich verstehe dich einfach nicht. Das hättest du mir auch schon bei unserem Treffen sagen können. Wir waren dort ungestört.«

»Als wir uns in der Station der Tube getroffen haben, hatte ich nur einen leisen Verdacht. Es kam mir auch merkwürdig vor, dass Bobbys gestohlener Anhänger genau heute an eurem Verlobungstag aufgetaucht ist. Woher hätten die *Body Lovers* diese Information haben sollen, wenn nicht von jemandem, der dich kennt, Ab? Erst als die Sache mit deiner Freundin passiert ist, die zusammengeschlagen wurde, wusste ich, dass ich vorerst niemandem in meiner Abteilung mehr trauen kann. Nicht mal meinem eigenen Partner. Daher konnte ich dich nicht weiter mit Infos über die Geschäfte der *Body Lovers* füttern, weil ich zuerst den Maulwurf finden muss, der dir und auch mir das antut. Ich musste irgendetwas tun, damit du erst einmal von deiner Idee abkommst, den Mörder von Bobby zu finden.«

»Du hättest mir auch unbemerkt eine Nachricht zustecken können. Irgendetwas tun können, womit du dein Verhalten erklärst.«

»Ab, das habe ich. Ich habe dir einen Zettel zugesteckt,

deswegen habe ich dich so fest umarmt. Ich hoffte, dass du meinen Wink verstehst. Aber du hast ihn allem Anschein nach noch immer nicht gefunden.«

»Was? Wann?«

»Beim Lagerhaus in Wapping, als ich dich umarmt habe. Schau in deiner rechten Jackentasche nach.«

Kapitel 16

»Wie viel Wahrheit erträgt der Mensch?«
Malcolm Miller wird mulmig.

Ab kramte in ihrer Jackentasche und zog einen zerknüllten Zettel heraus. Ihre Hände zitterten, und auf ihren Wangen erschien ein rötlicher Schimmer. Ich wollte sie so gern in meine Arme schließen, ihr versprechen, dass ich immer an ihrer Seite sein würde. Dass ich sie für den Rest meines Lebens lieben und beschützen würde. Doch vermutlich war jetzt nicht der richtige Augenblick dafür. Eine Ausrede, die ich mir gegenüber oft benutzte.

Als sie auf den Zettel starrte, der nicht mehr als ein paar handschriftliche Wörter enthielt, mit denen ich ihr erklärte, dass wir einen Maulwurf in der Abteilung hatten, fragte ich mich, was mich aufhielt, ihr näherzukommen. Ich war nicht der Typ Mann, der sich verstecken musste. Viele Frauen würden mich nicht von der Bettkante stoßen. Manche würden mich sicher auch heiraten wollen. Doch ich wollte sie alle nicht.

»Du sagst die Wahrheit«, flüsterte sie leise und schaute mich mit einem Blick an, den ich nicht deuten konnte.

»Ja«, antwortete ich. Einen Schritt trat ich näher an sie heran. Ich war ihr so nah, dass ich ihre Körperwärme wieder spüren konnte. Wie vorhin, als ich ihre Schultern berührt hatte und dieser wohlige Schauer durch meinen

Körper geströmt war. Ich war mir sicher, sie hatte ihn auch gespürt. Empfand sie vielleicht mehr für mich, als sie zugeben wollte? War es das, warum sie mich ständig von sich wegstieß?

»Ab, glaubst du mir jetzt?«

»Also, du kannst ihr das auch jetzt gerade zugesteckt haben«, ertönte Emmas Stimme im Hintergrund. Sie und Isla hatte ich in diesem Moment völlig vergessen. Hatte alles um mich herum ausgeblendet. Ich hatte nur Augen für Ab.

»Nein! Hat er nicht«, sagte Ab plötzlich und funkelte Emma böse an. »Er kam mir nicht so nah, dass er es mir unbemerkt hätte zustecken können.«

»Aha!«, meinte Emma nur und verzog sich mit Isla auf das Sofa. Ich blieb weiter nah bei Ab stehen. Ich wusste nicht, wieso sie mich vor ihrer Freundin verteidigt hatte, aber es hinterließ ein befriedigendes Gefühl.

»Und ich habe an dir gezweifelt«, sagte sie. »Entschuldige. Wie konnte ich nur?«

»Hätte ich an deiner Stelle auch getan. Ich weiß, mein Verhalten dir gegenüber war nicht richtig. Und doch wollte ich dich nicht in Gefahr bringen. Verstehst du?«

»Können wir dir helfen bei der Suche nach dem Maulwurf? Können wir irgendetwas tun, was …«

»Nein, Ab. Das muss ich allein machen. Ich will nicht, dass du dich in Gefahr bringst. Und bitte«, ich streckte ihr meine Hände flehentlich entgegen, »halte dich von den *Body Lovers* fern. Am liebsten wäre es mir, wenn du mit mir in meine Wohnung kommst. Dort kann ich dich beschützen.«

Ich sah, wie Ab ihren Kopf zu ihren beiden Freundinnen drehte und den fragenden Blick in deren Richtung. Emma und Isla taten so, als hätten sie unser Gespräch nicht belauscht. Wobei ich mir sicher war, dass sie jedes Wort aufgesaugt hatten.

»Ich kann nicht!« Ab entfernte sich von mir und ließ sich in den Sessel fallen.

Ich fragte mich, *was* sie nicht konnte. War es meine Nähe, die sie nicht ertragen konnte, oder war es, weil sie durch mich immer wieder an Bobby erinnert wurde? Oder spürte sie, dass sie noch immer nicht die ganze Wahrheit wusste?

Kapitel 17

»Nichts zu wissen, ist besser, als alles zu glauben.«
Abigail Walker auf der Suche nach dem Wolf im Schafspelz.

Die Nähe zu Malcolm war mir so vertraut, so angenehm, dass ich flüchten musste. Was er von mir verlangte, war für mich unmöglich zu begreifen. Natürlich verstand ich, was es hieß, einen Maulwurf in der Abteilung zu haben. Mit welchem Fingerspitzengefühl er diesen würde ausgraben müssen. Trotz allem war ich so dicht daran, Bobbys Mörder zu finden, dass er diese Bitte, jetzt meine Füße stillzuhalten, unmöglich ernst meinen konnte. Ich ließ mich in den Sessel fallen. Ems und Isla schauten mich groß an.

»Also, was genau ist los, Ab?«, zischte Ems leise, und ihre Augen funkelten. »Was ist mit dem Anhänger von Bobby? Wo wurde er gefunden, und wieso wissen wir nichts davon?«

Mir war bewusst gewesen, dass sie sauer sein würde, wenn sie herausfand, dass ich sie und Isla nicht eingeweiht hatte. Aber gleich so wütend? »Eine Diebesbande wurde hochgenommen, und dabei ist der Anhänger von Bobby aufgetaucht. Und der Tipp kam von den *Body Lovers*. Fertig. Ganze Geschichte.« Ich zuckte mit den Schultern und hob meine Arme in die Höhe.

»Jetzt wird mir so einiges klar.« Ems sprang auf. »Ihr beide habt euch getroffen.«

»Was willst du mir damit sagen?«, fragte ich. »Ja, wir haben uns getroffen, ansonsten hätte ich doch diese Infos gar nicht. Aber ich bin dir keine Rechenschaft schuldig.«

»Ab, du hast gesagt, es geht dir nicht gut. Du wolltest dich ausruhen, zumindest hast du das Isla geantwortet. Warum hast du uns nicht eingeweiht? Vertraust du mittlerweile niemandem mehr? Nicht mal mehr uns? Wir sind Schwestern für immer. Mit Blut geschworen, dass wir immer zueinanderhalten. Was ist nur los mit dir?«

Malcolm trat hinter mich. Zumindest spürte ich seine Präsenz dicht an meinem Rücken. Ich wollte mich nicht zu ihm umdrehen. Ganz tief atmete ich ein, um nicht loszuheulen. Um mich wieder unter Kontrolle zu bringen. Schnell wischte ich eine heiße Träne weg, die sich über meine Wange stahl. »Es tut mir leid. Es ist einfach alles zu viel im Moment. Euch beiden vertraue ich mein Leben an. Das wisst ihr doch. Aber ich konnte euch nicht einweihen, weil es gefährlich ist, diesen Typen zu nahezukommen. Ich will euch nicht auch sterben …« Ich vergrub mein Gesicht in meinen Händen. Meine Gefühlswelt hatte ich noch immer nicht unter Kontrolle, und doch war es befreiend, keine Geheimnisse vor den beiden zu haben.

»Ab, wir wollen auch nicht, dass dir etwas passiert. Also, bitte – keine Alleingänge mehr. Du weißt doch, was diese Schlägertypen mit Mister F. angestellt haben.«

Als hätte Harper gehört, dass wir gerade über sie sprachen, kündigte mein Handy eine Nachricht von ihr an. »Bist du noch auf?«, stand dort geschrieben.

Ich wählte ihre Nummer, und nicht einmal das Freizeichen ertönte, da hatte ich sie schon dran. »Hör zu, ich habe Folgendes herausgefunden: Heute Morgen wurde auf einer einschlägigen Plattform ein Körper zum Verkauf angeboten. Angeblich waren die Nieren schlecht, der Rest der Organe schien gut erhalten zu sein. Egal. Der Verkäufer war ein gewisser *›the best deal of your live‹*. Die Gruppe nennt sich *›Sellers‹*. Des Weiteren habe ich recherchiert, dass er häufig Ware verkauft. Mal Waffen, mal Medikamente, sogar Frauen bietet er zur stundenweisen Verfügung für ausgefallene Wünsche an. *Du darfst alles mit ihnen machen, nur sterben dürfen sie nicht.* Es stand genau so in dem Text, den er verfasst hat. Ich fand die Wortwahl ziemlich grenzwertig. Gut, es lief eben eine Auktion mit ebensolcher Frau. Somit habe ich mir erlaubt, mal mitzubieten, und bekam in letzter Sekunde den Zuschlag. In einer Stunde ist die Übergabe.«

»Super«, sagte ich. »Du bist einfach die Beste. Gut, schick mir den Ort. Ich bin da!«

»Klar, gern doch. Viel Glück bei deinen Nachforschungen.«

Ich legte auf, und Malcolm war der Erste, der etwas sagte. Er war hinter mir stehen geblieben und hatte das komplette Gespräch mitgehört.

»Du gehst da auf keinen Fall hin. Hast du gehört, Ab? Du hast keine Ahnung, was dich dort erwartet.«

Mein Handy gab einen Klingelton von sich, doch ich rührte mich nicht.

»Gib mir die Adresse«, sagte Malcolm. »Ich schick jemanden hin.«

Ich drehte mich zu ihm um. »Du hast nicht verstanden, dass wir dem Entführer von Jacob Moore mit diesem Hinweis ein Stück näherkommen, oder? Wenn du da jetzt das halbe Revier hinschickst, wird er entweder gar nicht kommen, weil er das Einsatzkommando schon aus drei Kilometern Entfernung riecht, oder schlimmstenfalls kommt es zu einem Schusswechsel. Dann wird er vielleicht noch getötet, und wir bekommen erst recht keinen Hinweis. Davon abgesehen, glaubst du nicht, dass diese Übergabe dann von vornherein scheitert, weil dein Maulwurf plaudert, wenn du es auf der Wache meldest?«

»Also, ich bezweifle mal stark, dass bei der Übergabe der Boss persönlich kommt. Somit hast du nur einen kleinen Fisch am Haken. Ob der was über die Entführung von diesem Jacob weiß, steht auf einem anderen Blatt. Und wie hast du dir dieses Treffen vorgestellt? Dass du dort allein hingehst und dann mal nett mit ihm plauderst?« Malcolm verschränkte die Arme vor seiner Brust.

»Du hast meine Frage nicht beantwortet«, warf ich zurück. »Wenn du das meldest, dann ist der Plan gescheitert, und wir werden nie herausfinden, wer Jacob entführt hat.«

Es sah so aus, als würde Malcolm wirklich über meine Worte nachdenken, denn er brauchte einige Momente, bis er mir antwortete. »Gib mir die Adresse, Ab. Ich fahr dorthin und regle das.«

»Sicher nicht!«, sagte ich und kniete mich auf das Sitzpolster meines Sessels, um ihm in die Augen zu schauen.

»Du sollst mir die Adresse geben. Du fährst dort auf keinen Fall hin. Ich mach das.« Seine Lippen hatten sich zu einem geraden Strich geformt, und kleine Falten erschienen auf seiner Stirn.

»Auf keinen Fall!«, widersprach ich. »Ich darf dort nicht allein hin, somit du auch nicht. So einfach ist das.«

»Ab, ich bin ein Mann und kein kleiner Junge mehr. Du hast mir nicht zu sagen, was ich zu tun oder zu lassen habe. Also, gib sie schon her.«

Ich wusste nicht, wieso es mir so wichtig war, dass er nicht ging. Sich nicht in Gefahr brachte. Schließlich hatte er mich noch kurz zuvor wie ein kleines Mädchen behandelt. Und es mir geradezu verboten. »Nein.«

»Nein«, erklang es nun auch von Ems und Isla gleichzeitig.

»Wenn, dann gehen wir alle!«, sagte Ems, allerdings klang sie selbst nicht überzeugt von ihrer Aussage.

»Ihr spinnt doch!«, sagte Malcolm. »Ich werde nicht zulassen, dass eine von euch auch nur in die Nähe des Treffpunkts kommt.«

»Dann kriegst du die Adresse auch nicht«, sagte ich und legte ein süffisantes Lächeln auf. Mir war es weder recht, dass wir nun zu viert dort aufkreuzten, noch dass Malcolm dort allein hingehen wollte. Wieso hatte ich auch nur meinen Mund aufgemacht? Ich hätte Mister F. einfach schreiben sollen, dann würde ich nun nicht vor einem unlösbaren Problem stehen.

»Also«, sagte Ems, »wir fahren alle zu diesem Treffpunkt. Malcolm, du gibst dich als der Käufer aus. Vielleicht sogar gemeinsam mit Ab. Isla und ich beobachten aus der Ferne und können Hilfe holen, wenn es notwendig erscheint. Was meint ihr?« Ein Lächeln zauberte sich auf ihre Lippen, als hätte sie uns gerade eine Idee für eine tolle Urlaubsreise präsentiert.

Malcolm schüttelte den Kopf. »Nein, nein und nochmals nein.«

»Entweder so, oder du kriegst die Adresse nicht«, sagte ich. Gut, mir war es nicht recht, dass Ems und Isla mitkamen, aber zumindest würden sie sich im Hintergrund halten und nicht unmittelbar in Gefahr sein. Ich würde direkt neben Malcolm stehen. Auf jeden Fall!

Malcolm knirschte mit den Zähnen. Das hatte er schon immer gemacht, wenn ihm etwas gegen den Strich ging, er aber keine andere Möglichkeit sah, das zu bekommen, was er wollte. »Ihr habt gewonnen. Aber ich möchte hier nochmals anmerken, dass es mir nicht recht ist.« Er hob den Zeigefinger in die Höhe, und diese Geste erinnerte mich an meinen Vater, wenn er mich getadelt hatte.

»Adresse lautet: Montague Close, Southwark Cathedral, beim Stellplatz für Behinderte«, gab ich allen bekannt.

»Das ist doch hier ganz in der Nähe«, sagte Isla. »Nicht einmal fünf Minuten Fußweg von hier. Lasst uns gehen!«

»Moment!«, ergriff Malcolm das Wort. »Nicht so schnell. Wir sollten uns vorher schon einen Plan machen, wie wir vorgehen wollen. Also, ich warte auf …«

»Und ich stehe direkt neben dir«, sagte ich. »Ich will diesen Kerl ausfragen.«

»Nein! Du bleibst bei den beiden anderen in Deckung.«

»Was hast du gedacht? Dass ich dir einen Fragenkatalog mitgebe, den du abarbeiten kannst?«

Erneut hörte ich, wie Malcolm mit den Zähnen knirschte. Ich hatte schon wieder gewonnen. »Gut!«

Kapitel 18

»Wer gewinnen will, muss Risiken eingehen.«
Abigail Walker traut ihren Ohren kaum.

Nun stand ich gemeinsam mit Malcolm vor der achthundert Jahre alten gotischen Kathedrale. Wir hatten uns so positioniert, dass wir nicht von den beiden Straßenlaternen angeleuchtet wurden, die an jeder Ecke des Behindertenparkplatzes standen. Direkt neben der Statue von Minerva. Eine halb abstrakte Figur aus Aluminium mit langem Umhang, einem griechischen Federhut und einem Speer in der Hand. Das wusste ich, weil der Künstler aus Beddington stammte, genau wie Bobby dort geboren und aufgewachsen war. Und Bobby hatte ständig damit angegeben, sobald irgendjemand auf Bildhauerei zu sprechen kam, dass er den berühmten Alan Rodney Collins persönlich kannte und sogar als kleiner Junge auf seinem Schoß sitzen durfte. Bobby hatte sich schon immer für Bildhauerei interessiert und sich auch selbst daran probiert. Doch nach einigen missglückten Versuchen hatte er es dabei belassen und sich nur noch an den Kunstwerken anderer erfreut.

»Also, halte dich bitte genau an die Absprachen, ja?«, sagte Malcolm und riss mich aus meinen Gedanken.

»Natürlich!«, antwortete ich. Was hätte ich auch sagen sollen? Mein Protest, dass Ems und Isla direkt hinter uns in der Abfahrt zu einer Garage warteten, hatte keine Früchte getragen. Sie waren dort zwar gut versteckt, da eine kleine Brüstung als Deckung dazwischenlag und die Abfahrt nicht beleuchtet war, trotzdem waren sie für mich einfach zu nahe dran. Chief hatte ich an die Leine gelegt und diese Isla in die Hand gedrückt. Er folgte sowieso jedem aufs Wort oder auf Handzeichen, somit ergab sich dadurch kein Problem. Das hatten wir ihm schon als kleinem Welpen beigebracht.

Mich wunderte es nicht, dass die Übergabe hier stattfinden sollte. Dieser Platz war nachts nicht belebt. Gegenüber von uns war das riesige Minerva House. Ein Komplex, der zum Großteil aus Büroflächen bestand, die um diese nachtschlafende Uhrzeit nicht besetzt waren.

Ich hörte ein Auto, das näher kam, und sah das Licht der Scheinwerfer auf der Straße aufleuchten. In meinen Fingerspitzen begann es zu kribbeln. Ein dunkler Lieferwagen kam direkt neben Malcoms Auto zum Stehen. Trotz der Nähe zu unserem Büro hatte Malcolm darauf beharrt, mit dem Auto herzufahren. Schließlich würden wir eine Frau in unsere Obhut nehmen, die vermutlich in keinem guten Zustand war. Außerdem würden die Überbringer der Frau es mit großer Wahrscheinlichkeit merkwürdig finden, wenn kein Fahrzeug des Käufers hier stand. Aus Sicherheitsgründen hatten wir das Kennzeichen von Malcoms Wagen mit schwarzem Klebeband verändert. Nun stand statt dem I ein T, statt dem F ein E und statt dem P ein R. Das hatte ich vor Jahren in einem Film gesehen und fand diese Idee so einfach wie genial, dass ich sie mir bis heute gemerkt hatte. Zugegeben, bei Sonnenschein würde man diese Veränderung mit Sicherheit sofort entlarven, aber mitten in der Nacht blieb dieser Trick dem Auge bestimmt verborgen.

Die Bremslichter erloschen und zwei Leute stiegen aus dem Lieferwagen. Beide hatten dunkle Kleidung an und einen Schal um das halbe Gesicht gewickelt. Ich kam mir vor wie in einem schlechten Gangsterfilm, als einer der beiden auf uns zukam. Das Kennzeichen des Lieferwagens war mit einer schwarzen Folie überdeckt.

»*Wants fun?*«, fragte er. Im ersten Moment konnte ich nicht reagieren, weil ich nicht wusste, was er meinte. Doch Malcolm hatte anscheinend verstanden, dass es sich hier wohl um den Nicknamen handelte, den Mister F. bei dieser Auktion benutzt hatte.

»Ja! Was hast du für uns?«, fragte er mit einem gleichgültigen Tonfall. Es klang fast so, als würde er Obst und Gemüse auf dem Markt kaufen wollen.

»Du hast nicht gesagt, dass du noch jemanden mitbringst.« Die Stimme des Unbekannten hörte sich an, als würde ein Kettenraucher mit uns sprechen. Eine Mischung aus Heiserkeit und Kratzen.

Ich reagierte sofort und schmiegte mich an Malcolms Körper. Mit einem leisen Kichern sagte ich: »Wir wollen doch nur ein bisschen Spaß.« Ich ignorierte die Wärme, die Malcolm ausstrahlte, als wäre er ein Vulkan. Diese Vertrautheit, diese Nähe! Ich bekam kaum Luft, riss mich aber zusammen.

»Okay!«, sagte der Unbekannte und gab seinem Kollegen

ein Handzeichen. Dieser öffnete die Seitentür des Lieferwagens. Ein Quietschen erklang, gleich darauf stolperte eine Frau heraus. Sie wurde von der Straßenlaterne beleuchtet. Ihre Beine, die in hochhackigen Stiefeln steckten, waren so spindeldürr, dass ich mich fragte, wie sie überhaupt aufrecht gehen konnte. Sie wankte hin und her. Vermutlich war sie für die Übergabe unter Drogen gesetzt worden oder hatte sich selbst ein paar Pillen eingeworfen, um das alles ertragen zu können. Ihr Outfit war billig und knapp. Ein Minirock, der kaum ihre Pobacken bedeckte, und ein Oberteil, das nur das Notwendigste verbarg. »Vierundzwanzig Stunden. Gleicher Ort, gleiche Zeit! Und die wichtigste Regel: Mach es nicht tot!«

Sein Kollege schubste die Frau in meine Richtung, sie stützte sich sogleich auf mich. Ich war schockiert über ihren desolaten Zustand, trotzdem musste ich meine Rolle spielen. »Schätzchen, wir werden viel Spaß mit dir haben.« Ich hätte am liebsten in die Ecke gekotzt.

»Sag mal, hast du auch was anderes zu verkaufen?«, fragte Malcolm. »Ich suche für meine Mutter ein Herz. Bezahle jeden Preis.«

»Du bist zu spät. Abends hätte ich was gehabt für dich. Ganz, ganz frisch. Gut gebaut. Mit Sicherheit ein Sportlerherz.«

»Schade. Aber kannst du mir so was nicht noch mal besorgen? Du hast doch sicher deine Lieferanten, oder?«

Ich öffnete währenddessen die hintere Tür von Malcolms Auto und setzte die Frau hinein.

»Weiß nicht. Muss ich den Boss fragen.«

»Kannst du ihn vielleicht anrufen und fragen?«, drängte Malcolm. »Jetzt? Ich weiß nämlich nicht, wie lange meine Mutter noch durchhält.«

Der Unbekannte antwortete nicht, sondern holte sein Telefon aus seiner Hosentasche. Gleich darauf sprach er mit schottischem Dialekt und streute einige schottische Vokabeln in das Gespräch mit ein. Ich hörte genauer zu, um vielleicht noch mehr zu erfahren, da nahm der Mann das Telefon vom Ohr und hielt es gegen seinen Oberkörper. »Es war eine einmalige Geschichte, sagt der Boss. Wir haben Waffen und Medikamente aller Art. Und eben solche Spielereien zum Verleihen.« Er zeigte beiläufig auf Malcolms Auto. »Aber mein Boss hört sich um, wenn du willst. Morgen kann ich dir mehr sagen.«

»Morgen könnte es zu spät sein. Vielleicht kann ich selbst mit deinem Boss sprechen?«

»Ich weiß nicht«, sagte der Mann unschlüssig.

»Da er noch dran ist, kannst du ihn ja fragen, oder?«

Der Unbekannte hielt sein Handy wieder ans Ohr, dann reichte er das Telefon an Malcolm weiter.

»Ich brauche jetzt ein Herz«, sagte Malcolm. »Dort, wo eines zu finden ist, werden wohl auch mehrere sein. Wie gesagt, ich bezahle jeden Preis an denjenigen, der mir bis zum Sonnenaufgang ein funktionierendes Herz besorgt.« Malcolm schwieg eine Weile, dann sagte er: »Mir egal! Wenn es ein Sportlerherz war, dann will ich auch so eines. Für meine Mutter ist mir nichts zu teuer.«

Malcolm gab dem Unbekannten sein Telefon zurück.

Der Mann sprach noch einige Worte, dann verabschiedete er sich von seinem Chef. »Du wirst in der nächsten Stunde von uns hören. Und unsere Ware holen wir wie vereinbart ab.« Mit diesen Worten stieg er in den Lieferwagen, in dem der andere Mann schon auf ihn wartete, und sie fuhren davon.

»Also, wir werden sie zu uns ins Büro bringen«, sagte ich und zeigte auf die Frau, die ihren Kopf nach vorn hängen ließ. Vermutlich war sie so zugedröhnt, dass sie eingeschlafen war. »Ich werde gleich mal Mister F. informieren, dass sie eine Nachricht bekommt, die sie uns dringend weiterleiten soll.«

»Wir haben jetzt nur ein Problem«, sagte Malcolm. »Wenn der Boss der neuen Gang nun die *Body Lovers* anruft und die sich bei uns melden, haben wir Pech. Denn dann stehen wir wieder am Anfang. Weil wir ja wissen, dass sie Jacob Moore nicht entführt haben.«

»Das wäre vermutlich das Unklügste, was er machen kann. Meinst du nicht? Somit müsste er zugeben, dass auch er mit seiner Bande jetzt ins Organhandelgeschäft einsteigen will. Das sehen die *Body Lovers* nicht so gern, wenn ihnen jemand ins Handwerk pfuscht.«

»Sehe ich nicht so. Wenn der Boss von den *Sellers* keinen Erfolg hat, dann reicht er eben das Geschäft weiter. Somit sollten für ihn zumindest keine Probleme entstehen. Hoffen wir mal das Beste.«

Ems und Isla standen so plötzlich neben mir, dass ich mich erschrak. »Ach, du Arme. Was haben sie dir bloß angetan?« Fast schon zärtlich streichelte Isla über den Kopf der unbekannten Frau.

»Abfahrt, Mädels«, sagte Malcolm und stieg ins Auto ein.

Kapitel 19

»Erst dann, wenn du es selbst spürst, weißt du,
welche Schmerzen du ertragen musst.«
Abigail Walker hat die erste heiße Spur.

Die Frau lag zugedeckt auf dem Sofa im Empfangsbereich. Sie war zu schwach gewesen, auch nur einen einzigen Schritt zu machen, somit hatte Malcolm sie kurzerhand zu uns hinaufgetragen. Im Licht wirkte sie viel älter, als ich angenommen hatte. Leider konnten wir sie derzeit nicht befragen und mussten warten, bis sie wieder einigermaßen klar im Kopf war. Zumindest war sie nicht heroinsüchtig, denn ich entdeckte auch nach eingehender Suche keine Einstichstellen. Ich nahm einen Lappen, benetzte ihn mit kaltem Wasser und legte ihn ihr auf die Stirn. Dann ging ich zu den anderen ins Büro. Malcolm hatte auf meinem Stuhl Platz genommen. Ich holte mir den Klappstuhl, den wir für den Fall der Fälle gekauft hatten und der bisher in einer Ecke der Teeküche unbenutzt gestanden hatte, und setzte mich neben Ems.

»Hat sich Mister F. schon gemeldet?«, fragte Malcolm.

»Nein, bisher noch nicht«, sagte ich. »Aber Kiss-me-Kate, und sie meldet keine interessanten Vorkommnisse bisher.«

»Wer?«, wollte Malcolm wissen.

Ich wischte seine Frage mit einer wegwerfenden Handbewegung fort. »Niemand. Passt schon.« Ich hatte derzeit keine Lust, ihm zu erklären, wer Kiss-me-Kate war und welchen Auftrag sie von mir bekommen hatte. »Also, momentan können wir wohl nicht mehr machen, außer zu warten, oder?«

»Wisst ihr, was ich nicht verstehe?«, sagte Ems und stand auf. »Keiner wollte Informationen über deine Mutter, oder?«

»Was? Wovon sprichst du, Emma?«, fragte Malcolm.

»Na, bei einer Transplantation müssen ja sicher mehrere Faktoren übereinstimmen. Wie Blutgruppe oder so. Es kann doch nicht jedes Herz mit jedem Körper kompatibel sein. Ich meine, ich habe zwar keine Ahnung davon, aber das kommt mir schon seltsam vor.«

»Stimmt.« Diesen Gedankengang hatte ich noch gar nicht. »Jetzt, da du es ansprichst, ist das Vorgehen schon sehr befremdlich. Was, wenn die Verkäufer keine Ahnung vom Organgeschäft haben und einfach willkürlich Leute zu Organspendern machen?«

»Darauf hätten sich doch die *Body Lovers* niemals eingelassen.« Malcolm wedelte mit seinem Zeigefinger hin und her. »Die machen dieses Geschäft seit ewigen Zeiten. Nur sind sie einfach zu gut darin, ihre Spuren zu verwischen, sodass ihnen niemand etwas nachweisen kann.«

»Ich weiß nicht, es will alles einfach nicht zusammenpassen. Was auch sehr merkwürdig ist, ist die Aussage von den *Sellers* gegenüber den *Body Lovers* bezüglich

Jacobs Nieren. Woher wussten die *Sellers* davon? Laut Jacobs Vater war er gesund und hatte nichts mit den Nieren.«

»Sagt mal, können wir da nicht morgen oder besser gesagt in ein paar Stunden weitermachen? Ich bin hundemüde!«, sagte Isla und gähnte.

»Lehn dich zurück und schließe deine Augen«, sagte ich. »Dann kannst du dich ein wenig ausruhen. Wir müssen warten, bis sich jemand von den *Sellers* meldet.«

Wenn ich mir Isla so ansah, deren Augen immer kleiner wurden, verstand ich, dass sie Ruhe brauchte. Sie war nicht so wie ich, die auch gut und gerne mit nur drei Stunden Schlaf auskam und es trotzdem topfit durch den Tag schaffte. Ich war wie unter Strom gesetzt, und das Adrenalin schoss durch meine Adern.

Mein Handy gab einen Klingelton von sich, und ich schaute sofort nach, wer mir eine Nachricht geschrieben hatte. »Wieder Kate. Sie schreibt, dass vorhin ein Mann an der Tür von Olivia geklingelt hat und sie ihn reingelassen hat. Olivia sah sich wohl noch nach rechts und links um, als würde sie sich vergewissern wollen, dass er nicht verfolgt wurde. Kate hat auch ein Foto gemacht von diesem Mann. Allerdings ist nicht wirklich was zu erkennen.« Ich drehte das Display so, dass alle es sehen konnten.

Isla öffnete ihre müden Augen. »Gib mal her«, sagte sie und zoomte den Mann näher heran. »Das könnte ihr Bruder sein. Zumindest der Haarschnitt und auch die Statur würden passen. Er hat Olivia schon einige Male vor dem Museum nach der Arbeit abgeholt, da habe ich ihn gesehen.«

»Es ist jetzt zwei Uhr morgens. Was macht ihr Bruder um so eine Zeit bei ihr in der Wohnung?«, fragte ich. »Davon abgesehen, wieso verhält sie sich so merkwürdig, bevor sie die Tür zumacht?«

»Ihr sprecht von einer Olivia?«, fragte Malcolm. »Wer ist sie? Was hat sie mit dem Ganzen zu tun? Und kennt jemand von euch den vollständigen Namen und vielleicht auch den vom Bruder?«

»Sie heißt Olivia Forbes und ist die Abteilungsleiterin der Gruppe zwei bei Madame Tussauds. Sie hat mit Jacob zusammengearbeitet«, sagte Isla und gähnte erneut. »Die beiden hatten einen Streit, angeblich wegen eines Pinsels. Wir glauben, dass sie uns nicht die Wahrheit sagt. Sie stammt ursprünglich aus Aberdeenshire. Ihre Eltern haben ein Hotel dort. Das hat sie mir mal erzählt, als wir unsere Pause gemeinsam verbracht haben. Weil ich gemeint habe, dass ich unbedingt mal irgendwohin möchte, wo es Schlösser und viel Landschaft gibt und ich die Ruhe genießen kann. Aber von ihrem Bruder kenne ich den Namen nicht.«

»Moment!«, sagte ich. »Aberdeenshire ist in Schottland.« Ich starrte Malcolm an. Er hatte sofort verstanden, was ich damit sagen wollte.

»Ja und?«, mischte sich Ems ins Gespräch ein.

»Der Mann, der uns diese Frau übergab, war auch Schotte. Könnte es sein …?« Ich ließ den Rest des Satzes in der Luft hängen.

»Sein Boss hatte auch einen schottischen Akzent, als er mit mir gesprochen hat«, sagte Malcolm.

»Ihr glaubt doch nicht, dass Olivia wirklich etwas mit der Entführung oder sogar mit der Ermordung von Jacob zu tun hat? Ja, sie hat gelogen, als ich gestern mit ihr gesprochen habe, aber das macht sie doch nicht gleich zu einer Mörderin.« Isla fuchtelte wild mit den Händen. »Sie ist doch so was wie meine Freundin. Sie kann keine Mörderin sein.«

»Isla«, antwortete ich. »Du solltest mal dein gutes Herz ein wenig im Zaum halten. Jeder kann zu einem Mörder werden. Es braucht nur ein starkes Motiv und einen verdammt schlechten Tag dazu.«

»Ihr spinnt doch«, erwiderte Isla. »Ja, sie ist ein wenig eigenartig. Aber doch nicht so was. Nein, das glaube ich nicht.«

»Wir haben doch dahin gehend nichts gesagt«, beschwichtigte Ems. »Vielleicht gibt es einen harmlosen Grund, dass ihr Bruder sie zu so einer späten Uhrzeit zu Hause aufsucht.«

Klar, dachte ich mir, *mein großer Bruder kommt auch mitten in der Nacht zu mir nach Hause zum Quatschen.* Wie gut, dass meine Gedanken zollfrei waren und sie sonst niemand hören konnte. Noch bevor ich etwas dazu sagen konnte, trudelte die nächste Nachricht von Kiss-me-Kate ein.

»Okay, der Mann hat das Haus wieder verlassen, schreibt mir Kate gerade. Soll sie ihm folgen?« Ich fragte in die Runde, und Ems nickte. Alle anderen schauten mich teilnahmslos an.

»Folge dem Mann.«

»Kostet extra!«

»Klar!«

Ich sah, dass sie mir noch ein Foto geschickt hatte, auf dem der Mann beim Verlassen des Hauses zu sehen war. Irgendetwas stimmte nicht, ich kam aber nicht darauf, was mich an dem zweiten Bild störte. Dann schaute ich nochmals auf das erste und sah es. »Okay, als ihr Bruder vor der Tür stand, hatte er einen Rucksack auf, den er beim Verlassen des Hauses nicht mehr bei sich hat.« Ich gab mein Handy an Ems, und sie nickte sogleich.

»Stimmt. Also hat er Olivia etwas gebracht. Die Frage ist: Was?«

Nun nahm auch Isla mein Telefon in ihre Hand, nickte wortlos und reichte es an Malcolm weiter.

»Ich lasse diese Olivia Forbes mal durch unser System laufen«, meinte Malcolm.

»Kannst du nicht«, entgegnete ich. »Du würdest schlafende Hunde wecken. Denk an den Maulwurf! Wenn die Theorie stimmt, dann würden allein beim Namen schon alle Alarmglocken losgehen. Ich werde Mister F. schreiben. Sie soll für uns Informationen zu Olivia und ihrem Bruder besorgen.«

»Gut«, sagte er, lehnte sich zurück und verschränkte die Hände in seinem Nacken.

So schrieb ich eine Nachricht an Mister F., und nur wenige Sekunden später rief sie bei mir an. Ich stellte das Gespräch auf Lautsprecher, sodass alle mithören konnten. »Ab, wir haben eine Nachricht von den *Sellers* erhalten!«

»Okay. Sag!«

»Treffpunkt ist in einer Stunde wieder vor der Kathedrale. Kostet aufgrund der Dringlichkeit viertausendfünfhundert Pfund.«

»Nur, dass ich das nicht falsch verstehe. Wir bekommen jetzt nur ein Herz, oder kriegen wir den ganzen noch lebenden Menschen?« Erst durch diesen Gedankengang, der mir wie ein Pfeil durch das Gehirn geschossen war, wurde mir bewusst, dass wir vielleicht einen Mord in Auftrag gegeben hatten.

»Moment.« Ich hörte Tippgeräusche im Hintergrund. Ein Schnaufen. »Er ist bewusstlos, wurde mir gerade bestätigt. Wir können ihn als Ganzes kriegen, damit alles frisch bleibt. Wenn ich das so vorlese, wird mir richtig schlecht. Schließlich reden wir hier über einen Menschen.«

»Wenigstens lebt er noch.« Ich fühlte mich augenblicklich erleichtert. »Danke. Und wegen …«

»Ja. Ich melde mich.« Sie legte auf, und ich schaute in die Runde. Diese ganze Geschichte wuchs uns über den Kopf. In meinem Hirn ratterte es auf der Suche nach einer Lösung. Wenn wir nun allein zu diesem Treffen gingen, könnten wir zumindest die Überbringer des unfreiwilligen Organspenders dingfest machen. Und das auch nur vielleicht, weil wir zu diesem Zeitpunkt noch nicht einmal wussten, wie viele dort auftauchen würden. Ja, Malcolm war ein starker Mann, auch ich beherrschte einige Kampfsportarten, doch weder Isla noch Ems könnten eingreifen. Keine der beiden hatte Erfahrung mit solch einer Situation. Das »Was wäre, wenn«-Spiel in meinem Kopf drehte sich um eine Stufe weiter. Wenn wir es tatsächlich schaffen würden, die Überbringer zu überwältigen, würden sie uns überhaupt weiterhelfen können bei unseren Fragen in Bezug auf Jacob? Was wäre, wenn die ganze Aktion schieflief?

»… sagst du, Ab? Das würde doch gehen, oder nicht?« Ich hörte Ems' Stimme, die dumpf in meinen Gehörgang eindrang und mich ins Hier und Jetzt katapultierte.

»Was?«, fragte ich. »Sorry. Ich bin wohl nicht ganz bei der Sache. Wozu soll ich was sagen?«

»Hör doch zu!«, sagte Ems. »Zusammengefasst: Malcolm will den Met einschalten. Das Ganze ist für uns zu gefährlich.«

»Hast du jemanden, dem du wirklich vertrauen kannst?«, fragte ich ihn, und er wandte den Blick von mir ab. Ich hatte meine Antwort schon, bevor er sie aussprach.

»Nein, eigentlich nicht. Aber ehrlich, Ab. Das können wir allein nicht schaffen. Wir bringen uns alle in Gefahr. Was ist, wenn das Ganze schiefläuft? Wenn einer von euch etwas passiert? Das könnte ich mir nie verzeihen!«

Natürlich hatte er recht. Und doch würden wir keine Antworten erhalten, wenn wir den Met einschalteten. Dann würden sie die Operation übernehmen, und wir dürften uns nicht einmal in der Nähe aufhalten.

»Ab, ich bin dafür, dass wir das wirklich Scotland Yard überlassen.« Isla sah mich mit flehendem Blick an. Ich schnaufte und nickte zustimmend, obwohl ich dagegen war. Es war für uns das Beste und Sicherste. Wir mussten auf einem anderen Weg herausbekommen, wer Jacob entführt und an die *Body Lovers* verkauft hatte. Ich erinnerte mich an die Situation vor einem Jahr. Auch damals hatten wir Kontakt aufgenommen mit den Leichenfledderern. Uns als Kunden ausgegeben, und Bobby war gestorben.

»Dann ruf an«, sagte ich zu Malcolm, und er reagierte sofort. Er stand auf und verließ das Zimmer, steckte aber gleich wieder den Kopf herein.

»Da ist jemand aufgewacht und starrt mich an.«

Wir gingen zu der Frau, die sich mittlerweile auf unserem Sofa aufgerichtet hatte und sich verwundert umschaute. Immer wieder strich sie sich eine ihrer hellblonden Locken aus dem Gesicht.

»Hey«, begann ich und näherte mich ihr langsam. »Ich bin Ab. Das ist Isla, und das ist Ems. Mein Freund heißt Malcolm. Und wer bist du?«

»Scarlett.«

»Okay, Scarlett. Du bist bei uns in Sicherheit. Nie wieder musst du in die Fänge dieser Gruppe zurück. Dafür sorgen wir. Aber wir brauchen einige Informationen von dir. Ist das okay, wenn wir dir ein paar Fragen stellen?« Sie nickte. »Wie bist du zu dieser Gruppe gekommen? Gibt es noch andere Frauen, die gefangen gehalten werden? Du wirst das vermutlich nicht freiwillig machen, oder?« Ich gab zu, es waren viele Fragen auf einmal, die ihr verwirrtes Hirn erst einmal verarbeiten musste. Ich hätte gerne noch mehr gestellt, hielt mich aber zurück. Immer eines nach dem anderen.

»Sie haben meine Tochter«, brachte sie schluchzend hervor. »Sie halten sie gefangen, und wenn ich nicht mache, was sie verlangen, dann töten sie sie.«

»Wo halten sie sie gefangen? Weißt du das?«

»Nein. Ich darf sie nur einmal die Woche für eine Stunde sehen. Da wird sie zu mir in mein Zimmer gebracht. Sie ist bisher unversehrt. Ich kontrolliere das jedes Mal genau. Sie bringt mir auch immer ein selbst gemaltes Bild mit und sieht nicht unterernährt oder verwahrlost aus. Es kümmert sich jemand um sie. Sie sagt, die Frau heißt Nanny und ist schon uralt. Wobei uralt bei einer Fünfjährigen wohl jeder ältere Erwachsene ist. Ich muss wieder zurück. Ich kann sie nicht alleinlassen, sie ist doch noch so klein und würde nicht verstehen, was mit ihr passiert. Bringt mich wieder zurück!« Scarlett schluchzte erneut.

»Wir haben bis kurz nach Mitternacht Zeit«, antwortete ich, und ich wusste jetzt schon, dass die Zeit niemals reichen würde, alle Fakten richtig einzuordnen und das Mädchen zu befreien. Zumindest nicht, wenn wir nur zu viert waren. »Hilf uns bitte mit Informationen weiter. Also, wo ist dein Zimmer?«

»Okay«, sagte sie, klang aber nicht überzeugt. »Ich weiß nicht, wo sie mich hinbringen. Ich bekomme jedes Mal, wenn ich wieder abgeholt werde, einen Sack über den Kopf gestülpt.«

»Weißt du, ob dort mehrere Frauen gefangen gehalten werden?«

»Zumindest eine noch. Wir unterhalten uns durch ein Loch in der Wand. Das ist nicht mehr als fingerbreit. Mein Zimmer ist winzig – eine Matratze, mehr nicht.

Eine Dusche und das Klo in der Ecke. Essen gibt es zweimal täglich, das gebracht wird.«

»Von wem wird dir das Essen gebracht?«, fragte ich.

»Von einem Mann, der eine Maske von Elvis trägt. Er ist immer in eine Art weißen Schutzanzug gekleidet. Ich habe noch nie mit ihm gesprochen.«

»Ich muss dich das jetzt fragen. Nimmst du die Drogen freiwillig, oder wirst du dazu gezwungen? Ich meine, du warst bei der Übergabe ziemlich zugedröhnt.«

»Mittlerweile freiwillig«, antwortete Scarlett. »Wenn du wüsstest, was ich bei manchen Menschen durchmachen muss, würdest du es auch vorziehen, dich zuzudröhnen. Glaub mir.« Sie drehte ihren Oberkörper, und erst jetzt sah ich die Schnitte auf ihrem Rücken, die allesamt in einem satten Rot strahlten. »Weißt du, wenn dir jemand deine Schamlippen und deine Klitoris abschneidet und dich danach noch dazu zwingt, mit etlichen Männern Geschlechtsverkehr zu haben, dann bist du freiwillig dazu bereit, Drogen zu nehmen, um so wenig wie möglich mitzubekommen. Ich habe auch immer einen kleinen Vorrat bei mir, falls ich es brauche. Das bekommen aber nur die braven Mädchen, sagt der Fahrer immer, wenn er mich zur Übergabe bringt und mir etwas zusteckt.« Sie holte ein kleines Tütchen aus ihrem Büstenhalter heraus und zeigte es mir. Sie erzählte alles so, als wäre es selbstverständlich, Drogen bei sich zu führen, sich zuzudröhnen, um der Realität zu entfliehen. Doch für sie war es normal, gehörte einfach dazu. Alles zu ertragen für das Leben ihrer Tochter. Ich war jetzt schon beeindruckt von ihrem Mut, ihrem Durchhaltevermögen, von ihr.

»Ich weiß gar nicht, was ich darauf sagen soll«, antwortete ich ihr und Scarlett lächelte mich an.

»Tja, wenn mir das vor drei Jahren jemand so erzählt hätte, wäre ich vermutlich genauso sprachlos und fassungslos gewesen. Aber du brauchst nichts dazu zu sagen. Ich will einfach nur wieder zurück zu meiner Tochter. Nicht mehr, nicht weniger.«

»Ist es jedes Mal derselbe Fahrer, der dich zu einem Übergabeort bringt und dort wieder abholt?«

»Der Fahrer ist derselbe. Der Beifahrer wechselt. Ich sehe die Männer zwar nicht, aber ich höre ja ihre Stimmen.«

»Wie bist du überhaupt in diese Situation geraten?«, fragte ich.

»Tja, wie es eben so ist. Ich lernte einen süßen Typen kennen, der wirklich nett und charmant war. Er brachte Geschenke, lud mich zum Essen ein, verstand sich gut mit meiner damals zweijährigen Tochter. Dann erzählte er von einer Krankheit seiner Mutter, für die er dringend Geld benötigte. Ich hatte ja selbst nicht viel, war aber mehr als verliebt in ihn und wollte helfen. Anfangs war das noch okay, als er mich dazu überredete, mich vor einer Kamera auszuziehen. Eines Tages wollte er mich seinem Onkel vorstellen, tja …« Kurz senkte sie ihren Blick. »Ich war echt dumm und naiv. Ich hätte es mir denken können, dass da etwas faul ist, aber ich hatte doch nur Augen für ihn. Bevor wir losfuhren, wollte er noch unbedingt mit einem Glas Champagner auf einen schönen Abend anstoßen. Das hatte er vorher noch nie gemacht. Meine Kleine bekam ein Gläschen Orangensaft. Er fuhr uns, also mich und meine Tochter, mit seinem schicken Mercedes direkt nach Chelsea. Das Letzte, woran ich mich erinnern kann, wenn auch nur schemenhaft, ist, dass er auf die Chelsea Bridge Richtung Battersea gefahren ist. Von da an wurde es endgültig dunkel vor meinen Augen. Ich wachte in diesem kleinen Zimmer auf. Ohne meine Tochter, ohne zu wissen, was auf mich zukommt. Bitte, lasst mich zurück zu meiner Tochter.« Scarlett faltete ihre Hände wie zu einem Gebet und hielt sie mir entgegen.

»Wir werden alles dafür tun, um deine Tochter und auch all die anderen Frauen von diesem schrecklichen Ort wegzubringen. Okay?«, sagte Malcolm. Ich wusste nur nicht, ob er sich sicher war, dass er das tatsächlich konnte. Es würde nicht einfach werden, den Ort zu finden, wo die Frauen und Scarletts Tochter untergebracht waren. Und das Ganze in nicht einmal vierundzwanzig Stunden. Die Zeit rann uns wie Sand durch die Finger. Ich nickte Malcolm zu, er verstand sofort und folgte mir, als ich mich ein paar Schritte von Scarlett entfernte und ihr den Rücken zudrehte.

»Hast du den Met informiert?«, fragte ich. »Was sagen sie?«

»Es ist ein Sondereinsatzkommando unterwegs. Wir werden die Kerle dingfest machen.«

»Ich hoffe nur, dass es zu keinen Toten kommt. Sonst schwebt ihre Tochter in höchster Gefahr.«

»Das hoffe ich auch. Aber die Jungs wissen, was sie tun. Du kennst ja die Vorgehensweise. Nur noch eine halbe Stunde, dann wissen wir mehr.«

»Malcolm? Ich habe ein mulmiges Bauchgefühl. Sollten wir nicht selbst zumindest vor Ort sein? Ich meine, schließlich bist du ja auch als Auftraggeber aufgetreten.«

»Sicher, Ab. Ich werde den Einsatzleiter fragen, ob er uns als Lockvogel braucht.« Er stieß einen Pfiff aus. »Hörst du dir eigentlich selbst zu? Niemals würde er dem zustimmen. Das weißt du so gut wie ich.«

»Trotzdem. Dann sind wir eben nur zufällige Zuschauer. Spaziergänger.«

»Um kurz vor drei Uhr am Morgen? Klar, das kauft uns jeder sofort ab.«

»Dann geh ich eben allein. Vielleicht …«

»Nichts vielleicht. Du kannst dort nicht auftauchen. Es ist viel zu gefährlich, dass die ganze Operation durch so einen dummen Fehler auffliegt. Wenn derselbe Fahrer in einer halben Stunde das Auto fährt und dich sieht – der wittert doch sofort, dass da etwas faul ist. Das ist eine organisierte, hochkriminelle Bande, die vor nichts zurückschreckt.«

»Okay«, sagte ich, holte meinen Mantel aus dem Büro und schritt zielgerichtet Richtung Tür.

»Ab? Wo gehst du hin?«, fragte Ems und schaute mich groß an.

»Ich sehe mir das Treffen an und werde versuchen, an weitere Infos zu kommen, wenn die Typen festgenommen sind. Schließlich müssen wir wissen, wo sich Scarletts

Zimmer befindet, damit wir ihre Tochter finden können.«

»Nein«, kam von allen dreien gleichzeitig. Scarlett war die Einzige, die mir einen aufmunternden Blick zuwarf.

Ich öffnete die Tür und war flugs verschwunden. Chief war wie immer an meiner Seite, und ich hob ihn hoch, bevor ich die ersten Stufen hinunterrannte. Zwar fand ich es nicht gut, ihn mitzunehmen, aber immerhin könnte ich so vorgeben, mit meinem Hund spazieren zu gehen. Das würde weniger auffällig sein.

Ich war schon ein Stockwerk nach unten gerannt, als ich die Tür unseres Büros zufliegen hörte. Schritte kamen näher. »Ab, so warte doch!« Malcolms Worte waren abgehackt.

Ich dachte nicht im Traum daran. Ganz im Gegenteil, ich wurde noch schneller.

»Ab!«, erklang seine Stimme wieder hinter mir.

Als ich die Haupteingangstür aufschließen musste, um aus dem Gebäude auf die Clink Street zu treten, holte er mich ein.

»Du bist echt irre«, sagte er. »Das kann zu einer Selbstmordaktion werden.«

»Ja. Kann es, muss es aber nicht. Und ich werde vorsichtig sein. Aber wenn wir Scarlett aus den Fängen dieser Gang befreien wollen, dann müssen wir ihre Tochter finden. Verstehst du das? Ansonsten wird sie bei uns ausbüxen und heute um Mitternacht am Übergabeort stehen, weil sie zu ihrer Tochter will. Also, wir haben gar keine Alternative, als selbst vor Ort zu sein. Ich glaube nämlich nicht, dass der Met uns freiwillig

Informationen gibt. Und ehrlich gesagt will auch ich sie und besonders deinen Maulwurf nicht mit Infos füttern, die das Leben der anderen Frauen und vielleicht auch der Kinder gefährden. Wer weiß, wie viele Frauen mit dieser miesen Masche geködert wurden? Und wie viele Kinder sie in ihren Fängen haben?« Ich drehte mich nur kurz zu ihm um, bevor ich schnellen Schrittes die Clink Street entlangging. »Bis der Met alle Informationen gesichtet hat und den Aufenthaltsort von Scarletts Tochter kennt, ist es zu spät. Dann ist die Kleine tot.«

Ich wusste selbst, wie gefährlich diese Aktion war und was alles schiefgehen konnte. Aber von Bobby hatte ich gelernt, dass ich immer, wirklich immer, allem positiv gegenübertreten sollte. Doch diesmal waren es eher gemischte Gefühle, was auch an Malcolm lag, dessen Nähe ich mochte und den ich gleichzeitig von mir stieß. Soeben waren wir am Bill's vorbeigegangen, das uns in wenigen Stunden ein gutes Frühstück zaubern musste. Mein Magen knurrte jetzt schon.

»Ich halte das noch immer für keine gute Idee«, sagte Malcolm plötzlich in die Stille der Nacht. Außer uns war niemand um diese Uhrzeit auf der Straße.

»Ich auch nicht. Aber welche Chancen haben wir? Wenn du einen vernünftigen Vorschlag bringst, wie wir schnell – und damit meine ich verdammt schnell – Scarletts Tochter und die anderen Frauen retten können, dann drehe ich sofort um.«

Er schwieg und wir bogen beim Nachbau des Schiffes *The Golden Hinde* rechts in die Cathedral Street ein.

Meine Schritte wurden immer schneller, obwohl der Fußweg vom Büro bis zur Kathedrale nur vier Minuten betrug und wir fünfzehn Minuten zu früh am Treffpunkt ankommen würden. Und doch wollte ich mir ein geeignetes Versteck suchen, um den ganzen Platz zu überblicken, ohne von jemandem gesehen zu werden. Ich konnte schon einen Teil der Kathedrale sehen, einen der spitzen Türme. Wir gingen auf der Straßenseite vor dem Minerva House auf den Treffpunkt zu. Noch war keine Menschenseele zu sehen.

Es dauerte ein wenig, bis wir den perfekten Platz ausgesucht hatten. Direkt beim Treffpunkt gab es keinerlei Möglichkeiten, etwas zu sehen, ohne entdeckt zu werden. Auch der anschließende Minerva Square, eigentlich nur eine Betonfläche mit vier Bäumen, bot keinen geeigneten Unterschlupf. Somit waren wir in ein Gebüsch neben dem Minerva House geflüchtet. Ich brauchte mich nur ein Stück nach vorn zu beugen, dann konnte ich den ganzen Behindertenparkplatz überblicken, bis hin zur Statue.

Und da hockten wir nun und warteten. Wir sahen zu, wie einige schwarz gekleidete Männer mit schusssicheren Westen und Waffen ihre Positionen einnahmen und mit ihrem Umfeld nahezu verschmolzen. Ich sah auf meine Armbanduhr, die Bobbys Uhr gewesen war. Nur noch drei Minuten, bis die Übergabe stattfand. Drei unendlich lange Minuten!

Reifen quietschten irgendwo in der Nähe. Ein Motor heulte auf. Dann hörte ich mehrere Schüsse und laute Männerstimmen.

Kapitel 20

»Ändere den Plan, wenn er nicht funktioniert. Aber niemals das Ziel.«
Abigail Walker sucht nach Antworten.

Ich wurde nervös und griff nach Malcolms Hand. Langsam beugte ich mich weiter nach vorn, konnte aber nichts erkennen. Anscheinend gab es eine Schießerei direkt um die Ecke der Kathedrale. Dann sah ich zwei schwarz gekleidete Männer aus ihrem Versteck beim Abgang des Minerva House springen und den Schüssen entgegenlaufen. Für einen Moment blitzte das Wort »Police« auf deren schusssicheren Westen auf. Mir huschte die Idee durch den Kopf, dass auch ich aufspringen sollte, um nachzusehen. Doch gleich darauf verbannte ich sie aus meinen Gedanken.

»Was ist da los? Wer hat da geschossen?«, fragte mich Malcolm, als könnte ich ihm eine Antwort geben.

Dann hörte ich wieder Reifen, die quietschten, und in der nächsten Sekunde fuhr ein dunkler Lieferwagen mit erhöhter Geschwindigkeit um die Ecke der Kathedrale direkt an uns vorbei. Das Kennzeichen war mit einer schwarzen Folie abgeklebt, ansonsten konnte ich nichts Auffälliges erkennen. Allerdings war es nicht dasselbe Fahrzeug wie knapp eine Stunde zuvor. Was aber nichts zu bedeuten hatte. Schließlich wussten wir, dass mehrere

Personen als Handlanger fungierten, somit könnten auch mehrere Fahrzeuge unterwegs sein. Wir wussten ja nicht einmal, ob es derselbe Verkäufer war wie vorhin.

»Ich weiß nicht«, sagte ich. »Auf jeden Fall sind die Täter geflüchtet. Scheiße! Das ist nicht gut. Wir müssen irgendetwas unternehmen! Schließlich haben sie ja auch noch unseren unfreiwilligen Organspender im Auto.«

Ich stieg aus dem Gebüsch und zog ruckartig an Chiefs Leine, die sich an einem Zweig verhakt hatte. Ich fluchte innerlich über die missglückte Aktion und fragte mich, was da wohl schiefgegangen war. So kamen wir nicht an die Antworten, die wir dringend brauchten. Noch dazu hatten wir vermutlich noch mehr Menschenleben aufs Spiel gesetzt, weil wir Scotland Yard eingeschaltet hatten.

»Wir müssen zurück ins Büro!« Ich lief los, kam gleich darauf bei der kleinen Brücke an, die zum Haupteingang des Minerva House führte, und erstarrte für einen Augenblick.

Auf der Straße stand derselbe Lieferwagen, der uns Scarlett überbracht hatte. Allerdings wies er etliche Einschusslöcher in der Karosserie auf. Die Glassplitter der Autoscheiben lagen verstreut auf dem Asphalt. Beide vorderen Türen standen sperrangelweit offen. Ich konnte sehen, wie zwei dunkel gekleidete Männer vom Met den Fahrer aus dem Wagen zogen und auf dem Boden ablegten. Er schien tot zu sein, genau wie der Beifahrer, der auf der anderen Seite auf dem Boden lag und sich nicht mehr rührte.

»Verdammte Scheiße!«, entwich es Malcolm.

»Du hast eine Dienstmarke! Also geh hin und frag nach, was da gerade abging. Wenn das unsere Lieferanten waren, wer war das in dem anderen Lieferwagen?«

»Du stellst dir immer alles so einfach vor, Ab.«

»Weil es einfach ist!«, fuhr ich ihn an.

Eine Hand legte sich auf meine Schulter, und eine tiefe Stimme sprach: »Was machen Sie hier?« Ich drehte mich abrupt um und starrte den großen Mann in Schwarz an, der eine Sturmmaske trug.

»Meine Freundin und ich wollten nur unseren Hund ausführen, weil der mal rausmusste«, sagte Malcolm. »Aber plötzlich waren Schüsse zu hören, da haben wir uns schnell versteckt. Was war hier los?«

»Gehen Sie bitte weiter!«, herrschte uns der Mann unmissverständlich an und schob mich ein Stück nach vorn.

Malcolm legte seine Hand in meine. »Komm, Schatz. Lass uns hier verschwinden!«

Wir legten einen Schritt zu und waren schon an dem Lieferwagen vorbei, da sah ich, dass die hintere Tür offen stand, allerdings entdeckte ich keine dritte Leiche. Die Hoffnung, dass unser unfreiwilliger Organspender noch lebte, wuchs in mir. Dafür bemerkte ich, dass die schwarze Folie teilweise von dem gelben Nummernschild herunterhing. So konnte ich einen Teil des Kennzeichens erkennen. Auf dem Rücksitz eines Polizeiautos saß ein in sich zusammengesunkener Mann. Die Tür stand offen, seine nackten Füße berührten den Asphalt. Er hatte eine Decke um seinen Körper geschlungen und redete mit einem Uniformierten. Leider war ich zu weit weg und konnte deswegen kein Wort verstehen. Malcolm zog mich um die Ecke des Minerva House, und wir blieben vor einem Café stehen, das sich gegenüber vom Nachbau der Galeone auf dem großen Vorplatz befand.

»Warum hast du dem Mann nicht deine Dienstmarke gezeigt?«, fragte ich.

»Weil er auch nicht mehr weiß als wir.«

»Und was wissen wir jetzt?«

»Dass jemand diese Übergabe absichtlich gesprengt hat. Ich denke, die Männer im Lieferwagen, der mit erhöhter Geschwindigkeit davongebraust ist, hatten nur ein Ziel. Und zwar, dass die *Sellers* ausgeschaltet werden. Ich glaube, durch diese Aktion hat sich jemand ordentlich auf den Schlips getreten gefühlt. Zumindest lebt der Mann noch, den sie überbringen sollten. Das ist doch schon mal ein Anfang, oder?«

»Du meinst, es wurde jemand geschickt, der eine Art Warnung … Das können dann nur die *Body Lovers* gewesen sein. Wer sonst dealt noch mit Organen? Denkst du, der Maulwurf …« Weiter kam ich nicht, weil mein Handy in meiner Hosentasche vibrierte. Ich nahm das Gespräch entgegen, und Mister F. plapperte sofort los.

»Ist alles okay bei dir?«

»Klar«, antwortete ich, »warum sollte es nicht so sein?«

»Vor einigen Augenblicken kam die Meldung rein, dass es eine Schießerei in der Montague Close gegeben hat, und Verstärkung wurde angefordert. Es soll sich um eine Auseinandersetzung zweier Banden gehandelt haben. Es wurden zwei Leichenwagen bestellt. Ich habe mir echt Sorgen um dich gemacht.«

»Mich«, mischte sich Malcolm ein und legte seinen Kopf dicht an meinen, um das Gespräch mithören zu können, »würde ja wirklich interessieren, woher sie das weiß. Bei mir hat noch nicht mal mein Handy geklingelt, obwohl ich Bereitschaft habe.«

Ich ignorierte seine Worte. Harper war einfach die Beste. Sie war besser als Google und vor allem viel schneller.

»Ich nehme an, die *Body Lovers* sind auch darin verstrickt«, sagte ich. »Hast du da schon Infos?«

»Nichts Konkretes. Aber ich bin dran.«

»Kannst du mir ein Kennzeichen überprüfen? Ich konnte leider die letzten beiden Buchstaben nicht erkennen. Neues Kennzeichen mit UK vorn. Also neues Auto nach dem EU-Austritt. LE 5I B. Es ist ein schwarzer Lieferwagen der Marke Fiat.«

Tippen erklang im Hintergrund. Mehrere Klickgeräusche in Folge. »Da habe ich etliche, die passen könnten. Ich schick dir die komplette Liste aufs Handy, wenn ich alles habe, okay?«

Ich hörte den Klingelton in der Leitung und schaute auf das Display. Kiss-me-Kate hatte mir eine Nachricht geschickt.

»Bin in der Lots Road Ecke Uverdale Road, Chelsea. Mann verschwunden in diesem Gebäude.«

Sie hatte ein Foto beigefügt, auf dem ein altes, heruntergekommenes Gebäude zu sehen war. Vielleicht war es früher eine ehemalige Druckerei oder aber die

Produktionsstätte eines kleinen Unternehmens gewesen. Ich nahm mein Handy wieder ans Ohr.

»Sag mir, welches Gebäude befindet sich in der Chelsea Lots Road Ecke Uverdale? Wem gehört es? Und passt das irgendwie mit unserem Kennzeichen zusammen?«

Tippen ertönte. »Chelsea Waterfront ist der Besitzer. Aber ich sehe gerade, dass du vermutlich das Gebäude gegenüber dem ehemaligen Kohlekraftwerk Lots Road Power Station meinst. Das stillgelegte Kohlekraftwerk wird ja zu einem Einkaufszentrum umgebaut. Chelsea Waterfront ist der Projektentwickler, vermutlich haben sie auch alles andere ringsherum gekauft, was frei war. Aber für diese Recherche brauche ich ein wenig Zeit. Auf jeden Fall ist in diesem Gebäude an der Ecke ein Jazzclub. Ansonsten finde ich nichts darüber.«

»Okay. Weißt du vielleicht, ob dieser Jazzclub noch geöffnet hat?«

»Also, laut Internet sind die Öffnungszeiten von sechs Uhr bis halb elf abends. Ich muss zuerst die Liste der möglichen Kennzeichenkombinationen durchgehen. Erst dann kann ich dir sagen, wer der Halter des Fahrzeuges ist und wie und ob das zusammenpassen könnte.«

»Danke dir«, sagte ich. »Das hilft mir schon mal weiter. Noch was: Wir konnten beobachten, dass zwei Männer bei dieser Schießerei getötet wurden. Der dritte, wir vermuten mal stark, hierbei handelt es sich um die Ware, die übergeben werden sollte, lebt.«

»Und wo war nun die Frage, ob ich etwas herausfinden kann?« Mister F. lachte ins Telefon. »Alles klar. Ich häng mich da mal dran.« Sie beendete das Gespräch.

»Was will der Bruder von dieser Olivia mitten in der Nacht in diesem abgewrackten Gebäude?«, fragte ich Malcolm. Noch immer standen wir in der Nähe der nachgebauten Galeone, und ich spürte den ersten Tropfen, der auf meinen Kopf platschte. »Komm, wir gehen ins Büro. Ansonsten sind wir bis zur Unterwäsche nass, wenn wir hier weiter rumstehen.«

Es hörte sich so an, als würde Malcolm sagen: »Da hätte ich nichts dagegen, wenn du mich danach ausziehst.«

Ich zog die Leine von Chief etwas straffer und lief los.

Kapitel 21

»Versprechen sind da, um nicht gebrochen zu werden.«
Abigail Walker bekommt Gewissensbisse.

»Echt? Die beiden sind tot?«, fragte Ems erneut nach, als wir das Erlebte geschildert hatten. Malcolm und ich hatten Ems und Isla ins Büro gebeten, denn noch immer lag Scarlett auf unserem Sofa. Sie sollte nichts von der missglückten Übergabe erfahren. Ich befürchtete, dass sie türmen würde, um ihre Tochter zu beschützen. »Und wer war dieser Mann? Konntet ihr mit ihm sprechen?«

»Nein, natürlich nicht«, sagte ich. »Malcolm wollte seine Dienstmarke nicht zeigen und hat den Beamten in dem Glauben gelassen, dass wir einfach nur ein Pärchen sind, das mit seinem Hund in den frühen Morgenstunden spazieren geht. Aber ich habe Mister F. darauf angesetzt. Sie wird uns weitere Informationen liefern.«

»Okay. Und was machen wir nun?«, fragte Isla und streckte ihren Rücken durch. Ich sah ihr an, dass sie hundemüde war. Wie Chief, der sich sofort, als wir im Büro angekommen waren, in sein Körbchen unter Miss Mollys Schreibtisch verzogen und die Augen geschlossen hatte.

»Ich glaube, ihr beide geht nach Hause und ins Bett. Ich werde hierbleiben bei Scarlett und … keine Ahnung. Einfach hierbleiben halt.« Zugegeben, auch ich war müde. Den ganzen Tag hatte ich bis auf mein Power-Frühstück nichts gegessen und war auch sonst nicht wirklich zur Ruhe gekommen. Und diese Schlampigkeit rächte sich gerade.

»Also, wenn du hierbleibst, dann werde ich das auch tun.« Natürlich, Malcolm spielte sich mal wieder als mein großer Beschützer auf. »Schließlich bist du noch immer in Gefahr, Ab.«

»Wie du willst«, antwortete ich, weil ich einfach keine Lust auf Diskussionen hatte. Ich ging aus dem Büro und Scarlett blickte mir entgegen. Ich ließ mich in den ihr gegenüberstehenden Sessel fallen.

»Und? Habt ihr sie gekriegt? Konntet ihr mit ihnen sprechen, wo meine Tochter ist?« Sie redete so schnell, dass sie einige Silben verschluckte.

»Wir haben eine heiße Spur. Mach dir keine Sorgen«, log ich. Schließlich musste ich sie dazu bringen, hierzubleiben. Nur hier war sie in Sicherheit.

»Und wo wollen Ems und Isla hin?«, fragte sie, als sich die beiden verabschiedeten und zur Tür hinaus verschwanden.

»Wir brauchen alle ein paar Stunden Schlaf. Dann machen wir weiter.«

»Das heißt, ihr wollt jetzt schlafen, obwohl meine Tochter noch immer in den Fängen dieser Verbrecher ist?« Scarletts Augen hatten sich geweitet.

»Wir haben bis heute Mitternacht Zeit, deine Tochter und die anderen Frauen zu finden. Niemand weiß zum jetzigen Zeitpunkt, dass du nicht mehr zurückkehren wirst. Es läuft alles nach Plan. Es hilft aber nicht, wenn wir jetzt im Dunkeln weitersuchen. Lass uns zumindest warten, bis die Sonne aufgeht. Das ist ja immerhin in knapp drei Stunden.«

Scarletts rechte Augenbraue hob sich, sie sagte aber nichts.

»Ich brauche dringend Schlaf. Wirklich!« Ich zog meine Schuhe aus, machte es mir in meinem Sessel bequem und zog die Füße auf das Sitzpolster.

»Ja, das halte ich auch für eine gute Idee, dass wir zumindest bis Sonnenaufgang mit der weiteren Suche warten. Dann haben wir alle mehr Energie.« Malcolm gähnte und nahm neben Scarlett Platz.

»Aber ich kann nicht schlafen, wenn ich nicht weiß, dass mein kleiner Engel in Sicherheit ist.« Scarlett saß noch immer kerzengerade auf dem Sofa.

»Ihr passiert nichts«, murmelte ich und schloss meine Augen.

»Versprichst du mir das?«

Schlagartig war ich wieder munter, riss meine Augen auf und fixierte Scarlett mit meinem Blick. Wie konnte ich ihr das versprechen? Was würde passieren, wenn es nicht gut ausgehen würde? Wäre ich dafür verantwortlich? Würde mich der Tod des kleinen Mädchens auf ewig bis in den Schlaf verfolgen? So wie Bobbys Tod?

Ich seufzte. »Okay, wir suchen weiter. Lass uns mal gemeinsam die Fakten sortieren.« Das Display meines Telefons blinkte auf dem Tisch. Ich nahm es in die Hand und las die Nachricht, die mir Mister F. geschrieben hatte. Die Information könnte den Durchbruch bringen. Oder eine totale Sackgasse sein. Zumindest war es einen Versuch wert. »Wir fahren zu dieser Adresse in Chelsea und sehen uns dort um.«

»Das heißt also, du kannst mir nicht versprechen, dass meine Kleine überlebt?« Scarlett kreischte beinahe und sprang mit einem Satz vom Sofa auf. Blitzartig stand ich ebenso auf und hielt sie an den Oberarmen fest. »Was sollen wir bei diesem alten Gebäude? Das ist ein anderer Fall! Das haben Ems und Isla doch selbst gesagt.«

»Bitte, es ist eine Spur, der wir nachgehen sollten. Mit etwas Glück …«

»Glück! Du spinnst doch! Wie kannst du von Glück reden? Es geht hier um das Leben meiner Tochter. Hast du das noch immer nicht verstanden?«

»Hör zu, der Lieferwagen, der dich zum Übergabeort gebracht hat, war derselbe, den wir vor knapp einer halben Stunde gesehen haben. Ich konnte einen Teil des Kennzeichens erkennen. Meine Freundin hat mir geschrieben, dass der Halter dieses Fahrzeuges ganz in der Nähe des alten Gebäudes wohnhaft ist, in dem nun einer der Verdächtigen verschwunden ist. Es ist eine heiße Spur. Die einzige, die wir haben. Vielleicht finden wir dort deine Tochter. Verstehst du jetzt, wieso ich dorthin möchte?« Ich schaute ihr tief in die Augen.

»Du meinst, dass beide Fälle zusammenhängen könnten?«, fragte sie zögerlich.

»Dem sollten wir nachgehen. Es wäre mehr als ein Zufall, wenn es nicht so wäre. Und an Zufälle glaube ich nicht.«

»Fragt mich auch mal jemand nach meiner Meinung?« Malcolm hatte die Arme vor seinem Brustkorb verschränkt und baute sich direkt vor uns auf. »Ihr beide wisst schon, dass es mitten in der Nacht ist und es auffällig wäre, wenn wir dort herumschleichen, oder?«

»Nicht auffälliger als am Tag, nur tagsüber sind mehr mögliche Augenzeugen unterwegs.« Ich zwinkerte ihm zu. »Ich bestell uns ein Uber, ja?« Es war eine unüberlegte Aussage, die Macht der Gewohnheit, wie ich einen Moment später feststellte.

»Wir könnten auch mein Auto nehmen, falls dieses der gnädigen Lady zusagt«, sagte Malcolm. »Ich würde die beiden Damen gerne durch die halbe Stadt kutschieren.« Ich konnte aus seiner Mimik nichts herauslesen. Keine Emotion, kein Lächeln. Nur Worte, in denen ein leichter Sarkasmus mitschwang.

»Okay«, antwortete ich, holte meine Jacke aus dem Büro und meinen Spezialschlüsselbund aus der Schublade. Schließlich wollte ich auf alle Eventualitäten vorbereitet sein. Ich war schon wieder im Empfangsraum zurück, da sah ich Scarletts Schuhe, die für diesen Einsatz mehr als ungeeignet waren. »Für dich hole ich noch ein Paar meiner Schuhe. Die sind draußen in unserer Umkleide.«

»Ihr habt hier eine Umkleide?«, fragte Scarlett nach. »Wofür? Ihr seid doch Detektivinnen, oder habe ich da was falsch verstanden?«

»Wir joggen morgens vor der Arbeit. Deswegen haben wir eine Umkleide mit integrierter Dusche. Ist praktischer, als noch mal nach Hause zu fahren.« Ich schritt auf die Eingangstür zu, da sah ich aus den Augenwinkeln Chief, der in seinem Körbchen stand und mich ungläubig anstarrte. Dann gähnte er herzhaft. Ganz nah ging ich an ihn heran, hockte mich hin und streichelte über sein Fell. »Mein Schatz. Du bleibst hier, schläfst noch ein bisschen und wartest, bis ich wiederkomme, ja? Falls ich noch nicht da bin, kommt bald Miss Molly, die dich ordentlich verwöhnen wird.« Ich stand wieder auf, und Chief ließ sich zurück ins Körbchen fallen. Manchmal hatte ich wirklich das Gefühl, dass er jedes Wort verstehen konnte.

»Also ich möchte in meinem nächsten Leben Chief sein«, spottete Malcolm und öffnete die Tür.

»Du bist aber in diesem Leben *nur* mein selbsterkorener Beschützer, nicht mein Seelenverwandter«, antwortete ich, als ich die Tür hinter mir zuschloss.

»Dieses *Nur* trifft mich hart.«

»Sollte es auch!« Manchmal war ich mir bei Malcolm nicht sicher, ob er gewisse Aussagen ernst oder im Spaß meinte. Somit lächelte ich ihn verschmitzt an, damit er zumindest verstand, dass ich es nicht ernst meinte.

Kapitel 22

»Eine Observation tagsüber ist ähnlich wie eine in der Nacht. Nur gibt es nachts weniger Zuschauer.« Abigail Walker setzt sich durch.

Eine halbe Stunde später parkte Malcolm in der Uverdale Road in Chelsea. Natürlich nicht gleich an der Ecke, an der ich Kiss-me-Kate entdeckte, sondern er fuhr gut hundert Yards weiter und stellte dort das Auto ab. Ich wollte die Tür öffnen, da hielt mich Malcolm zurück.

»Du hältst dich an unseren Plan, ja? Keine unüberlegten Aktionen.«

»Es ist dein Plan!«, entgegnete ich. »Nicht unserer. Lass mich in Ruhe mit deinen ewigen Vorschreibungen, wie ich meine Aufträge zu erledigen habe.«

»Er macht sich nur Sorgen um dich, Ab«, mischte sich Scarlett von der Rückbank ein. »Er meint es nicht böse.«

»Klar! Ich für meinen Teil werde jetzt zu Kate gehen und mit ihr reden. Ihr beide könnt ja über euren Plan nachdenken. Pläne sind da, um situationsbedingt angepasst zu werden.« Ich stieg aus, und am liebsten hätte ich die Beifahrertür zugeknallt. Im letzten Moment besann ich mich und drückte sie zu. Ein leises Klicken ertönte.

Von hier aus konnte ich das Gebäude, in das Olivias Bruder gegangen war, gut sehen. Auf den ersten Blick sah es verlassen aus, doch erkannte ich, dass an der einzigen

Tür an dieser Seite der Straße eine Klingel angebracht war, die der neuesten Technik entsprach. Also nichts mit einsam und verlassen und so.

Ich beschleunigte meine Schritte und war sogleich bei Kate, die sich hinter einem Baum versteckte. Allerdings überragte ihre Körperfülle die des Baumstammes bei Weitem.

»Kate!«, flüsterte ich. »Ist der Mann noch drinnen?«

»Klar! Ansonsten würde ich nicht mehr hier stehen.«

»Wo ist er hineingegangen?«

Kate zeigte auf die Haustür.

»Ist noch jemand reingegangen?«, fragte ich. »Hast du was gesehen?«

»Nein, niemand. Nur er. Nur rein, nicht raus. Du schuldest mir noch was.« Kate streckte mir wie selbstverständlich ihre Handfläche entgegen.

Ich zog einen Zwanzigpfundschein aus meiner Hosentasche und gab ihn ihr. »Okay. Wir haben einen Plan …«, begann ich.

»Wer ist wir?«, unterbrach mich Kate und schaute sich um.

»Malcolm Miller. Du weißt schon. Mein Freund von Scotland Yard. Ich habe dir schon einige Male von ihm erzählt. Und eine Frau namens Scarlett. Sie ist das Opfer einer Gang, die sich selbst *Sellers* nennt und Frauen stundenweise vermietet.«

»Eine Hure also.«

»Nein, es ist anders. Egal. Da kommen die beiden schon.«

In geduckter Haltung schlichen Malcolm und Scarlett

an den geparkten Autos vorbei, bis sie bei uns angelangt waren. Da fiel mir ein, dass ich gerade aufrecht gegangen war. Ich war nicht davon ausgegangen, dass mich jemand beobachtete. Ich schimpfte in Gedanken mit mir selbst, wie ich so nachlässig hatte sein können. Vermutlich lag es am Schlafmangel und am fehlenden Kaloriennachschub, dass mein Hirn nicht mehr richtig denken wollte.

»Hi. Ich bin …«, begann Malcolm, und Kate stoppte ihn mit einer Handbewegung.

»Ja, du bist ein Cop und sie ist eine Nutte. Alles klar. Ich bin Kate. Nun haben wir diese Vorstellungsrunde auch hinter uns gebracht. Was wollt ihr eigentlich hier?«

»Meine Tochter retten!«, sagte Scarlett.

»Ich habe kein Kind gesehen.« Kate zuckte mit ihren Schultern.

»Ja, Kate«, sagte ich zu ihr und kam mit meiner Antwort Scarlett zuvor. »Wir glauben auch nur, dass ihre Tochter hier gefangen gehalten wird.«

»Ich erinnere mich, dass an manchen Tagen der ganze Boden vibriert hat. Das könnte doch von den Bauarbeiten hier stammen, oder?« Scarlett zeigte auf das ehemalige Kohlekraftwerk, das von hohen Gerüsten umgeben war. Tagsüber wurde dort schon seit Wochen gearbeitet, und sicherlich kamen dabei schwere Geräte zum Einsatz, die diese Vibration ausgelöst haben könnten.

»Na, das bestärkt uns in der Annahme, dass du hier eingesperrt warst.« Eigentlich wollte ich diesen Gedanken nicht aussprechen. Die Worte waren wie von selbst aus meinem Mund gerutscht.

»Okay«, sagte Malcolm. »Wollen wir nicht zuerst eine Runde um das Gebäude drehen? Das hier wird wohl nicht der einzige Eingang sein.«

»Du kannst gehen und uns informieren«, erwiderte ich. »Wir werden zu dieser Tür gehen, durch die der junge Mann verschwunden ist.«

»Ihr geht da nicht allein …« Malcolm brach mitten im Satz ab, drehte sich um und rannte um die Ecke davon. Der Blick, den ich ihm gerade zugeworfen hatte, hatte seine Wirkung allem Anschein nach nicht verfehlt.

»Kate. Du bleibst hier stehen! Wenn etwas ist, dann pfeife! Okay?«

Sie nickte und ich schlich, diesmal in geduckter Haltung, auf die gegenüberliegende Straßenseite. Ich kam bei einem geparkten Auto an und spähte zur Tür. Sie war nur noch einige Schritte entfernt. Alles ruhig. Kein Lichtschein war durch die schmutzigen Fenster zu erkennen.

»Ich bin direkt hinter dir.«

Ich erschrak. Scarlett hatte ich komplett vergessen.

»Dann komm«, flüsterte ich ihr zu und wies sie mit einer Handbewegung an, mir zu folgen. Jetzt gab es keine Deckung mehr für uns. Sollte jemand aus dieser Tür herauskommen, würden wir zwangsläufig in Erklärungsnot geraten. Mein Puls verdoppelte sich, als ich mein Ohr an die Holztür legte. Ein leises, gleichmäßiges Klopfen war zu hören. Sonst nichts.

»Und wie sollen wir da reinkommen?«

»Lass mich mal machen«, sagte ich und holte meinen Schlüsselbund aus der Jackentasche. Ich hatte mir vor etlichen Jahren ein Dietrich-Set im Internet bestellt, mit passenden Schlössern zum Üben. Bobby hatte über meine Idee herzlich gelacht, war dann aber erstaunt gewesen, wie schnell ich das gelernt hatte. Besonders bei schwierigen Einsätzen so wie diesem hier hatte es sich immer als hilfreich erwiesen, den passenden Dietrich dabeizuhaben. Schließlich konnten wir nicht einfach klingeln, und jemand würde uns reinlassen. Ich stocherte einige Momente mit dem Dietrich im Schloss herum, dann erklang ein leises Klicken. Ich drückte die Tür einen Spalt auf.

Im Inneren war es stockfinster. Das gleichmäßige Klopfen war um eine Spur lauter geworden. Ich atmete tief ein und flüsterte zu Scarlett: »Du bleibst hier, okay? Halte die Tür einen Spalt auf, damit Malcolm mich drinnen unterstützen kann, wenn er von der Runde zurückkommt.«

Sie nickte. »Glaubst du wirklich, dass ich hier gefangen gehalten wurde? Ich kann mich an dieses Geräusch nicht erinnern.«

Anstelle einer Antwort trat ich einen Schritt ins Dunkel. Unter meinen Schuhen knirschten Steine und es roch muffig. Einen Augenblick überlegte ich, meine Taschenlampe einzuschalten, damit ich etwas sehen konnte. Aber die Gefahr war einfach zu groß, dadurch jemanden vorzuwarnen. Somit entschied ich mich dagegen und tastete mich vorsichtig Schritt für Schritt an einer Wand entlang. Je tiefer ich ins Innere vordrang, desto stickiger wurde die Luft.

Es dauerte nur wenige Momente, da trat mein Fuß ins Leere. Eine Treppe, die nach unten führte. Langsam schlich ich hinunter. Das gleichmäßige Klopfen wurde lauter. Ich hatte schon ziemlich viele Stufen hinter mich gebracht, da sah ich einen Lichtschein, der augenscheinlich unter einer Tür hervortrat. Mein Herz polterte so wild in meinem Brustkorb, dass ich dachte, es würde jeden Moment meine Rippen sprengen. Ich war allein hier. Ohne Waffe, ohne Verstärkung. Ohne alles. Nur ich gegen unbekannt viele.

Ich war erleichtert, als ich einen Lichtkegel sah, der von oben nach unten schien. Malcolm! Schnelle Schritte kamen näher, der Pfiff ertönte, und noch bevor ich etwas sagen konnte, mich gegen den Angreifer wehren konnte, wurde ich in einen Strudel der Dunkelheit hinabgezogen.

Kapitel 23

»Liebe schmerzt in jeder Faser des Körpers,
wenn sie unerwidert bleibt.«
Malcolm Miller zweifelt an der Beziehung zu Abigail.

Allein der Blick, den mir Ab zuwarf, reichte, um einen Menschen zu töten. Ich verstummte sofort und drehte mich einfach um. Es hatte sowieso keinen Sinn, mit ihr zu diskutieren. Sie war besonders in solchen Situationen wie ein Teenager. Je mehr man dagegenredete, desto interessanter wurde es und desto mehr musste sich der Teenager auflehnen. Natürlich war mir klar, was Ab tun würde, sobald ich um die Ecke gebogen war. Sie würde sich Zutritt zu dem Gebäude verschaffen, schließlich hatte sie ihre Fähigkeit, ein Schloss zu knacken, schon einige Male unter Beweis gestellt. Doch was hätte ich sonst tun sollen, außer nach weiteren Eingängen zu suchen? Wenn ich gleich kehrtgemacht hätte, hätte ich wieder ihren Zorn ertragen müssen. Und darauf hatte ich nun wirklich keine Lust. Viel zu oft hatte sie mich im letzten Jahr zwischen Zuckerbrot und Peitsche hin und her gejagt. Ich liebte sie, aber ich wollte nicht um jeden Preis mit ihr zusammen sein. Obwohl ich mir nichts Schöneres vorstellen konnte, als mit ihr gemeinsam auf dem Sofa zu sitzen und einen stumpfsinnigen Film anzuschauen.

Ich lugte in die beiden Fenster an der Gebäudeseite in der Lots Road. Doch sie waren von innen mit einer dunklen Folie abgeklebt, somit sah ich rein gar nichts. Vermutlich gehörten sie zu dem Jazzclub, dessen Tür nur wenige Schritte entfernt lag. Ich rüttelte an dieser Tür, doch sie war abgeschlossen. Gleich daneben blickte ich in einen Innenhof und schlich mich dort hinein. Außer zwei weiteren Türen, die ich erfolglos zu öffnen versuchte, riesigen Fenstern, die mit Pappkartons zugestellt waren, und einem hohen Zaun aus Holz war dort nichts. Hinter dem Zaun befand sich ein kleiner leerer Vorplatz. Sackgasse!

Plötzlich durchbrach ein Pfiff die Stille der Nacht. Ein eiskalter Schauer durchfuhr mich, und ich rannte aus dem Innenhof hinaus, um die nächste Ecke und blieb stehen, noch bevor ich in die Uverdale Road einbog. Ich schaute zu der Obdachlosen auf der gegenüberliegenden Straßenseite, deren Namen ich vergessen hatte. Sie legte ihren Finger auf den Mund, deutete gleich darauf in die Richtung, in der sich die Tür befand, in die der Bruder dieser Olivia verschwunden war, hob ihre beiden Plastikbeutel vom Boden auf und schritt die Uverdale Road hinunter.

Langsam lugte ich um die Ecke. Ich sah einen Transporter, ebenfalls der Marke Fiat, der schräg mit dem Heck auf der Straße vor dem Eingang parkte. Die Beifahrertür stand offen. Doch von Ab und Scarlett keine Spur. Von irgendwoher hörte ich Schreie. Es war eine Frau, die schrie. Nur wenige Sekunden, dann verstummte sie. Der aufkommende Wind ließ die Blätter an den Bäumen laut rascheln. Es begann wieder zu nieseln.

Ich musste Verstärkung anfordern. Wie sollte ich beide Frauen retten, wenn ich nicht einmal genau wusste, was hier gerade vorgegangen war? Und ich allein gegen alle? Natürlich trug ich eine Waffe, doch was half sie mir gegen eine unbekannte Zahl an Angreifern? Ich schaute wieder zu der Obdachlosen, die sich noch einmal zu mir umdrehte. Sie zeigte mit ihrer rechten Hand auf mich und dann auf die Tür. Dann zeigte sie auf sich selbst und deutete die Uverdale Road entlang.

Wenn die Gesamtsituation nicht so angsteinflößend gewesen wäre, hätte ich sicher darüber lachen können, dass mir eine Obdachlose zeigte, was ich zu tun hatte. Ich ging fest davon aus, dass sich Ab – furchtlos wie immer – Zutritt zum Gebäude verschafft hatte und Scarlett als Aufpasserin draußen geblieben war. Als dieser Lieferwagen um die Ecke gebogen war, war Scarlett vermutlich getürmt und die Täter aus dem Auto waren hinter ihr hergelaufen. Im schlimmsten Fall hatten sie sich aufgeteilt. Einer hinter Scarlett her, der andere hinter Ab. Oder waren sie zu dritt gewesen?

Ich hob zwei Finger in die Höhe und hoffte inständig, dass die Obdachlose auf Anhieb verstand, was ich von ihr wissen wollte. Sie hob ebenfalls zwei Finger, mit einem deutete sie auf die Tür und mit dem anderen die Uverdale Road hinunter. *Scheiße*, schimpfte ich in Gedanken. *Das hatte ich befürchtet.* Ich zeigte der Obdachlosen den Daumen nach oben, und sie ging schnellen Schrittes weiter.

Flugs bog ich um die Ecke, kam an der Tür an und rüttelte an der Klinke. Verschlossen! Wie kam ich bloß ins Innere des Gebäudes? Ich konnte leider keine Schlösser knacken wie Ab. Ich verfluchte sie und ihre Idee, überhaupt hierherzukommen. Und doch wusste ich, dass ich sie nicht davon hätte abbringen können. Ich hätte auf sie aufpassen müssen, sie zwingen müssen, mit mir das Gebäude von außen zu erkunden. Dann wäre all das nicht passiert und Ab in meiner Nähe. In Sicherheit.

Ich holte mein Handy heraus, wählte eine Nummer aus meiner Kontaktliste, doch bevor ich den grünen Button betätigte, hielt ich inne. Wenn ich jetzt diese Nummer wählte und um Hilfe bat … Ich wusste nicht, was dann passieren würde. Scotland Yard anzurufen, wäre vermutlich auch keine gute Idee. Bis ich Hilfe bekommen würde, die Tragik dieser Story meinem Vorgesetzten erklärt hätte und eine Armee von Leuten hier wäre, könnte es für Ab bereits zu spät sein. Sie wusste einfach zu viel, und das mochte kein Krimineller. Wir waren alle Mitwisser. Doch was sollte ich stattdessen tun? Wie konnte ich diese verdammte Tür öffnen?

Ich hörte ein Geräusch, das aus dem Lieferwagen kam. Die hinteren Fenster waren abgeklebt, somit konnte ich den Innenraum nicht einsehen. Mein Herz tanzte Tango, als ich an die Beifahrerseite trat und einen Blick hineinwarf. Der hintere Teil des Lieferwagens war mit einer verdunkelten Scheibe vom vorderen abgetrennt. Und wieder hörte ich ein Klopfen. Ich konnte mir denken, wer sich in diesem Fahrzeug befand. Sie hatten vermutlich eine Frau von einer Rückgabe abgeholt oder, was noch schlimmer wäre, eine neue in ihre Fänge gebracht. Die Frage, die sich mir stellte, war: Sollte ich die Frau sofort befreien? Aber was sollte ich dann mit ihr tun? Ich konnte sie schlecht in die Nacht laufen lassen. Wenn sie in ähnlich miserablem Zustand war, in dem wir Scarlett übernommen hatten, dann würde sie es selbstständig nicht einmal um die nächste Ecke schaffen.

Ich beschloss, ihre Tritte oder Schläge gegen das Blech der Karosserie vorerst zu ignorieren. Ich musste Prioritäten setzen, und die lagen eindeutig bei der Befreiung von Ab. Schritte näherten sich. Ein Fluch auf Schottisch. Ich duckte mich und blickte an der Motorhaube des Fahrzeugs vorbei.

Ein dunkel gekleideter Mann kam schnell näher. Über seiner Schulter lag Scarlett. Ihr Körper hing ohne jegliche Spannung hinunter. War sie etwa tot? Als er vor der Tür ankam, ließ er sie auf den Boden fallen wie einen nassen Sack. Sie rührte sich nicht, als sie auf dem Gehsteig aufkam. *Fuck!*

Der Mann holte einen Schlüsselbund aus seiner Hosentasche, schloss die Tür auf und packte Scarlett an den Händen. So zog er sie ins Innere, und ich konnte von meinem Standpunkt aus nichts tun, ohne von ihm entdeckt zu werden. Die Tür schloss sich langsam, als der Unbekannte Scarlett ins Dunkel zog. Da sah ich einen Schatten, der aus dem Nichts zu kommen schien und etwas zur Tür warf und diese damit einen Spalt offen hielt. Erst jetzt erkannte ich die Obdachlose, die mir mit einer Handbewegung mitteilte, dass ich zu ihr kommen sollte. Ich lief zu ihr hin.

»Hol mir ja meine Ab da wieder raus!«, flüsterte sie mir zu.

Ich fischte mein Handy aus der Hosentasche und überreichte es ihr. »Hör mir genau zu! Wenn du binnen fünfzehn Minuten nichts von uns hörst, dann wählst du die erste Nummer im Telefonverlauf. Du sagst nur, Chief Inspector Miller braucht Unterstützung, und gibst die Adresse durch. Hast du mich verstanden?«

Sie nickte. »Okay!«

»Versteck dich bitte und bleib nicht direkt hier stehen. Du bist die Einzige, die uns helfen kann, wenn wir Hilfe brauchen. Vergiss das nicht.«

Sie nickte.

Ich holte meine Waffe aus dem Gürtelholster, schaltete die Taschenlampe ein, die darauf befestigt war, und drückte die Tür auf.

Kapitel 24

»Verlier niemals die Hoffnung!«
Abigail Walker sitzt im Dunkeln fest.

Mir war schwummrig und mein Schädel dröhnte, als wäre darin eine Bombe explodiert. Ich lag auf einem eiskalten Boden, der sich unter meinen Fingern wie Lehm anfühlte. Jeder einzelne Knochen schmerzte, besonders mein Rücken hatte anscheinend ordentlich etwas abgekriegt. Das Klopfen, das ich vorhin schon vernommen hatte, war nun direkt neben mir und verstärkte meinen Kopfschmerz. Ich sah rein gar nichts. Es war so dunkel wie eine Nacht ohne Mondlicht. Ich konzentrierte mich und vernahm männliche Stimmen, die irgendwo in einem Nebenraum miteinander diskutierten. Wo war ich? Was war gottverdammt noch mal passiert?

Die Erinnerungen an den harten Schlag auf meinen Kopf kamen zurück und auch daran, wo ich war. Verdammt! Sie hatten mich und mit Sicherheit auch Scarlett erwischt. Wo war Malcolm? Hatte er überhaupt etwas mitbekommen, oder irrte er noch um das Gebäude herum, auf der Suche nach einem anderen Eingang? Dann erinnerte ich mich an Kate, die ja auf der gegenüberliegenden Seite Schmiere gestanden hatte. Sie hatte ihn mit einem Pfiff gewarnt, so wie wir es ausgemacht hatten. Auf sie konnte ich mich verlassen.

Was mich wunderte, war, dass ich zwar die Stimmen der streitenden Männer hören, aber keinerlei Lichtschein entdecken konnte. Hatte dieser Raum etwa keine Tür? Ich setzte mich auf und spürte etwas Hartes in meiner Hosentasche. Mein Handy! Sie hatten es mir nicht abgenommen. Umständlich fingerte ich es heraus. Aber der Augenblick der Ernüchterung folgte sogleich, als ich sah, dass ich hier keinerlei Empfang hatte. Ich schaltete die Taschenlampenfunktion ein und sah mich um.

Das Zimmer war klein, doch außer nackten, feucht wirkenden Ziegelsteinen sah ich im ersten Moment nichts. Ich drehte mich langsam im Kreis, auf der Suche nach einem Ausgang. Direkt hinter mir entdeckte ich die Rohrleitungen dieser verdammt laut klopfenden Pumpe. Aber noch immer keine Tür! Wenn hier kein Ausgang war, wie war ich hier bloß reingekommen? Und die Frage aller Fragen: Wie kam ich hier wieder raus? Verdammte Scheiße!

Ja, ich hatte mich schon einige Male in Situationen manövriert, aus denen ich mich nur mit Mühe und Not wieder befreien konnte. Aber diese Konstellation mit einer fehlenden Tür hatte ich noch nie. Ich saß wirklich in der Falle und hatte keinen Plan, wie ich hier wieder rauskommen sollte. Wie lange hatte ich wohl bewusstlos auf dem Boden gelegen? Wieso dröhnte mein Kopf wie nach einem Heavy-Metal-Konzert? Ich wusste nicht einmal, ob ich überhaupt noch in dem Teil des Gebäudes war, zu dem ich mir Zutritt verschafft hatte. Schließlich war London bekannt dafür, dass es etliche unterirdische

Tunnel gab, die niemals kartografiert worden waren. War ich durch so einen Tunnel geschleppt worden?

Verlier niemals die Hoffnung!, huschte mir Bobbys Stimme durch den Kopf. Aber wie sollte ich seinen Ratschlag hier und jetzt umsetzen? Ich atmete tief ein, was eine schlechte Idee war, denn dieser modrige Geruch drang dadurch noch deutlicher in meine Nase.

»Okay, Ab! Aufstehen, Krone richten, weitermachen!«, redete ich mir selbst Mut zu. Ich musste zugeben, so eine Scheißangst hatte ich noch nie gehabt.

Die männlichen Stimmen wurden lauter, und erst jetzt hörte ich auch Schritte über mir. Das hieße im Umkehrschluss, dass über mir eine Öffnung sein musste. Vermutlich hatte der Dreckskerl, der mir eine über den Schädel gebraten hatte, mich hier hineingeworfen. Was auch meine Knochenschmerzen erklären würde. Ich leuchtete nach oben und versuchte, mit meinen Händen die Decke zu erreichen. Nur meine Fingerspitzen berührten das Holz der Dielen. Schon nach kurzer Zeit musste ich eine Pause einlegen, weil ich dachte, die Arme fielen mir ab. Ich schüttelte sie aus, so gut es ging, und leuchtete in die Höhe. Mein Herzschlag setzte für einen Moment aus, als ich endlich den Rahmen einer Luke sah.

Nun stand ich vor dem nächsten Problem: Ich konnte die Luke nicht nach oben drücken, weil ich dafür zu klein war. Und selbst wenn, wüsste ich nicht, was mich oben erwartete. Wobei … wenn ich mich auf diese dröhnende Pumpe stellen würde, könnte es funktionieren … Ich musste es versuchen. Es war der einzige Weg.

Ich steckte mein Handy weg, da ich beide Hände brauchen würde. Dann stellte ich den rechten Fuß auf das Oberteil der Pumpe, gefolgt vom linken, und fand einen wackeligen Halt. Ich tastete mich an der Decke entlang, fand die Klappe und drückte diese mit aller Kraft nach oben. Ich stand schiefer als der Schiefe Turm von Pisa und verlor das Gleichgewicht. Unsanft kam ich auf dem Boden auf, und abermals wallte eine Schmerzflut durch meinen Körper.

Es dauerte einige Sekunden, die ich am Boden liegen blieb und wartete, bis ich wieder richtig atmen konnte, dann rappelte ich mich auf und stieg wieder auf diese gottverdammte Pumpe. Diesmal rutschte ich darauf aus und fiel hinunter. Wieder ein Schmerz, der jede Faser meines Körpers durchflutete. Wenn ich hier drinnen nicht sterben wollte, dann musste ich es wieder und wieder versuchen. So lange, bis es funktionierte. Und irgendwann würde es das. *Verlier niemals die Hoffnung!*

Noch einige Male knallte ich auf den Boden, doch dieses eine Mal schaffte ich es, die Luke einige Zentimeter nach oben zu drücken, sodass ich mich im letzten Moment an der Oberkante festkrallen konnte. Nun hing ich da und hätte am liebsten vor Schmerzen geschrien. Mit Sicherheit waren einige meiner Rippen gebrochen. Ich atmete flacher. Das Problem war, dass die Luke direkt auf meinen Fingern lag und ich sie mit nur einer Hand sicher nicht öffnen konnte. Somit stemmte ich mich in die Höhe und drückte mit dem Kopf dagegen.

Tatsächlich gelang es mir, einen Blick in den oberen

Raum zu werfen. Er war leer, und irgendwo flackerte ein gedämpfter Lichtschein. Dann entdeckte ich eine Verankerung ganz in meiner Nähe, nahm nochmals alle Kräfte zusammen und griff danach. Ich wusste, wenn ich mich dort nicht festhalten konnte, dann wäre ich in dem Maschinenraum für Stunden, wenn nicht für Tage gefangen. Ich hatte einfach keine Energie mehr für noch einen Ausbruchsversuch.

Als sich meine Finger krampfhaft um die Verankerung schlossen, seufzte ich. Nun musste ich nur noch meinen restlichen Körper hinaufziehen, dann wäre hoffentlich das Schlimmste geschafft. Mühsam und unter Qualen hievte ich mich aus meinem Verlies und blieb danach einige Atemzüge lang auf dem Dielenboden liegen. Meine Füße hielten noch den Deckel fest, damit er nicht in den Rahmen knallte und ungewollten Besuch in den Raum lockte. Ich war ausgebrannt, und jegliche Energiereserven waren verbraucht. Aber ich musste weitermachen – musste hier raus!

Ich setzte mich auf, nahm den Deckel in meine Hände und schloss ihn langsam. Dann blickte ich mich in dem Raum um. Er war größer als der Maschinenraum darunter. Überall standen Metallregale an den Wänden, mit unzähligen Kartons vollgepackt. Einer davon war halb geöffnet, und ich riskierte einen Blick hinein. Verpackungen von Medikamenten. »Xanax Retard 3 mg Alprazolam«, las ich auf einer von ihnen und ließ sie gleich wieder in den Karton fallen. Ich kannte dieses Medikament noch aus meinem früheren Leben als Polizistin. Ein Mittel gegen

Angststörungen, das sich ohne gültiges Rezept nicht beziehen ließ. Also war ich hier im Warenlager der *Sellers* gelandet. Somit bestätigte sich auch die Annahme, dass der Bruder von Olivia etwas mit dieser Sache zu tun hatte. Vielleicht auch Olivia selbst. War Jacob auch Teil dieser kriminellen Bande gewesen? Hatte er etwa ein Geheimnis vor seiner Verlobten gehabt? Es musste an der stickigen Luft und der Anstrengung liegen, dass mein Hirn im Moment Unwichtiges verarbeiten wollte, anstatt einen Plan zu schmieden, wie ich hier unbeschadet wieder herauskam.

Schwere Schritte kamen näher, und Panik stieg augenblicklich in mir auf. Sich hinter der Tür zu verstecken, sah ich als die einzige Möglichkeit an. Das war zwar eines der blödesten Verstecke, da die Gefahr bestand, entdeckt zu werden, aber eine Alternative war nicht in Sicht.

Ich hielt meinen Atem an, als die Tür mit Schwung aufgestoßen wurde. Helles Licht schien in den Raum und ein langer Schatten fiel auf die Kartons, die an der Wand standen.

»Jetzt mach schneller! Wir müssen endlich von hier weg! Um die Lady kümmern wir uns später«, ertönte eine männliche Stimme von außerhalb des Raumes.

»Trotzdem muss ich alle Bestellungen mitbringen. Ansonsten wird er so richtig sauer. Und das will keiner von uns!« Der Mann, der in einem der Kartons kramte, sprach mit deutlichem schottischem Akzent.

Ich erkannte, dass auf jedem Karton ein Name mit schwungvoll geschriebener schwarzer Schrift stand, vermutlich der des beinhalteten Medikaments.

Der Mann stand nun direkt vor mir und wandte mir den Rücken zu. Ich konnte sogar sein Aftershave riechen. Einen Moment lang war ich unfähig, rational zu denken, und das Wort *Flucht* echote lautstark durch mein Hirn. Doch wohin sollte ich flüchten? Der Typ stand keine fünfzig Zentimeter von mir entfernt, und ein anderer – oder vielleicht sogar mehrere – wartete im Nebenraum. Es war unmöglich, aus dieser Situation unbemerkt herauszukommen.

Nicht atmen, nicht bewegen!, galt die Devise.

Ansonsten wäre der mühevolle Ausstieg aus diesem Loch umsonst gewesen, und ich hätte dann vermutlich noch ein paar gebrochene Rippen mehr, wenn er mich wieder in das Verlies hineinschmiss. Ich atmete laut aus, als sich die Tür wieder schloss und ich allein im Warenlager zurückblieb. Ich konnte mein Glück kaum fassen. Das war mehr als knapp gewesen.

»Hände hoch! Polizei!«, brüllte eine mir bekannte Stimme im Nebenraum. Malcolm! Mein Herz machte vor Freude einen Sprung. Er hatte es endlich geschafft.

Ich hörte jemanden fluchen, dann krachte etwas laut, ein Schuss fiel, aufgeregte Stimmen, schnelle Schritte. Eines wusste ich mit Sicherheit: Ich durfte auf keinen Fall den Raum verlassen, bevor ich nicht eindeutig Bescheid wusste, dass die Männer dingfest gemacht worden waren. Ansonsten bestünde die Gefahr, direkt in die Arme der Männer zu laufen, die mich dann als Druckmittel gegen Malcolm einsetzen könnten.

Somit lauschte ich an der Tür, doch im Nebenraum

war Stille eingetreten. Ich zählte in Gedanken bis zwanzig und öffnete die Tür einen Spalt.

Im ersten Moment sah ich nichts, da sich meine Augen erst an die Helligkeit gewöhnen mussten, aber dann bemerkte ich den umgeworfenen Tisch. Auch hier standen Regale mit Kartons. Aber ich sah keine Personen im Raum. Waren alle getürmt, und hatte Malcolm die Verfolgung aufgenommen? Ich öffnete die Tür ein Stück weiter, um den ganzen Raum einsehen zu können. Auf dem Boden lagen überall verstreut leere Medikamentenverpackungen und kleine Plastiktüten. Ansonsten nichts. Plötzlich sah ich Schuhe hinter dem umgeworfenen Tisch. Schuhe, in denen noch Füße steckten.

Kapitel 25

»Manchmal muss man Geliebtes zurücklassen, um Neues zu finden.« Abigail Walker ist förmlich zerrissen.

»Malcolm!« Ich vergaß für einen Moment meine eigenen Schmerzen. Es war wie ein Messerstich, der sich mitten in mein Herz bohrte, als ich Malcolm hinter dem Tisch entdeckte. Seine Augen waren geschlossen, und Blut rann über seine rechte Schulter auf den Boden, wo sich bereits eine kleine Pfütze gebildet hatte. Sein Brustkorb hob und senkte sich. Er lebte! Sofort stürzte ich auf ihn zu, zog meine Jacke und meine Bluse aus und kniete nur mit einem Unterhemd bekleidet vor ihm. Ich presste meine Kleidungsstücke auf die blutende Wunde, und ein Stöhnen entfuhr Malcolms Lippen, bevor er die Augen öffnete.

»Ab! Da bist du ja«, flüsterte er und lächelte zaghaft.

»Pst!«, sagte ich und legte den Zeigefinger auf meinen Mund. »Nicht sprechen! Du wurdest angeschossen. Kannst du dich daran erinnern?«

»Ja, alle vier sind abgehauen. Du musst ihnen nach. Sie haben noch eine Frau in dem Lieferwagen, mit dem sie gekommen sind!«

»Wo ist Scarlett?«

»Ich weiß es nicht! Ich stand im Flur, und durch die halb offene Tür konnte ich sehen, dass sie hier in der

Ecke gelegen hat. Aber da ist sie nicht mehr, oder?«

Ich ließ nochmals meinen Blick durch das Zimmer schweifen, sah aber niemanden. »Nein, keiner da.«

»Du musst hier sofort weg. Diese Obdachlose hat sicher schon Verstärkung angefordert, so wie ich es ihr gesagt habe. Keiner aus der Abteilung darf dich hier finden. Hörst du?« Malcolm umfasste meinen Oberarm. »Hau ab! Die Kollegen kommen gleich! Schau, dass du die Frauen befreien kannst. Ich werde mir etwas einfallen lassen, warum ich mitten in der Nacht hier bin.«

Ein Zucken durchfuhr seinen Körper, als er in die Hosentasche griff und mir seinen Autoschlüssel in die Hand drückte. »Lass mein Handy einfach oben liegen. Verschwinde jetzt endlich!« Er schloss wieder seine Augen, und sofort hielt ich meine Hand vor seinen Mund. Sein Atem ging gleichmäßig. Unschlüssig starrte ich ihn an. Sollte ich wirklich gehen und ihn hier allein lassen? Was, wenn er verblutete, weil die angeforderte Rettung nicht rechtzeitig kam? Einerseits wollte ich bei ihm bleiben, andererseits hatte er recht. Wenn mich die Polizei hier antraf, würde ich zuerst mit aufs Revier kommen müssen und Tausende von Fragen zu beantworten haben. Aber was würde in der Zwischenzeit mit Scarlett passieren? *Shit!* Ich war wirklich in der Zwickmühle. Ich wollte beiden helfen, doch musste ich mich entscheiden. Nochmals schaute ich auf Malcolms fast schon entspanntes Gesicht, stand auf und zog meine Jacke wieder an.

Als ich hinausrannte und vor der Treppe nach oben stand, vergewisserte ich mich, dass es nicht noch eine Tür gab, die zu einem weiteren Raum führte, und humpelte dann die Stufen hinauf. Mein linkes Knie gab ständig unter meinem Gewicht nach, und ich sackte mehrfach zusammen. Vermutlich war ich bei einem meiner Ausbruchsversuche einmal zu oft darauf gefallen.

Ich fühlte die kühle Luft des Märzmorgens auf meinem Gesicht, als ich es endlich ins Freie geschafft hatte. Es musste kurz vor Sonnenaufgang sein, da der Himmel nicht mehr so dunkel war. Hier in der Straße war alles friedlich und still. Doch mit dem Eintreffen der Einsatzkräfte würde sich das schlagartig ändern. Irgendwo in der Ferne erklangen Sirenen. Ich atmete kurz durch, da hörte ich jemanden meinen Namen rufen.

Kate trat hinter einem der geparkten Autos hervor und lief zu mir. Sie umarmte mich so fest, dass ich fast keine Luft mehr bekam.

»Was bin ich froh, dich zu sehen«, sagte sie. »Wo ist dein Polizistenfreund?«

»Angeschossen. Liegt unten. Hast du Verstärkung gerufen?«

»Ja«, sagte sie und zeigte mir Malcolms Handy.

»Okay!« Ich nahm ihr das Telefon aus der Hand. »Komm! Wir müssen hier weg, bevor es turbulent wird.«

So schnell ich konnte, lief ich zu Malcolms Auto. Ich öffnete die Fahrertür und ließ sogleich den Motor an. Wie lange musste das wohl her sein, dass ich das letzte Mal selbst ein Auto gesteuert hatte? Ich besaß seit meinem zwanzigsten Lebensjahr einen Führerschein, doch hier in London war ich meist schneller, wenn ich die Tube benutzte. Oder zur Not ein *Black Cab* heranwinkte.

Es dauerte eine gefühlte Ewigkeit, bis Kate auf dem Beifahrersitz saß und wir endlich loskonnten. Kurz bevor ich nach links in die Burnaby Street abbog, sah ich das Blaulicht im Rückspiegel, das sich an der Hauswand widerspiegelte. Wenigstens bekam Malcolm jetzt Hilfe. Im nächsten Augenblick fuhr ich schon auf die Lots Road.

»Wo fährst du eigentlich hin?«, fragte mich Kate, und erst da verstand ich, dass ich wirklich kein Ziel vor Augen hatte. Wo sollte ich die Suche nach Scarlett beginnen? Wohin wollten die Typen mit dem Lieferwagen? Ich entschied, dass es besser war, zuerst Informationen zu sammeln, parkte das Auto in der nächsten Parkbucht und stellte den Motor ab. Doch wer konnte mir Informationen beschaffen?

»Keine Ahnung«, sagte ich. »Wir müssen Scarlett finden!«

»Die Nutte meinst du?«

Ich gab keine Antwort darauf. Mein Hirn bemühte sich, eine Lösung zu finden, die mir die Suche erleichtern würde, doch es fand keine.

»Ich habe das Kennzeichen.«

»Welches? Was meinst du?«

»Na, das von dem Lieferwagen, mit dem diese vier Typen abgehauen sind. Sie haben die Nutte zu der anderen hinten reingeworfen und sind abgebraust.«

»Okay. Dann sag es mir an. Ich schreibe Mister F. eine Nachricht. Sie wird uns den Halter des Fahrzeuges und seine Adresse schon nennen. Dann haben wir einen

Anhaltspunkt, wo wir mit der Suche beginnen können.«

Ich zog mein Handy aus der Hosentasche und stellte fest, dass Harper schon mehrfach versucht hatte, mich zu erreichen, und auch etliche Nachrichten geschrieben hatte. Der letzte Anruf war gerade einmal eine halbe Stunde her, somit rief ich sie zurück. Sie hob sofort ab.

»Ab! Wo warst du? Bist du wahnsinnig? Ich habe mir solche Sorgen gemacht! Im Büro habe ich auch niemanden erreicht.«

»Mir geht es gut«, sagte ich beiläufig. Kein Wunder, dass sie niemanden im Büro erreicht hatte. Schließlich war die Rufumleitung unseres Firmentelefons auf Islas Handy umgestellt, und sie könnte nicht einmal von der Detonation einer Atombombe aus dem Reich der Träume gerissen werden. »Hör zu! Kate gibt dir gleich ein Kennzeichen durch, und ich brauche dazu den Halter und seine Adresse.« Ich hielt das Telefon Kate entgegen, und diese sagte die Buchstaben-Zahlen-Kombination auf, als hätte sie sie auswendig gelernt. Als sie fertig war, hielt ich das Handy wieder an mein Ohr. Tippen war im Hintergrund zu hören. Es dauerte ein wenig, bis mir Harper die Adresse nannte.

»474 King's Road, Chelsea. Wohnhaft ist dort eine Olivia Forbes. Sie ist die Besitzerin des Fahrzeuges.«

»Moment!«, sagte ich. »Olivia Forbes. Das ist doch …«

Mister F. unterbrach mich mitten im Satz. »Wenn du die Nachrichten, die ich dir schicke, auch lesen würdest, wäre alles ein wenig einfacher.«

Ich wollte ihr sagen, dass ich keinen Empfang gehabt

hatte und in einem Raum eingesperrt worden war, aus dem ich mich nur mühsam und unter Schmerzen selbst befreit hatte. Aber ich sparte mir meinen Kommentar. Wäre sowieso zwecklos gewesen. »Dann erzählst du es mir halt!«

»Okay, also diese Olivia Forbes wurde noch nie polizeilich erfasst. Aber dafür ihr Bruder, Jack Forbes, der vier Jahre jünger als sie und unter derselben Adresse gemeldet ist. Er wurde schon einige Male wegen unerlaubten Drogenbesitzes festgenommen, kam aber jedes Mal mit einer geringen Geldstrafe davon. Was mich natürlich stutzig gemacht hat, schließlich wird Drogenbesitz hierzulande hart bestraft. Somit besorgte ich mir Zugang zu den Akten. Er stand mehrfach vor Gericht in den vergangenen Jahren und hatte immer dieselbe Verteidigerin. Was an sich ja nicht verwunderlich ist. Aber es war auch immer derselbe Richter, der ein mildes Urteil fällte. Das kann kein Zufall sein.«

»Und wer sind die beiden?«

»Ruby Rose ist eine der härtesten Strafverteidigerinnen, die ich kenne. Sie ist gerade mal fünf Fuß groß, zierlich gebaut, aber vor Gericht steckt sie jeden Geschworenen in die Tasche. Und sie ist eine der Teuersten. Wie kann sich Jack Forbes das leisten? Laut meinen Aufzeichnungen hat er keine Festanstellung. Manchmal jobbt er in einem Schnellimbiss. Aber das reicht doch niemals zum Leben.«

Die Strafverteidigerin kannte ich. Gut sogar. Sie war die Verteidigerin von Big Boy gewesen. Und er hatte vor Gericht beim Grab seiner Großmutter geschworen, dass er nichts mit Bobbys Tod zu tun hatte. Fast wären ihm die Tränen gekommen bei seinem Lügenmärchen.

»Wer ist der Richter?«, fragte ich nach.

»Thomas King. Er ist bekannt dafür, besonders milde Strafen zu verhängen.«

Ich dachte kurz nach, war mir aber nicht sicher, ob er es gewesen war, der Big Boys Freispruch unterzeichnet hatte. »Ich brauche alles, was du über die beiden im Zusammenhang mit den *Body Lovers* und dieser neuen Gruppierung finden kannst.«

»Alles klar!«

»Wir fahren jetzt zu Olivia, und ich nehm sie in die Mangel. Ich bin mir sicher, dass sie etwas über die Machenschaften ihres Bruders weiß. Und auch über den Tod ihres Arbeitskollegen.« Ich startete den Wagen, gab die Adresse ein und fuhr los. Das Navigationsgerät versprach eine Fahrzeit von sieben Minuten.

»Nicht, dass ich neugierig erscheinen will, aber was ist in diesem Gebäude in der Uverdale Road passiert?«, sagte Harper. »Ich sehe, dass Verstärkung angefordert wurde und anscheinend ein Polizist Hilfe benötigt.«

»Mich haben sie in einen Maschinenraum eingeschlossen, und als mich Malcolm befreien wollte, wurde er angeschossen. Die Typen sind geflüchtet und haben Scarlett mitgenommen.« Ich konzentrierte mich auf die Straße.

»Oh … Noch was, weil es mir gerade einfällt: Ich habe über den Mann, der euch als Organspender übergeben werden sollte, nur herausgefunden, dass er wohl beim

Joggen überfallen und verschleppt wurde. Kann es sein, dass er nur ein Zufallsopfer ist?« Sie machte eine kurze Pause. »Ich melde mich«, sagte Harper noch und legte auf.

Es war einen Moment Ruhe im Auto, bevor Kate sagte: »Solltest du nicht deine Partnerinnen über den Vorfall informieren? Ich meine, wir können sicher auch allein weitermachen, aber …« Sie beendete ihren Satz nicht.

Ich schwieg. Natürlich würden Isla und Ems direkt zu Hilfe eilen, aber brauchte ich ihre Hilfe wirklich? Mein Hirn sagte Ja, mein Herz sagte Nein. Wie immer waren sich die beiden uneinig. Ich seufzte und wählte Ems' Nummer. Wenn sie nicht rangehen würde, dann hätte ich zumindest meine Pflicht getan, dachte ich noch, da hörte ich schon ihre Stimme.

»Wo bist du, Ab?« Ems klang, als wäre sie sauer.

»Unterwegs zu Olivia Forbes. Sie hat etwas mit diesen *Sellers* zu tun, die Jacobs Körper an die *Body Lovers* verkauft haben.«

»Wo sind Malcolm und Scarlett? Und warum ist Chief allein im Büro?«

»Malcolm wurde angeschossen und Scarlett ist weg.«

»*Shit!* Was hast du wieder gemacht, Ab? Kann ich dich nicht mal für ein paar Stunden allein lassen, ohne dass du in Schwierigkeiten gerätst?«

»Ich bin nicht Isla, bei der deine Vorwürfe ziehen. Wir sind dem Hinweis nachgegangen, dass Olivias Bruder in Chelsea illegale Geschäfte macht oder zumindest irgendetwas mit diesen *Sellers* zu tun hat. Aber das ging wohl schief. Jetzt hat mir Mister F. aufgrund des Kennzeichens des Lieferwagens, mit dem vier Männer mitsamt Scarlett getürmt sind, die Adresse des Fahrzeughalters genannt. Und das Fahrzeug ist auf Olivia Forbes zugelassen. Also sie hat was damit zu tun. Somit sind wir auf dem Weg dorthin.«

»Wer ist eigentlich *wir?*«

»Kate und ich.«

»Ich bin unterwegs! Warte bitte, bis ich da bin, okay?«, sagte Ems und schwieg einen Moment. »Ich habe Chief die Wasserschale aufgefüllt. Kann ich ihn allein lassen?«

»Ja, Miss Molly kommt ja bald. Sie wird sich dann um ihn kümmern. Danke.« Ich beendete das Gespräch und bog schon in die King's Road ein.

Gleich darauf sah ich die weißen Reihenhäuser auf der linken Straßenseite. Außer einer Bushaltestelle direkt vor der Tür war allerdings kein freier Parkplatz in Sicht. Somit bog ich in die Nebenstraße ein und hatte Glück, da in diesem Moment ein Auto aus einer Parklücke fuhr. Ich zog den Schlüssel aus dem Zündschloss und überlegte, ob ich wirklich warten sollte, bis Ems hier war. Das könnte gut und gerne noch eine halbe Stunde dauern, schließlich war Chelsea nicht gerade um die Ecke von Bankside. Meine Gedanken wirbelten umher. Wenn sich nun herausstellte, dass Olivia etwas mit den *Sellers* zu tun und auch den Tod von Jacob Moore billigend in Kauf genommen hatte, dann würde ich mich vermutlich in Gefahr begeben, wenn ich bei ihr klingeln und Fragen stellen würde. Ich öffnete die Fahrertür, doch Kate hielt mich zurück.

»Ab, du solltest warten, bis die beiden hier sind«, sagte Kate. »Zumindest bis Emma auftaucht. Du kannst nicht allein mit ihr reden. Dafür bist du zu emotional.«

»Ich? Hast du mich gerade als emotional bezeichnet?« Ich glaubte wirklich, mich verhört zu haben.

»Deine Hände zittern. Das ist ein Anzeichen von großer emotionaler Anspannung.«

»Keine Ahnung, wo du deine Weisheiten herhast, aber ich kann nicht warten, bis Ems kommt. Ich weiß nicht, wie viel Zeit Scarlett noch bleibt. Verstehst du nicht? Als die Typen sie und mich gekrallt haben, war doch klar, dass sie gesungen haben muss wie ein Vögelchen. Und nun haben sie sie und ihre Tochter wieder in ihrer Gewalt. Ich muss jetzt wissen, was diese Olivia weiß!«

»Okay. Dann komm ich mit!« Umständlich stopfte Kate ihre beiden Plastiktüten in den Fußraum.

»Nein, du passt draußen auf«, entgegnete ich. »Du hast ein Handy, und das wirst du benutzen, wenn Gefahr droht. Ich stelle mein Telefon auf laut, damit ich dich auch höre.«

»Gut!«, kam von ihr, und sie stieg ebenso aus.

Meine Gelenke knacksten laut, als ich mich bewegte, und ich fühlte mich, als ob eine Dampfwalze über mich gerollt wäre. Solche Schmerzen hatte ich vorhin noch nicht gehabt. Vermutlich lag es daran, dass nun der Schock nachließ. Ich tat mein Bestes, meine Verletzungen vor Kate zu verbergen, doch mein Knie wollte nicht, wie ich wollte. So hüpfte ich mehr oder weniger auf einem Bein zu dem Reihenhaus.

Mein Herz klopfte stark, als ich auf den Klingelknopf drückte. Nichts rührte sich im Inneren. Ich wartete einige Sekunden und klingelte nochmals.

»Ja, ich komm ja schon!«, klang es von innen.

Geistig ging ich noch einmal durch, was ich Olivia gleich fragen wollte, war dann aber überrascht, als sie die Tür öffnete. Ein angeschwollenes Auge, das bereits alle Farben des Regenbogens widerspiegelte, sah ich als Erstes. Kurzerhand änderte ich meine vorher ausgedachte Taktik.

»Wer sind Sie? Und was wollen Sie um diese Zeit von mir?«, fragte Olivia.

»Guten Morgen. Ich bin Abigail Walker. Ich brauche alle Informationen zu Ihrem Bruder. Aufenthaltsort und so weiter.«

»Was?« Sie fuhr sich durch ihr dunkles Haar und strich es nach hinten. »Gehen Sie bitte. Ich habe Ihnen nichts zu sagen.«

»Meine Freundin ist Isla Wright. Wir brauchen wirklich Ihre Hilfe!«

»Nein! Ich rede nicht mit Ihnen. Ich weiß von nichts«, antwortete Olivia und schob die Tür ein Stück weiter zu, doch ich stellte meinen Fuß in den Türspalt.

»Es geht um Leben und Tod. Wer hat Ihnen das angetan? War es Ihr Bruder?« Ich zeigte mit meinem Finger auf ihr verletztes Auge.

»Ist Isla in Gefahr?«

»Nein, aber eine andere Frau und ihre Tochter. Bitte, Sie müssen mir alles sagen.«

»Ich kann nicht. Gehen Sie jetzt bitte!« Sie drückte die Tür weiter zu, doch mein Fuß verhinderte, dass sie diese vor mir schließen konnte.

»Wollen Sie am Tod eines Mädchens und seiner Mutter schuld sein? Können Sie mit dieser Schuld dann leben? Mindestens zwei Menschen werden sterben, wenn Sie nicht den Mund aufmachen und die Wahrheit sagen.« Ich sprach durch den Spalt und hörte gleich darauf ihr Schluchzen. Der Druck gegen die Tür verschwand augenblicklich, und ich trat ins Haus ein.

Olivia stand in einem kleinen Vorzimmer und ein Schütteln zog sich durch ihren Körper. Dann sank sie an der Wand entlang auf den Boden und verdeckte ihr Gesicht mit den Händen.

»Olivia! Sagen Sie mir, was los ist! Wer hat Ihnen das angetan? Wo ist Ihr Bruder? Wie ist er in die ganze Sache verstrickt?« Ich brauchte dringend Antworten und fühlte mich in diesem Moment mit der Gesamtsituation etwas überfordert. Somit setzte ich mich neben sie auf den Boden und tätschelte ihre Schulter.

»Er … ich konnte doch nicht ahnen … Was muss noch alles passieren?«, stammelte sie abgehackt.

»Olivia, Sie müssen sich beruhigen. Die Frau und ihre Tochter brauchen Hilfe. Jede Sekunde zählt. Sagen Sie mir die Wahrheit. Alles, was Sie wissen.«

Sie nahm ihre Hände vom Gesicht und ich schaute in ihre verweinten Augen. »Ich habe ihm geglaubt, dass diesmal alles besser wird. Er hat mir versprochen, dass er das nie wieder macht. Er hat es mir versprochen!«

»Wer? Ihr Bruder? Was hat er Ihnen versprochen?«

»Es war vor einem halben Jahr. Da kam er von heute auf morgen bei mir hier an und … natürlich habe ich ihn aufgenommen. Er ist doch mein kleiner Bruder. Geschwister müssen zusammenhalten. Eines Tages stand eine Frau vor meiner Tür. Klein, zierlich, aber ich habe das Böse in ihren Augen gesehen. Sie verlangte nach Jack. Und dann fing alles wieder von vorn an. Die Drogen, die ständigen Lügen … aber ich musste ihn doch schützen. Ich habe doch immer auf ihn aufgepasst.«

»Olivia! Hat er Sie geschlagen? War er das mit Ihrem blauen Auge?«

Sie taxierte mich mit einem Blick, den ich nicht deuten konnte. »Ja. Heute Nacht stand er vor meiner Tür, vollgepumpt mit Drogen. Als Isla hier war, um nach Jacob zu fragen, habe ich danach Jack angerufen. Ich musste wissen, ob er etwas mit Jacobs Verschwinden zu tun hat. Jacob war ein wirklich netter Mann, der das alles nicht verdient hat.« Sie schluckte, als hätte sie einen Kloß im Hals, und starrte auf den Boden.

»Ich dachte, Jack wohnt hier bei Ihnen. Aber was ist passiert? Was hat er zu den Vorwürfen gesagt?«

»Er ist schon vor einigen Wochen ausgezogen, weil wir immer öfter aneinandergeraten sind, da ich seine Drogengeschäfte einfach nicht dulden konnte. Angeblich kam er bei einem neuen Arbeitskollegen unter. In dem Telefonat habe ich ihm von meinem Streit mit Jacob erzählt, dass er Jack beim Dealen gesehen hat. Jacob wollte sich mit meinem Bruder zur Aussprache treffen. Er wollte ihn abhalten, weiter auf die schiefe Bahn zu geraten. Jack hat dieser Aussprache zugestimmt, und ich habe Jacob einen Zettel mit dem Treffpunkt zugesteckt. Ich wollte nur das Beste für Jack. Ich dachte wirklich, dass Jacob als Außenstehender einen Draht zu ihm findet und ihn vielleicht bekehren kann. Aber das ist wohl gehörig schiefgelaufen und er wurde von Jack und seinem Arbeitskollegen entführt. Schließlich wussten die beiden doch, dass Jacob einen schwerreichen Vater hat, und wollten Lösegeld erpressen. Jacob wollte nur helfen, und jetzt ist er tot. Ich weiß nicht, warum er sterben musste … das müssen Sie mir glauben!« Flehentlich faltete sie ihre Hände wie zu einem Gebet.

»Ich weiß, es fällt Ihnen schwer, aber ich muss wissen, wo sich Ihr Bruder jetzt aufhält. Ich muss diese Frau finden, ansonsten ist sie tot. Und ihr Mädchen gleich mit.« Natürlich interessierte mich die Geschichte rund um Jack genauso. Doch zuerst musste ich Scarlett aus den Fängen der *Sellers* befreien.

»Er ist sicher in Battersea«, sagte Olivia. »In dieser ehemaligen Autowerkstatt. Das ist ein riesiges Gebäude. Ganz in der Nähe vom Battersea Park. Dort ist der Treffpunkt dieser Gruppe. Das hat mir Jack erzählt, als er seinen neuen Job als Kurier angenommen hat. Er war deswegen ganz aufgeregt und brauchte auch ein Auto, das ich ihm besorgt habe. Ich dachte wirklich, er hätte eine legale Arbeitsstelle bekommen. Wenn ich nur gewusst hätte …«

»Wissen Sie einen Straßennamen?« Ich unterbrach sie mitten im Satz.

»Nein, leider nicht. Aber ich habe vor einigen Tagen ein Gespräch verfolgt. Da hieß es, dass er ums Autozentrum herumfahren soll bis nach hinten zu Henley. Hilft Ihnen das weiter? Bitte sagen Sie niemandem, dass Sie diese Information von mir haben. Mein Bruder … er würde mir das nie verzeihen.«

»Okay«, antwortete ich ihr. Ich holte mein Telefon aus der Hosentasche und sendete die Informationen, die ich von Olivia bekommen hatte, an Harper.

Gleich darauf klingelte es an der Haustür.

»Ich mache die Tür auf«, sagte ich. »Das wird meine Freundin Ems sein. Wir müssen sowieso los. Bitte, Olivia, bleiben Sie zu Hause und warten Sie auf uns. Wir kommen später wieder und werden uns ausführlich unterhalten müssen.« Ich stand auf und ging die wenigen Schritte zur Haustür. Wie ich vermutete, stand Ems davor.

»Du wolltest also nicht auf mich warten?«, fragte sie und hob eine Augenbraue in die Höhe.

Ich schlüpfte durch den offenen Türspalt, da sah ich Kate, die auf der unteren Stufe Platz genommen hatte und mich ebenso anstarrte. Ohne auf Ems' Frage einzugehen, sagte ich zu Olivia: »Wenn Sie möchten, dann bleibt Kate bei Ihnen und passt auf Sie auf. Sie ist hier direkt vor der Tür.«

Olivia stand keine drei Sekunden später neben mir und taxierte Kate mit einem ungläubigen Blick. »Das ist doch eine Obdachlose!« Ihr Mund blieb offen stehen.

»Kate ist eine unserer treuesten Mitarbeiterinnen. Auf sie ist Verlass. Und ihr Aufzug ist rein zu Undercover-Zwecken.« Ich musterte Kates Gesichtszüge und sah ein leichtes Schmunzeln, das sich auf ihre Lippen gelegt hatte.

»Ach so.« Olivia riss die Tür weit auf. »Na, wenn das so ist, dann kommen Sie rein, Kate. Draußen ist es ja eiskalt. Ich kann Ihnen einen Tee machen, wenn Sie möchten.« Das ließ Kate sich natürlich nicht zweimal sagen und stand einen Augenaufschlag später schon in dem Reihenhaus.

Mein Handy gab einen Klingelton von sich. Harper schickte mir die Adresse dieser ehemaligen Autowerkstatt. »Bradmead, Nine Elms, Battersea. Pass auf dich auf!«, stand in der Nachricht. Ich zeigte das Display Ems, und sie nickte.

»Wo ist Isla?«, fragte ich sie.

»Vermutlich noch im Bett. Ich konnte sie nicht erreichen.« Ems zuckte mit den Schultern.

Ich wandte mich zu Olivia und Kate, die noch immer im Flur des Hauses standen. »Wir kommen bald wieder.«

Mein Handy gab erneut einen Klingelton von sich, und ich blickte kurz auf die Nachricht. Dann drehte ich es zu Ems.

»Bingo«, sagte sie. »Jetzt haben wir den Zusammenhang.«

Kapitel 26

»Aufgegeben wird nur ein Brief bei der Post.« Abigail Walker schwört bei allem, was ihr heilig ist, Scarlett zu retten.

Dreizehn Minuten später fuhr ich mit Malcolms Auto in die Bradmead ein. Wir waren in einem Industrieviertel angelangt und passierten mehrere große Gebäude, an denen riesige Firmenschilder prangten. Links neben der Straße verliefen Gleise, die durch einen Zaun abgetrennt waren. Die Straße machte eine scharfe Rechtskurve, und ich konnte schon einen Teil der alten Autowerkstatt erkennen. Ich verlangsamte das Tempo und schlich um die Ecke. Das Gebäude und der dazugehörige Parkplatz erstreckten sich über die ganze untere Straßenseite. Das komplette Firmengelände stand voll mit Lieferwagen, Vans und Kleinwagen, doch ich sah keine Menschen. Es war wie ausgestorben zu dieser frühen Morgenstunde. In diesem Moment brauste ein Zug an uns vorbei. Der Boden vibrierte. Hatte nicht Scarlett etwas von diesen Vibrationen erzählt?

»Okay«, sagte Ems. »Aber, Ab, wie wollen wir das machen? Wir können hier ja nicht reinstürmen wie ein Überfallkommando. Wir sind nur zu zweit! Davon abgesehen ist das mehr als groß hier. Wir wissen doch noch nicht mal, wo wir mit unserer Suche anfangen sollen.

Und du kannst nicht richtig gehen mit deinem Knie.«

»Ich schaff das schon irgendwie. Wir müssen Scarlett da rausbekommen. Wir haben uns doch immer was einfallen lassen, oder nicht? Lass uns erst einmal den Eingang finden oder irgendwas, was uns bei der Orientierung helfen kann.« Zugegeben, ich war nicht so optimistisch, wie meine Worte klangen. Ich fürchtete um Scarletts Leben. Schließlich lag es klar auf der Hand, dass sie geplaudert hatte. Und eine Plaudertasche mochte niemand. Schon gar nicht die Bosse einer kriminellen Vereinigung.

»Wir wissen nicht, ob Scarlett hier überhaupt festgehalten wird. Bitte, Ab! Bleib einfach hier stehen. Lass uns zu Fuß weitersuchen. Das ist doch auffällig, wenn du so schleichst mit dem Auto.«

»Weniger auffällig ist es sicherlich, wenn wir zwei auf dem ehemaligen Firmengelände herumhuschen. Natürlich!« Ich war zwar anderer Meinung als Ems, aber zu Fuß könnten wir das Gelände sicher besser erkunden, deswegen parkte ich Malcolms Auto am Straßenrand und stieg aus. »Wir sollten den Lieferwagen von Jack suchen und uns dort dann genauer umschauen. Das Auto muss hier ja irgendwo sein. Ansonsten stehen wir wieder ohne einen Hinweis da.«

Schon nach kurzer Zeit und wenigen Schritten sahen wir den Lieferwagen von Olivias Bruder am anderen Ende des Gebäudes auf dem Parkplatz stehen. Allerdings war er leer, wie wir kurz darauf feststellten.

Erst jetzt fiel mir auf, dass an Ems etwas anders war

als sonst. Einen Augenaufschlag überlegte ich. »Du hast Turnschuhe an!«

»Klar, auch eine Jeans, wie du siehst. Ich dachte mir, falls wir jemandem hinterherlaufen müssen, wäre dieses Outfit wohl praktischer. Am besten lasse ich meine Anwaltskleidung dort, wo sie ist. Im Schrank.«

Kluges Mädchen, dachte ich und schaute mich weiter auf dem Firmengelände um. Es bestand aus vier aneinandergereihten Gebäuden in roter Ziegeloptik. Die Aufschriften der ehemaligen Autowerkstatt prangten noch an der Außenfassade. Alle Gebäude schienen verlassen zu sein. Zumindest sah ich keinen Lichtschein, der durch die großen Glasscheiben drang. Es war zwar schon kurz nach Sonnenaufgang, doch der Himmel war mit dunklen Wolken bedeckt. Gleich würde es wieder zu regnen beginnen.

Die riesigen Rolltore der Gebäude, durch die früher die Autos in die Werkstatt gebracht worden waren, sahen auch nicht so aus, als wären sie in letzter Zeit benutzt worden. Der Wind hatte den Müll vor den Einfahrten angehäuft, und ich konnte keinerlei Reifenspuren erkennen.

»Okay, wir schauen mal durch die Fenster ins Innere. Vielleicht gibt das einen Hinweis«, sagte Ems und ging zielgerichtet auf den ersten Gebäudeteil zu. Aber außer der alten Inneneinrichtung erkannten wir nichts Auffälliges. Ems lief zum nächsten Gebäude, und ich hinkte hinterher. Mein Knie fühlte sich an wie Wackelpudding. Als ich endlich dort ankam, ergab sich das gleiche Bild wie weiter vorn. Verkaufspulte, gepaart mit etlichen Tischen und Stühlen, die dort eingelagert waren. Nichts wies darauf hin, dass hier eine kriminelle Gruppe ihren Hauptsitz eingerichtet hatte.

»Und jetzt?«, fragte ich Ems, und leichte Panik stieg in mir auf, als ich an Olivia dachte. Hatte sie mich etwa angelogen, und ich war wie eine Anfängerin ihrer falschen Spur gefolgt? Lachte sie sich schon ins Fäustchen, während wir hier herumirrten? Hatte sie vielleicht Kate längst niedergeschlagen und ihren Bruder informiert?

»Jetzt warte doch mal, wir haben noch nicht alles gesehen. Wir gehen hier mal nach hinten.« Ems stakste voraus, und ich sah jetzt schon, dass es auf dieser Seite weder einen Eingang noch ein Fenster gab.

Wir gingen an der Hauswand entlang, doch hier war nichts außer Müll, angefangen von Elektrogeräten bis hin zu ganzen Sofas. Ich hasste es ja schon, wenn jemand einen Papierschnipsel absichtlich auf den Boden fallen ließ. Und diesen Saustall einer illegalen Mülldeponie verstand ich noch weniger. Menschen waren Schweine, deswegen mochte ich Hunde.

»Ah, da können wir vielleicht durch!«, meinte Ems und zeigte in eine Gasse, die gerade einmal so breit war wie meine Schultern. Und dort lag noch mehr Müll. Ich wusste nicht, was heute mit Ems los war, vielleicht lag es am fehlenden ersten Tee, aber sie war schon die ersten Schritte hineingegangen. Das konnte sie doch wohl nicht ernst meinen, oder doch? *Never ever* würde ich ihr folgen. Allein der Gestank ließ mich fast kotzen.

»Also, du kannst gerne deine Expedition hier fortsetzen.

Ich geh lieber außenrum.« Ich drehte mich um, humpelte den Weg nach vorn um die Vorderfront herum und kam nur wenige Minuten später auf der rechten Seite des Gebäudekomplexes an. Ungeduldig wartete ich am Ende des schmalen Weges auf Ems. Am liebsten hätte ich losgelacht, als sie über einen Haufen Müll springen musste. Sie machte eine Figur wie eine Primaballerina, nur weit weniger grazil. Ich ließ meinen Blick schweifen und entdeckte ein Firmengebäude am Ende der Straße, das links und rechts von Zäunen eingegrenzt wurde. Ein neumoderner grauer Bau eines überengagierten Architekten, der anscheinend einen Fetisch für Glas hatte. Ein Großteil der Vorderfront bestand aus Fensterflächen. Über dem Haupteingang stand in dicken fetten Lettern »*Henley*«. Hatte nicht Olivia diesen Namen im Zusammenhang mit dem belauschten Gespräch erwähnt?

»Ich dachte wirklich, da hinten könnte ein versteckter Eingang sein. Aber das war einfach nur eklig«, meinte Ems, als ich ihr meine Hand reichte, da sie das letzte Stück springen musste. Ich kommentierte es nicht. Dass es eklig war, wusste ich schon vorher. Für diese Erkenntnis hätte ich mich nicht wie sie durch den Dreck wühlen müssen.

»Olivia sagte was von ›Henley‹. Vielleicht sind wir hier hinten richtig. Was meinst du?« Ich wartete nicht auf ihre Antwort, sondern humpelte bis zur nächsten Ecke und lugte in den Innenhof. Weitere Gebäude, zu einem L geformt, und ein kleiner Vorplatz. Ein Lieferwagen parkte direkt vor einem von zwei großen Rolltoren. Ich schaute nach oben und erkannte Licht in den schmalen Fenstern. Mein Herzschlag verdoppelte sich. Volltreffer! Ich löste mich von der Mauer, an die ich mich gedrückt hatte, und wollte einen Schritt in den Innenhof wagen, da hielt mich Ems zurück.

»Ab! Lass uns zuerst von der anderen Seite schauen, was hier los ist. Davon abgesehen kannst du kaum noch laufen!«

»Ems! Das kannst du gerne machen, aber wenn jemand aus einem der Fenster sieht, entdeckt er dich, und alles war umsonst. Also, deine Entscheidung!« Ich hinkte geduckt los und ärgerte mich. Ems als ehemalige Anwältin hatte keinerlei Ahnung davon, wie man Gebäude richtig ausspionierte, spielte sich aber jedes Mal auf, als hätte sie jahrelang in einer Spezialeinheit gearbeitet. Ich verbannte den Gedanken daran aus meinem Kopf. Blitzschnell erfasste ich die Lage und sah dort, wo sich die beiden Gebäudeteile trafen, eine Tür. Zielsicher steuerte ich darauf zu. Im Inneren hörte ich einige Männer reden, verstand allerdings nicht, was sie sagten. Mit meinem Dietrich in der Hand stocherte ich Momente später im Schloss herum.

»Du willst da aber nicht wirklich reingehen, oder?«, fragte Ems flüsternd und ich erschrak.

»Schleich dich nicht so an«, zischte ich, und ein leises Klicken ertönte. Ich schob die Tür einen Spalt auf.

Die Stimmen wurden lauter, und fast schon glaubte ich, dass uns jeden Augenblick jemand entdeckte. Aber nichts passierte. Somit öffnete ich die Tür noch ein Stück und blickte ins Innere. Überall standen Spinde an den

Wänden, und im hinteren Teil befanden sich einige Tische mit Stühlen und eine Treppe, die nach oben führte. Vermutlich waren wir hier in der ehemaligen Umkleide gelandet. Ich schlüpfte ins Innere, Ems gleich hinter mir. Nun standen wir hier mitten in dem Schlupfloch dieser kriminellen Bande, und ehrlich gesagt hatte ich keinerlei Ahnung, wie wir Scarlett finden sollten.

Im oberen Stockwerk konnten wir nicht nachsehen. Wir würden den Kriminellen direkt in die Arme laufen. Ich sah im hinteren Teil, direkt neben der Treppe, eine weitere Tür, die anscheinend in den Bereich mit dem großen Rolltor führte. Ich tippte Ems an und zeigte darauf. Sie nickte und wir schlichen dorthin. Ein Quietschen, das Tote aufwecken würde, erklang, als ich die Tür einen Spalt öffnete. Ich fuhr zusammen, und Ems drängte mich von hinten in den finsteren Raum. Die Tür fiel zu, und wir sahen nichts um uns herum außer dem fahlen Lichtschein, der von der Umkleide durch den Türschlitz schien.

Das war eine echte Scheißidee, hier reinzukommen, dachte ich und suchte Ems' Hand, die ich gleich darauf fest drückte. Wenn ich hier schon sterben musste, dann wenigstens mit einer meiner besten Freundinnen an meiner Seite.

Ich hörte schreiende Männerstimmen. Schritte, die die Stufen herabpolterten und immer näher kamen. Näher an den Raum, in dem wir uns befanden. Ich hielt meinen Atem an. Jeden Moment würde die Tür aufgehen. Wo sollten wir uns verstecken? Einen Augenaufschlag lang dachte ich daran, die Taschenlampenfunktion meines

Handys zu verwenden. Doch jeder noch so kleine Lichtschein könnte unseren Aufenthaltsort verraten. Ich zog Ems mit mir und ertastete Mauerwerk unter meinen Fingern. Wenn ich nicht in Sekundenschnelle eine Versteckmöglichkeit für uns zwei gefunden hätte, dann würden wir tot sein. Ich zog Ems tiefer in den Raum und stieß gegen eine Metallplatte. Autoreifen quietschten, Türen wurden zugeschlagen. Ich verharrte für einige Sekunden. Wollten die etwa abhauen?

Verlier niemals die Hoffnung!

Lautes Geschrei drang von draußen herein, die Tür, durch die wir in den Raum gekommen waren, flog aus ihren Angeln, und irgendetwas knallte hart auf den Boden. Durch das Licht, das nun von außen eindrang, erkannte ich Kartons, Verpackungsmaterial und riesige Tische, die in der Mitte des Raumes standen. Plötzlich waren ganz in der Nähe Schüsse zu hören. Ich stieß Ems auf den Boden und schmiss mich auf sie. Vielleicht konnte ich wenigstens sie retten, wenn schon nicht mich selbst.

Kapitel 27

»Manchmal ist der einzige Ausweg nur noch der Tod.« Abigail Walker kämpft um das Leben ihrer Freundin.

Noch mehr Schüsse fielen, flehende Schmerzensschreie … Irgendetwas war da draußen passiert. Verstecken! Wir mussten uns verstecken!

»Ems«, flüsterte ich. »Unter den Tisch. Jetzt!«

Sie krabbelte los und ich kroch hinterher. Mein Bein konnte ich nicht mehr bewegen, zu schmerzhaft war es, auch nur einen einzigen Muskel anzuspannen. Ich war nur noch einen Meter von dem rettenden Versteck entfernt. Die Neonröhren an den Decken flackerten, bevor sie den Raum mit ihrem kalten Licht erhellten.

»Na? Wen haben wir denn da?«, ertönte eine bekannte Stimme.

Mein Herz setzte einen Schlag aus, und alle Haare an meinem Körper rauften sich um einen Stehplatz. Big Boy! Natürlich! Wer sonst hätte es auf die *Sellers* abgesehen haben können, die neuerdings als Konkurrenz der *Body Lovers* auftraten? Ich wusste, dass ich etwas unternehmen musste, irgendetwas sagen, aber ich starrte ihn nur an, als wäre er ein Geist.

»Was ist, *Bitch?* Freust du dich nicht, mich zu sehen? Steh auf, und deine Freundin auch gleich.« Er zielte mit seiner Pistole auf Ems.

In diesem Augenblick hatte ich Angst, er würde abdrücken und ihre Leiche direkt auf dem Schwarzmarkt verticken. Ich rappelte mich auf, so gut es ging, und stellte mich ihm entgegen. In meinen Ohren rauschte das Blut. Er war einen Kopf größer als ich und mit Sicherheit dreimal so schwer. Trotzdem ballte ich meine Fäuste und machte mich für den Kampf bereit.

»Lass meine Freundin in Ruhe, du Leichenschänder. Verschwinde!« Speicheltröpfchen flogen durch die Luft.

Kurz schien Big Boy verwundert zu sein, dann brach er in schallendes Gelächter aus. Er lachte so laut, dass es von den Wänden widerhallte. »Bringt die *Bitches* weg. Die Copbraut werde ich auch noch zähmen. Ich mag Frauen, die Haare auf den Zähnen haben.«

Starke Hände packten mich, hielten mir den Mund zu und zogen mich in die hintere Ecke. Ich versuchte, den Typen zu beißen, wehrte mich, indem ich meine Füße vom Boden wegstemmte, meinen Körper in seinen Händen wand wie eine Schlange … doch vergebens. Er musste Hulk sein und übernatürliche Kräfte besitzen. Ich hatte keine Chance gegen ihn. Aber aufgeben würde ich nicht. Ich würde mich wehren, bis ich meinen letzten Atemzug getan hatte.

Dann sah ich, gut versteckt hinter Regalwänden, mehrere Türen nebeneinander. Die Räume schienen so klein zu sein, dass es sich nur um Abstellkammern handeln konnte. Ein zweiter Mann öffnete eine der Türen, und gleich darauf lag ich auf einer harten Matratze am Boden. Der Typ hatte mich einfach in den Raum geschmissen wie einen nassen Sack und die Tür hinter sich zugeknallt. Ein Schlüssel drehte sich hörbar im Schloss. Ich rappelte mich sofort wieder auf und hämmerte wild gegen die Tür.

»Lass mich sofort wieder raus!«, schrie ich aus Leibeskräften, verwendete alle Schimpfwörter, die mir einfielen. Doch niemand kam. Niemand wollte meine Rufe hören.

»Das habe ich schon längst aufgegeben.« Ich erschrak und drehte mich blitzartig um. Die nackte Glühbirne, die von der Decke hing, leuchtete Scarlett an, die zusammengekauert auf dem hinteren Rand der Matratze saß.

»Scheiße!«, sagte ich. »Es tut mir leid, dass du wieder hier gelandet bist. Was haben sie dir bloß angetan?« Ihr Auge war rot und geschwollen, und ein tiefer Schnitt zog sich über ihre Wange.

»Es gibt Schlimmeres«, sagte sie. »Was ist vorgefallen? Wieso bist du hier?«

»Die *Body Lovers* sind hier und haben aufgeräumt. Ich weiß nur nicht, ob das gut oder schlecht ist. Ich glaube nicht, dass sie uns hier einfach rausspazieren lassen.«

»Wo ist dein Polizistenfreund?«

Malcolm! Ich hoffte, ihm ging es gut. »Er wurde angeschossen!«

»Das heißt also, dass niemand uns hier helfen kann, oder wie?«

Ich atmete kräftig durch, bevor ich antwortete. »Niemand weiß, dass wir hier sind. Nur Olivia und Kate! Aber beide haben keine Ahnung, in welchen Schwierigkeiten wir stecken.« Kurz flammte der Gedanke an Ems in mir auf, die hier auch irgendwo sein musste. Dann fiel mir ein, dass ich noch mein Handy hatte. Das Display war gesprungen und schwarz. Ich drückte wie wild auf alle Knöpfe an der Seite, doch nichts geschah. Es war kaputt. Meine einzige Chance, Hilfe zu holen, war wie eine Seifenblase zerplatzt. *Verlier niemals die Hoffnung!*

»Hast du deinen Schlüsselbund dabei?«, fragte mich Scarlett so plötzlich, dass ich im ersten Moment nicht einmal antworten konnte.

Sofort kramte ich danach, und schon Sekunden später machte ich mich an dem Schloss zu schaffen. Meine Hände zitterten so stark, dass ich Mühe hatte, den Dietrich richtig zu halten. Endlich erklang das erlösende Klacken, und mir fiel ein Stein vom Herzen. Mühsam rappelte ich mich auf, drückte die Klinke nach unten, aber die Tür blieb verschlossen. Ich rüttelte am Türblatt, doch sie öffnete sich nicht. Verdammt! Dieses miese Arschloch hatte vermutlich noch einen Riegel vorgeschoben. Der einzige Weg hier raus war versperrt.

»Es ist zu«, sagte ich. »Bleibt zu. Verdammt! Was machen wir nur?«

»Warten, bis jemand kommt.« Scarlett redete mit ruhiger Stimme. »Was sollen wir auch sonst machen?«

Plötzlich hörte ich ein Geräusch an der Tür. Jemand steckte den Schlüssel ins Schloss. Wieder ballte ich meine Hände zu Fäusten, machte mich bereit zu kämpfen. Scharf sog ich den Atem ein, fixierte die Tür mit meinem Blick, aber nichts passierte. Ich verharrte in meiner Position. Langsam ging ich auf die Tür zu. Ich konnte das Adrenalin in meinen Adern spüren und drückte die Klinke hinunter.

Die Tür öffnete sich einen Spalt. Keinerlei Geräusche waren in der Halle zu hören, ebenso war das Licht aus und ich starrte in die Dunkelheit.

Wieso hatte jemand den Riegel weggeschoben, aber nicht geöffnet? War es eine Falle? Eine Prüfung? Die Möglichkeiten rotierten in meinem Hirn.

Immer weiter öffnete ich die Tür, aber niemand war hier. Einen Schritt nach dem anderen humpelte ich zur nächsten Tür. Auch hier war der Riegel zurückgeschoben worden. Je mehr Zimmer wir öffneten, desto mehr Licht hatte ich für meine Arbeit. Scarlett, die direkt hinter mir war, half den anderen Frauen aus ihren Verliesen. Immer darauf bedacht, so leise wie möglich zu sein. Insgesamt hatten wir drei weitere Frauen befreit, und endlich fand ich auch Ems in der letzten Kammer. Vor Glück hätte ich fast losgeheult, als ich sie wieder in meine Arme nehmen konnte.

»So, wir müssen hier raus! Keine von euch darf auch nur einen Mucks machen«, flüsterte ich und schaute dem schwachen Lichtschein entgegen, der von der anderen Seite in den Raum fiel. Die Kammern hier waren gut versteckt und abgeschottet vom Rest. »Wir können allerdings nicht rausstürmen. Eine von uns muss vorgehen und nachsehen, ob die Luft rein ist.«

»Ich werde als Erste gehen. Wenn ich euch ein Zeichen gebe, dann folgt ihr mir«, sagte Ems, und ich sah gleich darauf ihre Kontur, die sich an die nächste Mauer schmiegte. Sie machte eine eindeutige Handbewegung, und die vier Frauen liefen zu ihr. Doch Scarlett und eine weitere drehten auf halbem Weg um und stützten mich links und rechts. So kam auch ich Sekunden später bei Ems an.

Sie rannte dem Lichtschein, der durch den Türrahmen fiel, entgegen und schaute in die ehemalige Umkleide. Wieder gab sie uns das Zeichen, dass wir ihr folgen sollten. Wir waren beinahe bei ihr angelangt, da erstarrten wir plötzlich, da Stimmen in der Nähe ertönten.

»Müssen wir alle einpacken und zu uns bringen, oder darf ich eine behalten? Was machen wir mit den Kindern, die wir oben gefunden haben?«, hörte ich einen Mann reden. Schwere Schritte kamen näher.

»Schnell, alle nach links«, flüsterte ich und wir pressten uns an die Wand.

»Wir reden später drüber. Lass uns erst einmal alle mitnehmen«, erwiderte ein anderer Mann, und ein Schauer legte sich über meinen Nacken.

Das Licht ging an, und ich sah die beiden Männer in die Lagerhalle treten. Beide waren ungefähr sechs Fuß groß und schlank. Sie trugen dunkelgraue Hoodies, deren Kapuzen sie sich über die Köpfe gezogen hatten. Schlagstöcke baumelten von ihren Gürteln. Noch hatten sie uns nicht bemerkt, aber bei der kleinsten Unachtsamkeit würden wir auffliegen. Wie sollten wir hier nur rauskommen? Wie viele Männer standen draußen vor der Tür? Wem würden wir in die Arme rennen, wenn wir hier rausliefen? Keine von uns hatte sich auch nur annähernd bewegt. Alle starrten den beiden hinterher. Ich hatte nicht viel Zeit zum Überlegen, schließlich würde gleich unsere Abwesenheit bemerkt werden.

Die beiden Männer gingen zu den kleinen Räumen. Wie dumm von mir, die Türen offen zu lassen! Ich hätte sie wieder schließen und die Riegel vorschieben sollen, dann hätte ich uns einen Vorteil von ein paar Sekunden verschafft. Hatte ich aber nicht!

»Los!«, wies ich die Frauen an, doch keine rührte sich von der Stelle. Wie festgewurzelt standen sie da. Wartend auf ihr Schicksal, auf den nahenden Tod. »Lauft! Raus hier!«, zischte ich, und im selben Atemzug hörte ich die Männerstimme.

»Was macht ihr hier draußen?« Einer der Hoodie-Männer kam uns im Laufschritt entgegen, der zweite dicht hinter ihm. Er kam immer näher, der zweite Mann holte seinen Schlagstock aus der Befestigung am Gürtel und schlug damit dem anderen auf den Kopf. Er sank sofort in sich zusammen und blieb reglos am Boden liegen. Die Frauen stießen einen Schrei aus, und ich starrte in das Gesicht des stehenden Hoodie-Mannes. Der dunkelbraune Vollbart, die Narbe direkt über seiner rechten Augenbraue. Allerdings waren seine Augen braun und nicht blau! Ich glaubte, ich durchlebte einen bösen Albtraum.

»Bobby«, flüsterte ich und wurde von einer Flut von Emotionen mitgerissen. Zwischen Glück und Wut war alles dabei.

»Ihr müsst hier sofort verschwinden!«, sagte er und blickte mich an. »Sofort! Ihr seid in großer Gefahr! Ab, weg hier! Der Rest der *Body Lovers* wird gleich wiederkommen und hier alles in Schutt und Asche legen. Bitte verschwinde hier!«

Aber ich wollte nicht weg. Nicht weg von ihm. Seit einem Jahr sehnte ich mich nach seiner Nähe, nach seinen Berührungen, und jetzt sollte ich ihn wieder verlieren? Was zum Teufel war hier bloß los?

»Bobby!« Ich konnte nicht anders und humpelte ihm entgegen. Fiel in seine Arme, roch sein Parfum, genoss für einen Augenblick seine Wärme. Die Wut loderte blitzschnell in mir auf, und ich löste mich aus seiner Umarmung. Wild hämmerte ich auf seinen Brustkorb ein. Die Tränen schossen wie Bäche meine Wangen hinab. »Ich habe dich sterben sehen! Ich habe an deinem Grab literweise Tränen vergossen … Wieso hast du mir das angetan? Wieso?«

Er packte mich an meinen Handgelenken und hielt mich fest. »Ab, ihr müsst hier sofort weg. Ich komme bald und erkläre dir alles. Ich verspreche es dir. Aber bitte geh jetzt.«

Mein Herz war gebrochen, ein zweites Mal. Ich war gefangen in meinen eigenen Gefühlen. Er musste mir Antworten geben. Musste … Meine Knie sanken in sich zusammen und Schwärze legte sich über meine Augen. Ich spürte noch starke Arme, die mich auffingen, bevor ich auf den Boden geknallt wäre.

Jemand tätschelte meine Wange, und ich fühlte die beruhigenden Worte, die dieser Jemand zu mir sprach. Nur hörte ich sie nicht. Alles wurde überschattet von einem lauten Klingeln, das meinen Gehörgang blockierte. Ich spürte die weiche Unterlage, auf der mein Kopf lag, und auch die kalte, auf der mein restlicher Körper gebettet war. Bobby! Ich schlug meine Augen auf, zwinkerte einige Male, bevor ich überhaupt erkennen konnte, wer mit mir sprach.

»Ab, bitte wach auf!« Es war Ems, die liebevoll über meine Wange streichelte und auf mich einredete. Ich hatte tausend Fragen im Kopf und keinerlei Antworten.

»Er … er …«

»Pscht«, sagte sie. »Komm erst mal richtig zu dir. Dann können wir reden.«

»Ist sie aufgewacht? Der Krankenwagen kommt gleich!« Wieder eine bekannte Stimme, die näher kam, und ein Schatten legte sich auf mich. Er fuhr sich durch sein strubbeliges Haar und hockte sich neben mich. Sein Arm war in eine Schlaufe gelegt, und er sah mitgenommen aus.

»Was tust du hier?«, fragte ich Malcolm.

»Ich habe geschworen, auf dich aufzupassen, und dieses Versprechen musste ich doch halten, oder?« Ein verschmitztes Lächeln erschien auf seinen Lippen.

Ich stemmte mich umständlich hoch und schaute mich um. Ich saß auf dem Vorplatz des Lagerhauses. Ems kniete hinter mir. Die vier Frauen, die wir befreit hatten, standen eng zusammen. Jede hatte ihr Kind dicht an sich gepresst, und sie redeten mit ein paar Uniformierten. Das Blaulicht der Einsatzwagen blitzte unaufhörlich. Ich zwinkerte nochmals, und meine Augen suchten erneut den Platz ab.

»Er … war hier, oder?« Hatte ich mich etwa getäuscht? Vermisste ich ihn so sehr, dass ich mir seine Gegenwart eingebildet hatte?

»Ja«, sagte Ems und nickte.

»Aber … aber wo ist er? Wieso ist er jetzt nicht hier?«

»Er musste gehen. Verstehst du das?«, mischte sich Malcolm ein.

»Hast du mit ihm gesprochen?«, fragte ich.

»Nicht direkt. Ab, du hast einen Schwächeanfall erlitten, was ich unter diesen Umständen völlig nachvollziehen kann. Du musst erst mal wieder auf die Beine kommen, dann erkläre ich dir …«

Ich unterbrach ihn mitten im Satz. »Du«, ich zeigte drohend mit dem Zeigefinger auf ihn, »hast die ganze Zeit Bescheid gewusst? Ist das wahr? Du wusstest, dass er noch lebt, und hast mich in meinem Kummer um Bobbys Tod versinken lassen?«

»Nein, so war das nicht. Ich erkläre dir alles, wenn du wieder auf den Beinen bist.«

Umständlich stand ich auf. Ems versuchte, mich davon abzuhalten, doch ich schüttelte sie ab wie ein lästiges Insekt. »Ich *bin* nun auf den Beinen!«, spie ich ihm entgegen. Ich kam ganz nah an ihn heran, und alles in mir brodelte wie ein Vulkan, der kurz vor dem Ausbruch stand. »Also, was ist hier los, Malcolm?«

In diesem Moment kam der Krankenwagen an und die Sanitäter stiegen aus. Er schwieg. Sogar meinem Blick wich er aus.

Kapitel 28

»Die Wahrheit ist manchmal eine bittere Pille,
die es gilt hinunterzuwürgen.«
Malcolm Miller ringt um Worte.

Natürlich konnte ich Abs Wut verstehen. Auch ihre Gier nach Antworten. Sie vergaß dabei nur, dass auch ich nicht alles wusste. Und dass Bobby nicht der war, der er vorgab zu sein.

Meine Sorge galt immer Ab. Auch als sie mich angeschossen liegen lassen musste in diesem Lagerraum in der Uverdale Road in Chelsea. Zwar waren die Kollegen gleich da gewesen, und ich hatte Hilfe bekommen, trotzdem waren meine Gedanken bei Ab. Dabei wusste ich zu diesem Zeitpunkt noch nicht einmal, in welche Gefahr ich sie gebracht hatte, als ich ihr sagte, dass sie gehen müsse. Es war meine Schuld, dass sie jetzt wütend auf mich war. Und doch kannte ich erst seit zwei Tagen die Wahrheit. Zumindest die halbe Wahrheit, oder was auch immer ich für die Wahrheit halten sollte. Und auch jetzt hatte ich keine Ahnung, was ich ihr erzählen sollte.

»Ab! Bitte. Du darfst nicht böse auf mich sein. Auch ich habe einen Freund verloren.«

»Was heißt hier ›Freund verloren‹? Bobby lebt, und du hast es gewusst. Ich will dich nie wiedersehen.« Ihre Augen funkelten, und es war ein Blick, der alles ringsherum in Schutt und Asche legte. »Ich will sofort zu ihm!«

»Ab, das geht nicht. Es ist nicht so, wie du glaubst. Bobby ist keiner von den Guten!«

»Was?«, schrie sie heraus. Ihr Körper geriet ins Wanken, und ich griff nach ihrem Oberarm, doch sie zuckte zurück.

»Du musst dich jetzt verarzten lassen. Fahr ins Krankenhaus, lass deine Wunden versorgen, und ich komme dann zu dir.«

Emma redete ebenso auf Ab ein: »Er hat recht. Bitte. Wir reden dann. Ich verstehe, dass du Antworten willst, aber du musst auf deinen Körper hören. Du klappst sonst wieder zusammen, und das bringt niemandem etwas.«

»Misch dich nicht ein!«, zischte Ab und wandte sich wieder mir zu. »Sofort! Ich will sofort wissen, welches Spiel du hier mit mir spielst.«

»Ab, ich habe es erst vor zwei Tagen rausgefunden, und erst heute, vor zwei Stunden, hatte ich die Gewissheit. Ich musste ihm Bescheid sagen.«

»Du hast mich hintergangen! Nie wieder will ich etwas mit dir zu tun haben.«

Natürlich glaubte sie das. Sie hatte jedes Recht dazu. Und doch machten mich ihre Worte wütend. Auch ich war das ganze Jahr über belogen worden. Auch ich hatte vor einem vermutlich leeren Sarg getrauert. Auch ich hatte meinen besten Freund verloren. »Bobby ist nur zur Polizei gegangen, um als Spitzel zu fungieren. Er führte über sechs Jahre lang ein Doppelleben.« Jetzt war es raus. Die Wahrheit. All das, was ich herausgefunden hatte.

»Ich glaub dir kein Wort!«, sagte sie, wenn auch ungewöhnlich kleinlaut. Ihre Augen füllten sich mit Tränen. Am liebsten hätte ich sie in den Arm genommen, doch ich wusste, sie würde das nicht zulassen. Nicht jetzt. Vielleicht auch niemals wieder.

»Ab, ich kann dir das hier nicht erklären. Nicht in so kurzer Zeit. Bitte, fahr ins Krankenhaus. Ich komme zu dir und erzähle dir alles, was ich weiß. Und wenn du dann noch immer nichts mehr mit mir zu tun haben willst, werde ich das akzeptieren. Aber diese eine Chance habe ich verdient, nach all dem, was ich für dich getan habe. Wenn ich die Nummer nicht angerufen hätte, würdet ihr alle nicht mehr leben.«

»Welche Nummer?« Ab wischte sich über die Wangen. »Was … erzählst … d-d-du … hier?«, fragte sie abgehackt.

»Ma'am? Würden Sie sich bitte setzen?« Der Sanitäter, der wie aus dem Nichts plötzlich neben Ab stand, zeigte auf einen Rollstuhl. Es war, als wäre er ein Engel, der genau zur richtigen Zeit am richtigen Ort aufgetaucht war, denn einen Augenaufschlag später sank sie bewusstlos in seine Arme. »Schnell! Eine Trage! Wir müssen sie sofort hinlegen und an die Geräte anschließen.«

Es passierte alles in Zeitlupe und doch mit rasender Geschwindigkeit. Ich konnte nicht reagieren, nichts tun. Nur zusehen, wie Ab auf die Trage gelegt wurde, etliche weiße Pads an ihrem Oberkörper angebracht wurden … Ich war so weit weg mit der Sorge um sie, dass ich Emmas Worte nicht gehört hatte.

»Malcolm? Jetzt gib mir endlich eine Antwort.«

»Entschuldige. Ich habe dir nicht zugehört. Was hast du gefragt?«

»Wieso bist du hier? Woher weißt du, dass wir hier sind? Was für ein krankes Spiel wird hier getrieben? Was ist das mit Bobby? Wieso tut ihr beide Ab so etwas Grausames an? Ich schwöre dir, wenn du mich anlügst, mache ich Hackfleisch aus dir.«

»Du brauchst nicht wütend zu sein. Zumindest nicht auf mich. Ich bin einer von den Guten, schon vergessen? Sei sauer auf Bobby. Er hat Ab das Herz gebrochen. Er ist dafür verantwortlich, dass sie jetzt auf dieser Trage liegt. Nur er, nicht ich.«

»Malcolm! Wieso bist du hier?«

»Eure Miss Molly hat mich angerufen, als ich im Krankenhaus war. Sie hat mir erzählt, dass sie weder dich noch Ab erreicht hat und sich große Sorgen um euch macht.«

»Aber ich habe ihr doch eine Nachricht hinterlassen, dass wir bei Olivia Forbes sind und sie befragen wollen.«

»Ja, das hat sie mir auch erzählt, aber sie hat mir ebenso erzählt, dass zwei Männer vor der Tür auf euch gewartet haben. Einer davon war im Gesicht voll tätowiert und hatte eine Glatze. Sie zwangen sie dazu, sie ins Büro reinzulassen, sind aber gleich wieder unverrichteter Dinge abgezogen. Da bekam sie es mit der Angst zu tun und hat mich informiert.«

»Oh, arme Miss Molly. Geht es ihr gut? Wer waren die Typen?«

»Sie haben ihr nichts getan. Einer war sicher Baby von den *Body Lovers*. Auf jeden Fall habe ich mich sofort aus dem Krankenhaus selbst entlassen und bin zu Olivia Forbes. Dort habe ich auch diese Obdachlose angetroffen. Beide erzählten mir von der ehemaligen Autowerkstatt, die wohl von den *Sellers* als Unterschlupf genutzt wird. Natürlich bin ich sofort hierhergefahren. Ich konnte mir denken, dass Ab hierherkommt. Unterwegs habe ich eine Nachricht für Bobby hinterlassen. Und, obwohl er einer von den Bösen zu sein scheint, hat er seine Ab gerettet und vor Schlimmerem bewahrt.«

»Ich habe tausend Fragen an dich, genau wie Ab auch. Du wirst ihr Rede und Antwort stehen müssen.«

»Das ist mir schon klar. Ich habe mich gestern mit Ab getroffen, weil ich sie davon abbringen wollte, weiter nach Bobbys Mörder zu suchen. Weil ich herausgefunden hatte, dass Bobby noch lebt. Zumindest dachte ich das, und jeder weitere Hinweis bestätigte meine Vermutungen nur noch mehr. Der gefundene Anhänger von Bobby war eine Warnung. Aber nicht an Ab, sondern an mich. Damit ich meinen Mund hielt. Ich wusste nur nicht, wie ich ihr das sagen soll. Deswegen habe ich den Maulwurf in der Abteilung erfunden, um sie zu schützen, dass sie die Füße stillhält, bis ich ihr die Wahrheit sagen kann. Ich brauchte noch mehr Beweise, verstehst du?«

»Auch wenn du ihr gesagt hättest, dass Bobby noch lebt, sie hätte dir kein Wort geglaubt. Ich übrigens auch nicht. Klar, das ist für uns alle ein Schock, aber ich habe ihn mit eigenen Augen gesehen. Somit weiß ich, dass es wahr sein muss. Die arme Ab. Sie muss nun einen weiteren Schicksalsschlag verkraften. Ihr Bobby hat ihr die ganze Zeit nur etwas vorgespielt. Das hätte ich ihm niemals zugetraut. Wir müssen so schnell es geht zu ihr.«

Kapitel 29

***»Du kannst es erst glauben,
wenn du es mit eigenen Augen siehst.«
Abigail Walker kämpft mit den Tränen.***

Es piepte und langsam öffnete ich meine Augen. Ich lag auf einer Liege im Krankenwagen und fühlte mich leer und ausgesaugt. In meinem Kopf drehte sich alles, aber es war nur eines wichtig. Bobby! Dann krochen Malcolms Worte wieder in mein Hirn: *Er ist keiner von den Guten!* Aber wie konnte er so etwas behaupten? Bobby war einer der liebsten und ehrlichsten Menschen auf Gottes Erde. Er war es mit Sicherheit auch gewesen, der den Riegel an der Tür geöffnet hatte. Er hatte mich beschützt, so wie er es immer getan hatte. Wie konnte er da keiner von den Guten sein? Aber wieso hatte er mich verlassen, im Glauben gelassen, ihn für immer verloren zu haben?

Der Krankenwagen hielt, gleich darauf riss der Sanitäter die hinteren Türen auf. Mein ganzer Körper schmerzte, doch das war nicht das Schlimmste. Meine Seele litt noch mehr. Würde ich Bobby je wiedersehen? Würde er sein Versprechen halten und mir alles erklären?

Ärzte und Schwestern wuselten um mich herum. Die Beleuchtung im Untersuchungszimmer war so hell, dass mein Kopf nur noch dröhnte und ich keinen vernünftigen Gedanken lange genug festhalten konnte. Ich wurde zum

Röntgen gebracht und wieder zurück in dieses Zimmer, das nur aus weißen Vorhängen bestand. Die Medikamente, die mir tropfenweise durch eine Infusion verabreicht wurden, schienen Wirkung zu zeigen. Zumindest war ich teilweise schmerzfrei, solange ich mich nicht bewegte. Meine Augen hatte ich wieder geschlossen und war kurz davor, in einen Dämmerschlaf zu fallen, da hörte ich, dass jemand den Vorhang zur Seite schob. Ich blinzelte.

»Ab! Liebling!« Es war seine Stimme, die ich mehr vermisst hatte als alles andere auf dieser Welt. Er trug Kleidung wie ein Pfleger. Sein halbes Gesicht war unter einer medizinischen Maske versteckt.

»Bobby.« Ich streckte ihm meine Hand entgegen, doch es war so schmerzhaft, dass ich sie gleich wieder neben mich legte. Meine Gefühle fuhren Achterbahn, als ich in seine Augen schaute. »Sag mir, wieso du mich verlassen hast.«

»Ich liebe dich mehr als mein eigenes Leben. Das musst du mir glauben. Ich wollte dir niemals wehtun. Deswegen habe ich meinen eigenen Tod vorgetäuscht. Damit du mich vergessen kannst. Eines Tages wärst du wieder glücklich geworden, da bin ich mir sicher. Ich wollte immer nur das Beste für dich.«

»Bobby! Komm zurück zu mir.« Nichts wünschte ich mir sehnlicher. Auch wenn er mich in ein tiefes Loch gestürzt hatte. Ich würde ihm alles verzeihen. Alles!

»Ab, das geht nicht. Ich hätte mich niemals mit dir einlassen dürfen. Mich niemals in dich verlieben dürfen.

Ich bin Teil einer Organisation, schon mein Leben lang. Niemand hat mich gefragt, ob ich das möchte, da ich in meine Position bei den *Body Lovers* hineingeboren wurde. Ich bin der Anführer dieser Gruppe.«

»Aber der Boss der *Body Lovers* ist Big Boy. Als Great Chick gestorben ist, wurde er sein Nachfolger.«

»Nein, das haben wir nur alle glauben lassen. Ich bin der Sohn von Great Chick.«

»Du ... bist der Anführer der *Body Lovers?* Aber wieso? Jeder kann frei entscheiden, was er tun möchte. Auch du.«

»Nein. Ich habe versucht, mich davon zu lösen, deswegen bin ich auch zur Polizei gegangen. Verstehst du? Mein Vater war entsetzt über meinen Schritt, und doch verstand er mich. Hörner abstoßen, nannte er es. Doch als er vor einem Jahr starb, musste ich mich entscheiden. Ich wusste, wenn ich nicht in Dads Fußstapfen trete, würden sie mich und auch dich kaltstellen. Schließlich war ich eine Gefahr, da ich alles über die *Body Lovers* wusste. Ich musste mich fürs Böse entscheiden, um gut zu sein. Gutes zu tun. Ich muss diese Organisation führen, damit irgendwann niemand mehr zu Schaden kommt.«

Ich verstand rein gar nichts mehr. Bobby war der Sohn des großen Great Chick. Aber wie ... »Ich habe deinen Vater kennengelernt. Du lügst mich an. Er kann niemals der Boss der *Body Lovers* gewesen sein.«

»Nein, derjenige, den du kennengelernt hast, war nur ein Schauspieler. Auch meine Mutter. Ich habe dir nur das gezeigt, was du sehen durftest. Niemals hätte ich dich meinem Dad vorstellen können. Schließlich wusstest du genau, wie Great Chick aussieht. Aber jedes Geschenk, das er dir oder uns machte, kam wirklich von ihm. Der schnittige Sportwagen, den du dir zur Hochzeit gewünscht hattest … Kannst du dich daran erinnern? Er war sogar Gast auf unserer Hochzeit, allerdings kam er nicht nahe an dich ran. Ansonsten hättest du ihn erkannt.« Er zögerte einen Moment. »Was glaubst du, wie schwer es mir fiel, dir nicht die Wahrheit sagen zu dürfen?«

»Wir hätten abhauen können. Irgendwohin, wo uns niemand gefunden hätte. Ich wäre mit dir überallhin gegangen. Ich verstehe dich nicht.«

»Ab, ich kann nicht einfach fort. Sie würden mich überall finden und töten. So wie dich auch. Ich muss das Erbe meines Vaters erst zum Guten führen, doch das ist alles nicht so einfach, wie es sich anhört. Es gibt etliche Mitglieder, die mich jetzt schon hassen und am liebsten tot sehen würden. Ich liebe dich, aber bitte vergiss mich! Meine Nähe ist für dich viel zu gefährlich. Ich muss jetzt gehen.« Er drückte meine Hand, wollte sie wieder loslassen, doch ich hielt ihn fest.

»Lass mich nicht allein.« Bittere Tränen stiegen in meine Augen, und ich sah alles um mich herum wie durch einen dichten Nebel.

»Ab, wir können nicht zusammen sein. Es war ein Fehler, dich so nahe an mich heranzulassen. Ich bin nicht gut für dich.« Seine Worte trafen mich wie ein Faustschlag mitten ins Gesicht.

»Hast du Harper in Gefahr gebracht? Warst du es, der

den Befehl erteilt hat, sie zusammenzuschlagen?« Ich wusste nicht, wieso mir in diesem Augenblick Mister F. einfiel. Ich konnte nicht glauben, dass er wirklich einer der Bösen sein sollte. Wollte es nicht glauben.

»Das ist aus dem Ruder gelaufen. Zuerst Malcolm, der mein Geheimnis aufgedeckt hat, und Harper kam zu dicht an Big Boy ran. Es war nur noch eine Frage der Zeit, bis auch sie entdeckte, was Malcolm gesehen hat. Ich habe dir und Malcolm diese Nachrichten hinterlassen, damit ihr aufhört, immer tiefer zu graben. Big Boy macht sich mit einem Teil der *Body Lovers* gerne selbstständig. Aber auch das werde ich hoffentlich bald unter Kontrolle haben. Das mit Harper tut mir leid. Die Jungs waren etwas übereifrig.«

»Aha, übereifrig nennst du das also. Sie haben alles kurz und klein geschlagen und Harper ernsthaft verletzt.«

»Ja, ich weiß. Ich habe schon dafür gesorgt, dass sie alles ersetzt bekommt. Auch ein wenig Bargeld habe ich ihr dagelassen. Als kleines Trostpflaster. Ich muss jetzt wirklich gehen.« Krampfhaft hielt ich seine Hand fest, doch er löste sich von mir.

»Wie kann ich dich erreichen?«, fragte ich. Auf keinen Fall würde ich einfach aufgeben, ihn ziehen lassen. Auch wenn er mich mit aller Gewalt von sich stieß, ich würde mich an ihm festkrallen.

»Ich finde dich, wenn du mich brauchst.« Er verschwand, ließ mich allein. Es fühlte sich an, als würde ich wieder vor seinem Sarg stehen. Er lebte, und trotz allem war er tot.

Die Traurigkeit übermannte mich, und ich heulte los. Jedes Schluchzen brannte in mir wie Feuer. *Ich liebe dich, aber bitte vergiss mich!* Das konnte er nicht ernst meinen. Niemals könnte ich ihn vergessen. Obwohl mein Verstand um Hilfe schrie, sagte mein Herz: *Ich liebe dich mehr als mein eigenes Leben.*

Mein Weinen hatte wohl eine Schwester angezogen, die den Vorhang aufriss. »Was ist mit Ihnen, Miss Walker? Haben Sie Schmerzen? Soll ich den Arzt rufen?«

»Nein.« Mehr brachte ich nicht heraus. Ich brauchte keinen Arzt, keine weiteren Schmerzmittel. Ich brauchte nur Bobby. Doch er wollte mich nicht. Durfte mich nicht wollen. Ich kam mir vor wie in *Romeo und Julia*. Nur dass wir beide noch lebten. *Noch lebten*, echote in meinem Schädel wieder. Ich schloss meine Augen, stellte mir die Rasierklinge vor, die ich schon einmal an meine Pulsadern gehalten hatte. Fest entschlossen, *es* zu tun. Und trotzdem hatte ich es nicht getan, sondern mir Hilfe besorgt. Und die würde ich jetzt auch wieder brauchen. So stark, wie ich dachte, war ich nicht. Ich schaffte es nicht allein. Ich musste mit jemandem reden, sofort und auf der Stelle. Jemandem, dem ich vertraute, der mein gebrochenes Herz wieder zusammensetzen konnte, wenn auch nicht heilen.

»Polizei!«, hörte ich eine bekannte Stimme. »Wir suchen Miss Walker. Abigail Walker.«

»Tut mir leid, die Patientin ist für eine Vernehmung zu schwach. Sie müssen später wiederkommen.« Vermutlich redete er mit der Schwester, die gerade zu mir hereingeschaut hatte.

»Nein, wir müssen jetzt mit ihr sprechen«, sagte Malcolm.

Ich wusste nicht, ob ich ihn überhaupt sehen wollte. Er hatte mich angelogen, so wie Bobby, der sich ein Jahr lang vor mir versteckt hatte. Die zwei Männer in meinem Leben, denen ich mein Leben anvertraut hätte, hatten mich beide hintergangen. Der Vorhang schob sich zur Seite. Malcolm trat an mein Bett heran, und ich sah …

»Ems!« Mein Herz machte einen Sprung. Meine Seelenverwandte, Schwester im Geiste. Sie verstand mich, immer. Ich heulte wieder los und konnte mich nicht mehr beruhigen. So froh war ich, dass sie da war.

»Isla kommt auch gleich, und von Miss Molly soll ich dir ausrichten, dass sie gerne Chief für ein paar Tage zu sich nach Hause mitnimmt, bis es dir wieder besser geht.«

»Ich muss bald hier raus, sonst wird mein Hund fett werden, wenn er zu lange in ihrer Obhut ist. Sie verwöhnt ihn zu sehr mit ihren Leckerlis.« Ich lachte, und in meinem Brustkorb stach es wie tausend Nadelstiche.

»Du musst erst auf die Beine kommen. Ansonsten kann auch ich ihn zu mir …«, warf Malcolm ein.

»Nein, auf keinen Fall«, entgegnete ich. »Du nicht. Bitte geh! Ich will dich derzeit nicht in meiner Nähe haben.«

»Lass mich dir doch erklären, wieso ich dir nichts sagen konnte. Ich weiß es doch selbst erst seit zwei Tagen, und sicher war ich mir trotzdem nicht. Weil ich es nicht glauben konnte.« Er schaute mich mit einem Blick an, den ich nur allzu gut kannte.

»Ab, bitte. Hör ihm wenigstens zu. Du verstehst das alles falsch.« Ems nickte mir zu, als ob sie mir damit Mut zusprechen wollte.

»Du hast eine Minute. Dann gehst du bitte!«, sagte ich, und das meinte ich bitterernst.

»Ich wusste doch, wie sehr du unter dem Verlust von Bobby gelitten hast, deswegen habe ich selbst recherchiert und mich auf die Suche nach seinem Mörder gemacht. Vor wenigen Tagen sah ich mir zum gefühlt tausendsten Mal die Akte von Big Boy an. Da fiel mir auf, dass sein Geburtsdatum exakt dasselbe ist wie das von Bobby. Gut, es werden weltweit über dreihunderttausend Menschen am selben Tag geboren, aber konnte dies wirklich ein Zufall sein? Big Boy und Bobby am selben Tag, im selben Jahr? Ich recherchierte Tag und Nacht und befragte alle meine Informanten, ob sie wissen, wann Big Boy zu den *Body Lovers* gekommen ist. Vermutlich haben meine Recherchen irgendwo ein rotes Licht ausgelöst, denn gestern fand ich auf meinem Schreibtisch im Dezernat eine Nachricht mit einer Telefonnummer darauf. Als ich dort anrief, meldete sich nur die Mailbox. Ich sprach meine Nachricht, und gerade als ich aufgelegt habe, rief diese mysteriöse Nummer zurück. Ich kam gar nicht dazu, etwas zu sagen, denn die Stimme am anderen Ende sagte: ›Wenn Ab in Gefahr ist, sag Bescheid. Stell keine Fragen und erzähl niemandem davon.‹ Es war eindeutig Bobby, der mit mir sprach.«

»Du hast eine Nummer von ihm?« Es war das Einzige, was mich interessierte. Alles andere hätte sich Malcolm auch gut und gerne in seiner Ausführung sparen können.

»Ja, für den Notfall.«

»Gib sie mir!«

»Nein. Ich kann nicht. Ich darf das nicht tun.«

»Gib sie mir!«, schrie ich ihn an.

»Ich darf sie dir nicht geben. Sie ist nur für den Notfall. Verstehst du das nicht?«

»Nein! Geh jetzt bitte!« Ich wandte den Blick von ihm ab. Konnte ihn nicht verstehen, wollte es auch nicht. Was bildete dieser Kerl sich eigentlich ein? Es ging hier um die Liebe meines Lebens. Und er stand mir nur im Weg. Verhinderte sogar, dass ich zu Bobby Kontakt aufnehmen konnte.

Malcolm öffnete seinen Mund, setzte zum Sprechen an, da sagte Ems: »Es ist besser, wenn du jetzt gehst, Malcolm. Ab muss zur Ruhe kommen und sich erholen. Okay?«

Ich sah genau, dass er sich nur widerwillig von meinem Bett entfernte und durch den geschlossenen Vorhang endlich aus meinen Augen verschwand.

»Danke«, sagte ich zu Ems.

»Nichts zu danken. Ich meine das völlig ernst, dass du wieder gesund werden musst. Was sagen die Ärzte zu deinem Gesundheitszustand?«

»Ach, mein Knie ist stark geprellt und muss geschont werden. Ich bekomme Krücken für die nächsten Tage. Ein paar meiner Rippen sind auch verletzt, aber nicht gebrochen. Alles schmerzt einfach nur, doch der Arzt meinte, ich darf morgen wieder nach Hause. Was mich nicht umbringt, macht mich nur härter, meinst du nicht?« Ich lachte und fuhr gleich wieder zusammen. Lachen und Rippenprellungen passten wohl nicht gut zusammen.

»Super, dann komm ich dich morgen abholen.«

»Ach, lass mal. Ich komm gut allein zurecht.«

»Ich habe dir ein Handy besorgt. Gut, es ist nicht das neueste, aber für den Übergang, bis du dir selbst eines besorgen kannst, wird es reichen. Deine Karte habe ich schon reingesteckt.«

Kapitel 30

»Es gibt für alles eine Lösung. Die Frage ist nur, ob dir diese Lösung gefällt.«
Abigail Walker fühlt sich betrogen.

Mit den Entlassungspapieren des Krankenhauses machte ich mich auf den Weg ins Büro. Heute, einen Tag danach, waren die Schmerzen trotz der Medikamente noch größer. Kurzerhand wurde ich in den Rollstuhl gesetzt, den ich beim nächsten Termin in einer Woche wieder zurückbringen sollte. Es war mir unmöglich gewesen, auch nur einen Schritt mit den Krücken zu gehen. So fragte ich mich, wie ich es schaffen sollte, in unser Büro im dritten Stock zu gelangen, ohne dabei eine halbe Ewigkeit zu brauchen. Der Taxifahrer war total nett zu mir und half mir beim Ein- und Aussteigen. Aber nun saß ich in meinem Rollstuhl vor der Haupteingangstür des Gebäudes, in dem sich unser Büro befand, und überlegte. Ich konnte von draußen schon sehen, dass es der Techniker immer noch nicht geschafft hatte, unseren Lift zu reparieren. Wenn ich den in die Finger bekäme, der könnte sich etwas anhören …

Es gibt für alles eine Lösung, kam mir Bobbys Stimme wieder in den Kopf. Bobby! Sosehr ich ihn liebte, sosehr hasste ich ihn auch. Ein Jahr lang hatte ich mich von den gemeinsamen Erinnerungen genährt, mich immer wieder in die Zeit zurückversetzt, als alles noch gut gewesen war. Nur um zu erfahren, dass er lebte. Dass alles, was ich in den sechs Jahren mit ihm erlebt hatte, auf einer großen Lüge aufgebaut war. Ich wusste wirklich nicht, was sich schlimmer anfühlte. Tot oder lebendig?

Noch gestern im Krankenhaus, als ich allein gewesen war, waren die Tränen herausgeschossen. Doch heute fühlte ich mich einfach nur leer und verdammt betrogen. Ja, ich war wütend auf ihn. Er hatte mir sechs Jahre meines Lebens gestohlen. Sechs verdammte Jahre, in denen ich glücklich hätte werden können.

Du warst mit ihm glücklich!, drang eine Stimme in meinen Kopf. Keine Ahnung, wo sie herkam. Vielleicht war es auch mein Herz, das mit mir sprach, obwohl mein Verstand längst der Meinung war, ich sollte ihn vergessen. Ich konnte ihn nicht vergessen, würde ihm wohl niemals verzeihen können. Doch liebte ich ihn mit jeder Faser meines Körpers und hasste ihn und mich gleichzeitig.

»Ab! Hör auf jetzt! Du machst dich selbst irre!«, flüsterte ich mir zu. Noch immer starrte ich auf die Eingangstür, noch immer ohne Plan.

Ein kurzer Schrei ertönte und sogleich umarmte mich Isla von hinten. Eine Schmerzwelle durchflutete mich, und ich gab zischende Laute von mir.

»Oh, sorry«, sagte sie. »Ich habe mich so gefreut, dass du hier bist. Ems muss schon da sein.«

»Ja, aber ich werde kaum nach oben laufen können.«

»Stimmt. Es fehlt dem Techniker noch immer irgendein

Ersatzteil. Das ist schon bestellt, aber wann es geliefert wird, steht in den Sternen. Wir werden die nächsten Tage noch ohne Lift sein. Weißt du was, wir gehen ins Bill's.« Sie strahlte mich an, und ich musste zugeben, das war definitiv eine ihrer brillantesten Ideen. »Ich ruf gleich Ems an und sag ihr Bescheid.«

Es dauerte nur ein paar Minuten, die Ems brauchte, um zu uns ins Bill's zu kommen. Natürlich hatten wir unseren Stammtisch, schließlich nahmen wir hier fast täglich unser Frühstück ein. Ich sah Ems schon aus der Ferne. Sie hatte ihre Lederjacke lässig über den Unterarm gelegt und wie immer ihre Jeans mit den Stiefeln an. Ungewöhnlich an ihr war die Leine, die sie in ihrer Hand hielt, und auch der trockene rote Regenmantel.

»Oh, mein Baby!«, sagte ich und streckte meine Arme nach Chief aus. Ems ließ die Leine einfach auf den Boden fallen, und einen Augenaufschlag später saß Chief schon auf meinem Schoß und schmuste sich an mich. Klar tat das furchtbar weh, aber ich brauchte seine Liebe, genauso wie er meine brauchte.

»Ich dachte mir, ich bring ihn mit. Und ja, ich habe ihn die Treppe hinuntergetragen.« Ems zog ihren Regenmantel aus, den sie trug, obwohl es nicht geregnet hatte. Ich schaute sie nur an. »Ja, ich mag keine Haare auf meiner Kleidung, somit war dies die einzige Möglichkeit.«

»Danke dir«, sagte ich und streckte ihr meine Hand entgegen, weil ich sie umarmen wollte, doch sie wehrte gleich ab.

»Wir hatten den gleichen Weg«, sagte sie schmunzelnd. »Und solange er auf deinem Schoß sitzt, werde ich dich nicht umarmen.«

Während ich Chief streichelte und er es sich auf meinem Schoß gemütlich gemacht hatte, bestellten wir unser übliches Frühstück.

»So, jetzt erzählt mal, wart ihr gestern noch bei Olivia? Was hat sie erzählt?«

»Klar waren wir dort«, sagte Isla. »Die Polizei übrigens auch. Stell dir vor, wir wissen sogar, wieso Jacob Moore sterben musste.«

»Du machst es aber wieder extrem spannend, Isla. Sag schon, wieso?«

»Der Streit zwischen ihm und Olivia war der Auslöser des Ganzen. Jacob hat im Park eine Drogenübergabe beobachtet. Der Dealer war Olivias Bruder Jack. Aus diesem Grund kam es zum Streit zwischen Olivia und Jacob.«

»Aber das weiß ich doch schon alles. Wieso musste Jacob sterben? Schließlich wollte Jack ja nur Lösegeld erpressen. Was ist da schiefgegangen?«

»Das errätst du nie!« Isla triumphierte förmlich.

»Ich rate einfach mal, ja?«, sagte ich und zwinkerte ihr zu. »Diese Anwältin, Ruby Rose, hat etwas damit zu tun. Ist sie die Anführerin der *Sellers?* Sie hatte auch etwas mit dem Menschenhandelsfall zu tun, der von Richard Moore aufgedeckt wurde. Zumindest stelle ich diese Behauptung mal so in den Raum, da sie auch diesen Fall als Strafverteidigerin übernommen hat. Ihr konnte man aber nie etwas nachweisen, weil sie ihre Spuren gut verwischt hat. Zuerst wollten die *Sellers* wirklich nur Lösegeld erpressen, als aber Ruby Rose sah, wen sie da in ihrer Gewalt hatten, änderte sie den Plan und packte die Gelegenheit beim Schopf.«

»Woher …?«

»Olivia hat mir gegenüber erwähnt, dass eine zierliche Frau vor einiger Zeit vor ihrer Tür gestanden und nach Jack gefragt hat. Als ich gestern mit Mister F. telefoniert habe, hat sie mir erzählt, dass die Anwältin Ruby Rose auch den Menschenhandelsfall vor drei Jahren übernommen hat, also als Strafverteidigerin. Ich habe nur eins und eins zusammengezählt. Mehr nicht.«

»Ruby Rose und ihr Ehemann wurden festgenommen, wie auch die restlichen *Sellers*, die gestern nicht im Lagerhaus waren. Scotland Yard hat alle ziemlich schnell finden können anhand eines anonymen Tipps. Manche von ihnen waren allerdings tot, als die Polizei sie gefunden hat.«

»Ich glaub, ich weiß, woher dieser anonyme Tipp kam«, sagte ich. »Aber wie will man Ruby Rose eine Mittäterschaft beweisen? Ich meine, nur weil sie damals den Fall übernommen hat, ist das noch lange kein Beweis.«

»Es gibt Fotos«, sagte Isla. »Ich vermute mal, die *Body Lovers* haben die neue Gruppierung beschattet und Beweise gesammelt. Es sollen Fotos aufgetaucht sein, die Ruby Rose eindeutig zeigen, wie sie den Lagerraum der *Sellers* betritt. Beim Betreten mit Kuvert, beim Verlassen ohne. So einfach wird sie sich da nicht rausreden können, weil einige Mitglieder der *Sellers* wohl beim

Verhör gesungen haben, dass sie die Aufträge erteilt hat. Auch auffällig ist, dass es einige Offshore-Konten auf den Namen ihres Ehemannes gibt, die hohe Überweisungsbeträge aufweisen. Eine Überweisung wurde am Tag der Entführung von Jacob Moore getätigt. Inwieweit der Ehemann von Ruby Rose in diese Sache verwickelt ist, wird sich noch zeigen. Mehr habe ich derzeit noch nicht herausbekommen.«

»Woher hatten die *Sellers* ihre Informationen über Jacob Moore? Es muss doch jemand geplaudert haben, der über seinen Gesundheitszustand Bescheid gewusst hat.«

»Der Ehemann von Ruby Rose ist Chefarzt im St Jones Krankenhaus in Battersea. Jacob Moore war vor Kurzem dort wegen eines Leistungs-Checks. Bei Dr. Rose, da seine Nierenfunktion eingeschränkt war. Es steht außer Frage, dass er es war, der seiner Ehefrau die Akte von Jacob Moore besorgt hat. Aber wie viel er über die kriminellen Machenschaften seiner Frau wirklich wusste, muss Scotland Yard noch klären. Auch ob er es war, der die Medikamente besorgt hat, die im Lager der *Sellers* sichergestellt wurden. Außerdem hatte Jacob Moore die Blutgruppe Null negativ. Und diese ist ja als Spender mit allen anderen Blutgruppen kompatibel.«

»Ernsthaft? Nur weil er die richtige Blutgruppe hatte, wurde er zum unfreiwilligen Organspender? Sorry, aber so einfach funktioniert das sicher nicht, wenn Organe transplantiert werden. Da müssen sicherlich noch andere Parameter stimmen. Ansonsten wäre jeder in Gefahr, der die richtige Blutgruppe hat, solch einer Bande zum Opfer zu fallen.«

»Damit hast du recht. Bei Jacob kam noch etwas anderes hinzu. Vor drei Jahren hat er an seinen besten Freund eine Niere gespendet.«

»Woher weißt du das? Ich habe doch Richard Moore nach einem Nierenleiden seines Sohnes gefragt, und er hat das verneint.«

»Weil ich Grace befragt habe, und sie erzählte mir, dass Jacob seinem besten Freund eine Niere gespendet hat. Jacobs Vater wurde nicht eingeweiht, weil er diesen Freund noch nie leiden konnte und er für Jacob kein guter Umgang gewesen sein soll. Verstehst du jetzt? Deswegen waren die ganzen Ergebnisse von Jacob noch im Krankenhaussystem.«

»Welche Ergebnisse?«, fragte ich. »Wovon sprichst du?«

»Von den Transplantationsantigenen. Das sind die Eiweißstoffe, die in fast jeder Zelle des Körpers vorkommen. Je mehr Übereinstimmungen Spender und Empfänger haben, desto geringer ist die Gefahr einer Abstoßung des transplantierten Organs.«

»Wow, was du alles weißt, Isla. Ich bin beeindruckt.« Ich lächelte ihr anerkennend zu. »Und was war mit dem anderen Mann, der ja Gott sei Dank trotz der gescheiterten Übergabe überlebt hat?«

»Der Jogger war nur ein Zufallsopfer. Zur falschen Zeit am falschen Ort. Du musst bedenken, dass die *Sellers* keinerlei Erfahrung hatten mit Organen. Nicht so wie die *Body Lovers*.«

»Wie meinst du das?«

»Nach meinen Infos wollte sich die Gruppe aufspalten. Also einige Mitglieder wollten eine neue Gruppierung bilden, vermutlich witterten sie beim Organhandel das große Geld.«

»Was ist mit dem Bruder von Olivia? Mit Jack?«

»Er wurde noch nicht gefunden. Die Fahndung läuft.«

»Ich hoffe für Olivia, dass sie ihr Leben in den Griff kriegt. Sie ist da in etwas reingeraten, das sie wohl nicht mehr vergessen kann.«

»Wir …« Isla räusperte sich. »Wir bekamen eine Nachricht, dass die *Sellers* kaltgestellt wurden. Und dass Jack …«

»Was für eine Nachricht?«, fragte ich erstaunt.

Isla kramte in ihrem Rucksack. Gleich darauf zog sie ihr Handy heraus, tippte auf das Display und gab es mir. »Von einer Mailadresse namens ichliebedich@gmail.com. Ich konnte leider noch nicht herausfinden, wem diese Mailadresse gehört.«

Ich las die Zeilen: »Jack ist bei mir, und ich werde gut auf ihn aufpassen. Die Fotos im Anhang zeigen, dass Ruby Rose schuldig ist. Die Anwältin ist der Kopf der *Sellers* und wird damit zu Fall gebracht.«

Ein Blick auf die Fotos reichte mir, um eine Art Übergabe zwischen der Anwältin – zumindest vermutete ich, dass sie es war – und einem Mann zu sehen. Sie übergab ihm Dokumente. Ich klickte ein Bild weiter und sah die Nahaufnahme dieser Dokumente. Ich konnte eindeutig das Logo des St Jones Krankenhauses erkennen und auch den Patientennamen: Jacob Moore.

»Ich habe die Mail schon an Malcolm weitergeleitet«, sagte Isla.

Malcolm! Meine Wut auf ihn war noch nicht verraucht. Aber zumindest loderte kein Feuer mehr in mir, wenn ich an ihn dachte.

»Die Nachricht stammt von Bobby«, flüsterte ich und starrte auf die Mailadresse.

»Es tut mir leid«, sagte Isla und legte ihre Hand auf meine.

Verwirrt schaute ich sie an. »Nun habe ich zumindest eine Adresse, unter der ich ihn erreichen kann.«

»Nein, die Adresse gibt es nicht mehr. Sie wurde gelöscht. Ich habe schon geantwortet, und meine Mail kam zurück.«

»Okay«, sagte ich und schaute weiterhin auf das Telefon in meinen Händen. »Es ist okay. Er wird immer in meiner Nähe sein und auf mich aufpassen.«

Dankeschön

Hinter jedem großen Mann steht eine Frau. Hinter Edward Spencer-Smith stehen gleich drei Frauen, hinter denen wiederum ein Mann steht. Danke Thomas, dass du jederzeit für uns da bist und an unseren gemeinsamen Erfolg glaubst.

Vorschau

Die Händler des Teufels – Walker, Wright & Ferguson 3
Empire-Verlag, November 2023

Was, wenn die Grenzen zwischen Schuld und Unrecht verschwimmen? Wenn die Taten der Schuldigen als recht erscheinen und die Unschuldigen Unrecht tun?

Als in die Büroräume des Detektiv-Trios Walker, Wright & Ferguson eingebrochen wird, reißt der Sicherheitsalarm Emma Ferguson aus ihrer wohlverdienten Freitagnacht in einem Tanzclub in Soho. Dort angekommen findet Emma keine Spuren eines Einbruchs. Nur etwas fehlt: ein simples Foto, das für sie eine sentimentale Bedeutung hat.

Dann taucht das Bild bei den privaten Dingen des rumänischen Menschenschleppers Ciprian Varga auf. Der wird des Mordes an seinem Boss beschuldigt. Doch Varga schweigt beharrlich zu der Tat, auch wenn er sie nachweislich begangen hat.

Emma Ferguson versucht, einen Zusammenhang zwischen Varga und dem Foto herzustellen, als der ihr einen Vorschlag unterbreitet, dem sie unmöglich widerstehen kann. Wenn Varga seinen Teil des Deals einhält, wird Emma in der Lage sein, ein Geheimnis, dem sie seit zwanzig Jahren auf der Spur ist, lösen zu können.

Wird Emma Ferguson zusammen mit Abigail Walker und Isla Wright die Herausforderung annehmen und hinter die Kulissen des schmutzigsten aller Geschäfte der organisierten Kriminalität schauen?